U0091300

娘子馴夫放大絕 4 完

淺語 著

風文創 1038

風 文創 1038

目錄

第一百二十二章

楊妧忐忑不安地站在幾株翠竹旁邊。

為防刺客，宮裡極少有成片的大樹，最多是三五棵連在一起；御書房也是，門口除了兩株圓柏之外再就零零星星的竹子。

因為兩人算是賜婚，今天要來謝恩，此時尚未散朝，只能在御書房外面等著。小太監倒是體貼，從旁邊值房裡搬出兩把椅子，可楊妧哪裡敢坐，只好眼觀鼻鼻觀心地站著。

她進宮兩次，都在後宮打轉，時常能看到身姿輕盈的宮女談笑。而御書房已經是外朝了，不但宮女幾乎不見蹤跡，就連太監也不多，而且個個神情肅穆不苟言笑。

約莫兩刻鐘，甬道盡頭出現一道明黃色的身影，被幾位身穿紅色罩甲的錦衣衛和灰衣太監簇擁著。楊妧頓感緊張，大氣不敢喘一聲。

楚昕捉住她的手，緊緊攏在掌心低笑。「先前妳不是告訴我不用怕，把皇上當長輩看待即可？」

楊妧白他。「我哪能跟你相比？」楚昕是貴妃娘娘的姪子，又是國公府的獨苗，皇上總得高看他兩眼。而她，若非嫁給楚昕，根本什麼都不是。

不多會兒，有太監尖聲道：「傳鎮國公世子夫婦覲見。」

楊妧連忙抻抻裙角，錯後半個身子，跟著楚昕走進御書房，一路目不斜視，只看到腳下暗紅色的地氈和旁邊黑檀木的桌子腿。少頃見楚昕跪下，她也跟著跪下。

楚昕朗聲道：「臣攜妻楊氏叩謝聖恩。」

過了會兒，才聽到元煦帝的聲音。「起來吧，看座。」

楚昕大剌剌地坐下了，楊妧沒敢坐正，挺直腰背坐了椅子半邊。

元煦帝眸中帶笑。「聽說昨天好幾條街上的商販，生意都不做了，追著你那迎親隊伍搶銅錢。你撒出去不少銀子？」

「都是顧老三出的餿主意，他說這輩子就娶一次媳婦，得好好張羅。」楚昕張嘴便把鍋扣在顧常寶頭上，接著「嘿嘿」一笑。「臣覺得也有幾分道理，如今太平盛世百姓安康，花錢讓大家都樂呵樂呵。」

元煦帝不甚在意。楚昕的品行他知道，無法無天了好幾年，從去年開始才改弦更張幹了幾件正經事，成親這種大喜事，故態復萌得意一陣子也在情理之中。

倒是著意地打量楊妧好幾眼。模樣能入眼，跟宮裡的美人無法比肩，比起楚昕也差些，但是一雙眼生得好，眸光靜而且亮，這點比楚昕強。

他讓人查過楊妧的家世。果真如楚貴妃所言，只是個普通官員，但楊溥跟楊洛官聲也都不錯，能夠克己奉公，若有機會倒可以用一用。

元煦帝對幾位股肱之臣的心思也頗為複雜，既希望他們的兒孫有出息，能繼續輔佐自己，但又怕他們太有出息了，生出二心。楚家倒是例外，三代單傳，子嗣太單薄了，怎麼折騰也翻不出浪花來。

元煦帝勸勉楚昕幾句，說了些早日開枝散葉的話，打發他們出來了。

楚昕跟楊妧接著去了儲秀宮，沒想到安郡王妃也在，臉色不太好看，眼底有些紅，似是剛哭過。

楊妧屈膝行了禮，安郡王妃勉強擠出個笑容。「恭賀兩位新婚，不耽擱你們說話，我先告辭。」

方姑姑代楚貴妃送客。

楚昕對楊妧道：「我今天把請封摺子送到禮部，等妳的封誥下來，便用不著跟那些不相干的人行禮。」

楊妧微笑，小聲道：「彎下腿而已，不費力，就是封誥下來，見到皇室也得行禮。」

楚貴妃看著楚昕滿臉喜色，敘了幾句閒話，笑道：「王儉說要送你幾盆菊花做賀禮，你揀著喜歡的挑，回府的時候順便帶回去。」

綠枝引著楚昕去挑菊花。

楊妧猜想楚貴妃是有話對自己說，不安地擰了擰手裡的帕子。

楚貴妃神情嚴肅。「原本我沒看好妳，但昕哥兒心眼實脾氣倔，少不得要遂他的心。既然你們已經成親，別的我不多說，有句話想交代妳。宣府是楚家的根基所在，絕對不能撒手。現今是國公爺守著，往後就要交在昕哥兒手裡……你們聚少離多，別讓我聽到什麼風聲。」

楊妧「撲通」跪在地上。「我跟世子成親頭一日，娘娘為何口出此言？」

楚貴妃居高臨下地看著她，目光輕蔑。「只是給妳提個醒罷了，諒妳也不敢。起來吧。」

楊妧仍跪著。「我的確不敢違背倫理，也是不能、不願，世子待我情深，我亦心悅世子，這世間再無第二人比世子更值得。」

楚貴妃輕嘆一聲。「起來吧，是我說錯了話。」默了默，續道：「衛國公府裡不怎麼安生，郡王妃說靜雅與儀賓不睦，心有苦衷。可再有苦衷，也不能不守婦道。」

楊妧愕然。難道靜雅……可她五月才成親，到現在尚未滿三個月。

直到坐上馬車，她還是不能從震驚中平靜下來。

跟前世一樣，衛國公的姪子氣血虧缺，在房事上心有餘而力不足，靜雅便召了家裡模樣周正的僕從進屋。安郡王妃竟然還有臉到楚貴妃面前哭訴。

楊妧半點不同情靜雅，反而為將來的進士陸凡枝捏了把汗。但願這世，他不要遇見靜雅才好。

回府後，楚昕把六盆花顯擺給秦老夫人看。「王儉孝敬的，這盆叫做素線金珠，那盆叫赤線金珠，最好的幾盆送到乾清宮了，這也是品相極好的，餘下還有十幾盆打算在菊花會上擺。」

赤線金珠是花瓣細長如線，呈紅色，頂端捲曲成球狀，卻是金黃色的。

秦老夫人仔細打量著。「果真好看，也喜慶。都說王儉愛花如命，平常人一盆都討不出來，難得願意送給你。」

楚昕一臉得意。「他慶賀我大婚，他那乾兒子還給我磕頭。」

秦老夫人抿唇笑，吩咐人把六盆花盡數擺到覽勝閣，對楚釗道：「還是四丫頭種的因。」將前年進宮，王洪差點撞到楊妧之事說了說。「花再好，也比不過王洪的命貴重，王儉這是承四丫頭的情。」

楚釗默了默。「娘的眼光好，給昕哥兒挑了個好媳婦。」

昨晚鬧騰得晚，上午就四處奔波，楊妧著實累了，上了床一沾枕頭就闔上眼。楚昕卻精神抖擻毫無倦意，看著臂彎裡溫柔乖順的小臉，聞著她髮間傳來的絲絲幽香，心裡癢得難受，又捨不得擾她安睡，只能苦苦忍著。

雖然是種折磨，可心頭卻無比滿足。

楊妧睡了足足大半個時辰才醒來，剛睜開眼，楚昕便湊上前。「妧妧，睡醒了？」

楊妧點點頭，「嗯」一聲。「表哥你睡了嗎？」

「妳在旁邊我捨不得睡。」楚昕可憐巴巴地說。「生怕閉上眼，妳就不見了……今天王儉說的一句話很有道理，他說千里姻緣一線牽。濟南府跟京都隔著八百多里，偏偏妳來了京都，咱們就成親了。」

可前世，她也是千里迢迢從濟南來到京都，兩人卻沒成。楊妧笑道：「緣是天定，事在人為，都是表哥的功勞。」

若沒有楚昕的執著，他們壓根兒不會在一起。

楚昕手指撫著她臉頰，輕聲道：「那妳得獎賞我。」

「好。」楊妧笑著嘟起唇。

吻由淺及深由輕及重，帳內溫度絲絲攀升，火星亂竄，彷彿下一刻就要灼灼燃燒似的。

楊妧喘息著推開楚昕。「不許再鬧，大白天的。你給我拿襖子來，下午不出門，不想穿大衣裳。」

「那等夜裡？」楚昕緊盯著她，直到得了應許，才戀戀不捨地鬆開她，取了件杏子紅的小襖，自己換了件半舊的鴉青色箭袖長衫。「妧妧，我帶妳四周走走。」

楊妧欣然答應。總之不在屋子裡就好，兩人獨處，很容易就膩歪到一起。

楚昕牽著楊妧四處溜達。「咱們住的是覽勝閣，旁邊小樓是觀星樓。觀星樓景致最好，能看到望荷亭。父親讓小嚴管事在外院給我佈置了一間待客的書房，若有女眷來，妳在松濤院招待她們……別讓人進到裡面，那是咱們兩人的地方。」

楊妧一一記在心裡。從松濤院出來，行不多遠就是演武場，演武場的盡頭是兵器庫。

楚昕來了精神。「妧妧，我射箭給妳看。」大步走進兵器庫，取一張弓和一把箭出來，迎風而立，朝楊妧點點頭。「睜大眼睛仔細瞧清楚。」

張弓搭箭，「嗖嗖嗖」箭矢帶著凜冽的風聲破空而去。

楊妧瞇起眼睛，只看到遠處豎立的箭靶，至於射沒射中卻是看不清。

楚昕大步跑過去把箭靶扛回來。箭靶上，五支箭的箭頭都正中靶心，箭尾卻呈梅花狀散開。

楊妧由衷地讚嘆。「怎麼射中的？」

「這算什麼，還有更厲害的。」楚昕從荷包掏出一把銅錢遞給楊妧。「等我搭好箭，妳往高處扔，越高越好。」

楊妧含笑應著，用力將銅錢扔出去。銅錢剛脫手，箭矢也飛出去，在空中盤旋一會兒，牢牢地插在樹幹上。箭頭上串著三枚銅錢。

楚昕不無遺憾地說：「箭矢不合適，如果箭頭再細些，我能串五個銅錢。」

楊妧道：「你這已經很厲害了，我從來不知道箭頭自己會拐彎。」

「控制好力道和去向就行。」楚昕突然又想起什麼，將弓箭放下，揚聲喚臨川。「給奶奶搬把椅子，順便倒盞茶來。」

待臨川沏了茶，楚昕笑道：「我舞劍給妳看，妧妧，妳用茶水潑我，我保證舞得密不透風。」

楊妧笑盈盈地端起茶盅。

楚昕縱身一躍，跳到演武場中間，長劍緩緩刺出，不等勢落，倏而轉快，騰挪之間如閃電似蛟龍。

夕陽映在劍刃上，折射出漫天金光，楚昕額頭也閃著碎光，晶瑩璀璨。

楊妧看得兩眼發直。從來不知道有人會把劍舞得這般好看，也從來不知道一柄劍足以有雷霆萬鈞的氣勢。這樣出色的少年郎，值得所有人愛他寵他。

「妧妧，」楚昕喚她。「妳潑我。」

「好。」楊妧端起茶盅走近兩步，突然促狹心起，驚呼一聲「哎喲」。

楚昕劍勢頓緩。「妧妧，妳怎麼了？」

楊妧乘機將茶潑過去，茶水落在衣衫上，洇濕好大一片。

楚昕瞠目結舌。「妳！」

楊妧笑得不可自抑，癱倒在楚昕懷裡。

「妳使詐！」楚昕箍住她的纖腰，低頭尋到她的唇，用力吻下去。

「嗯。」楊妧應著。

她知道，楚昕必定會牽掛她，才會被她所乘。

楊妧踮起腳尖，兩手攀住楚昕脖頸，熱烈地回應著他。

第一百二十三章

入夜時分，墨藍的天際灑滿了繁星，一閃一閃地眨著眼睛。

秋風徐起，裹挾著松柏淡淡的清香，自微開的窗欞鑽進去，悄悄掀動著帳簾。

黑暗裡，是誰發出滿足的嘆息。「阿妧，妳真好……咱們緩緩再來？」

一個慵懶的聲音回答。「才剛洗過，待會兒還得洗，你不嫌累？」

「不累，我可以幫妳洗。」

「那也不行。」楊妧輕笑，卻是毫不猶豫地拒絕。「明天得早起回門，我可不想沒精打采地回去。」

楚昕不甚情願地回答。「好吧。」伸展手臂自她頸下穿過，環在她滑膩肩頭，壓低聲音問：「在宮裡，我去挑菊花的時候，姑母是不是跟妳說什麼了？」

楊妧默一默，決定如實相告。「貴妃娘娘在敲打我，讓我安分……靜雅跟儀賓不太和睦，隔三差五召僕從進屋侍奉。安郡王妃是去替靜雅分辯。」

「不知廉恥！」楚昕不屑地罵一句，胳膊收緊，將楊妧往懷裡攏了攏。「妳怎麼回答？」

楊妧「哼」一聲。「還能怎麼說？自然要表忠心。既然嫁給你，就得守住妻子的本分，並非每個人都像靜雅那樣不顧倫理。表哥可知道，靜雅當初對你頗有意思？不只靜雅，還有張珮、廖十四，但凡女孩子見到你，沒有不動心的。」

楚昕道：「我不喜歡她們，看都懶得多看一眼，都長得醜。」

楊妧抿了抿唇。憑心而論，除去廖十四相貌略顯普通外，其餘幾個都是好顏色。

楚昕又問：「妳還跟姑母說什麼了，就只這些？」聲音裡有小小的失望。

楊妧低笑著回答。「我說心悅你，有你珠玉在前，別人再入不了眼。」頓一頓，續道：「表哥，你不負我，我必不負你。假如有天你另有所愛，咱們別爭吵，平心靜氣地析產和離，男婚女嫁兩不相干，好不好？」

「我不和離！」楚昕驟然坐起身。「妧妧，我也只喜歡妳。我家的男人都不納妾，我也不，就咱們兩個過一輩子，不會有別人。」

他的手緊緊扣著楊妧手腕，有些疼，面容隱在黑暗裡，瞧不太真切，唯獨一雙黑眸星子般灼灼地發著亮。

楊妧迎著他的目光，輕聲道：「好，我信你！」

楚昕垂首，尋到她的唇，重重吻了下去。

毫無疑問，第二天兩人又起晚了。等兩人匆忙吃完早飯趕到四條胡同，楊懷宣、范宜修和楊嬋三個小孩正站在門口翹首期盼。繆先生有事出門，三人便得了一天假。

楚昕翻身下馬，撩起車簾攙著楊妧胳膊將她扶下來，楊懷宣立刻上前，恭敬地行個禮，小大人一般地問道：「姊回來了。姊夫對妳可好？」

范宜修仰著頭，跟著問：「姊姊，姊夫有沒有欺負妳？」

楊嬋不會說話，卻也是兩眼亮晶晶地盯著她。

范二奶奶剛好出門，聽見兩人問話，拊掌笑得前仰後合。「哎喲兩位祖宗，知道給阿妧撐腰了。」

楊妧紅著臉，鄭重其事地回答。「世子沒有欺負我，他很好。」

楚昕彎腰摸摸楊嬋髮髻，笑道：「放心吧，阿妧是我的娘子，我當然要待她好。」

三個小孩子簇擁著楊妧進了門。

楚昕拜見過秦氏跟關氏，奉上禮單，便隨楊懷安到外院，跟范真玉閒聊。

關氏看著梳了婦人髮髻的楊妧，眼圈驟然一紅，聲音帶著些哽咽。「妳還好吧？過得可習慣？」

楊妧倒杯茶，兩手捧著奉到關氏面前。「娘，我好得很，先前就在國公府住了大半年，怎麼會不習慣？」

「那不一樣，之前是客人，這會兒是兒媳婦。人都是磋磨兒媳婦，哪有磋磨客人的？老夫人我不擔心，她為人大度寬厚，妳婆婆可不好相與。」

楊妧笑道：「婆婆一門心思都在弟弟身上，可顧不得我。」

這倒是真的，張夫人算是老來得子，眼裡哪還有別人？

提起孩子，秦氏道：「阿妧，妳可得早早生下一兒半女。有孩子傍身，地位才穩固，否則等妾室進門誕下長子，母憑子貴，妳的處境怕就難了。」

關氏道：「長幼有序嫡庶分明，但凡講究點的人家，哪有正室未生，先讓姨娘懷的？」

「話雖如此，可國公府人丁不旺，不管是嫡是庶，只要有個孫子，還能不讓生？」

楊婉沒心思聽生孩子的事情，一雙眼睛盯著楊妧不住打量。

楊妧今天仍舊穿大紅色，也是繡著白頭富貴的圖樣，配色卻簡單得多，沒用金銀線勾邊，也沒有繡五彩流雲，只在衣襟處繡一株盛開的牡丹花，旁邊飛一對白頭鳥。因為襖子非常豔麗，羅裙便綴了兩片寶藍色綢布來緩解這大片的紅。

頭髮梳成婦人常見的圓髻，可鬢間卻插了支極其華貴的菊花簪。菊花是用金絲纏繞而成，約莫酒盅大小，鑲著亮藍色的點翠，金黃色的花瓣細長捲曲，看上去顫巍巍的，栩栩如生。點翠工藝本就難得，尤其這支簪上的翠羽還格外藍。

原先楊妧穿件杭綢褙子都很仔細，穿小了還要改給楊嬋穿，短短兩年竟然連點翠金簪都戴上了。看來還是京都的富貴人家多，單看那天來給楊妧添妝的姑娘，要麼是世家要麼是新貴，都大有來頭。

楊婉酸得不行，暗暗打定主意，她要留在京都，在京都尋一門顯貴的親事，不能讓楊妧一枝獨秀。

關氏壓根兒沒有察覺楊婉的小心思，跟楊妧寒暄過幾句便打開禮單。禮單上除了八樣回門禮之外還有雞鴨魚肉、筆墨紙硯等物。
楊妧笑著解釋。「祖母說快過中秋節了，正好把節禮也送來，省得再跑一趟。」
關氏道：「那我可得多準備點回禮。昨天剛蒸了一鍋花餑餑，放在原先妳的屋子裡，挑幾個周正的帶回去。」
起身往東廂房去，楊妧緊跟在後面。
趁著眼前沒人，關氏低聲道：「阿妧，妳年紀尚小，不急著生孩子，等到十八歲也來得及。還有這房裡的事，姑爺剛嘗鮮忍不住，妳得思量好了，不能由著他的性子胡來，年紀輕輕身體敗壞了，到老肯定一身病。」
楊妧頓時面紅耳赤。道理她都懂，可每當楚昕眼巴巴地望著她，她就忍不住心軟。
況且，楚昕性子急，卻也願意耐著性子哄她服侍她。
關氏見她神情，豈會不懂她的心思，再鄭重叮囑一次。「妳聽娘的，娘總不會害妳。」
楊妧連聲答應了。
待夜裡，楚昕又逢低做小哀求她的時候，楊妧婉言拒絕了他。「連續幾天沒睡好，我有些累。」
「好，妳好好歇著。」楚昕輕輕拍著她肩頭。「要不我給妳唱個曲？」
楊妧笑道：「就唱之前你唱過那個，在西北學來的。」
楚昕清清嗓子。「為郎想妹想得呆，每日把妹記心懷，走路難分高和低，吃飯不知把碗抬。」頭半句還在調上，從第二句開始就雲裡霧裡不成曲子。楊妧睡意全無，笑癱在楚昕懷裡。

這一夜睡得格外香甜，似乎在夢裡都是帶著笑。

隔天，禮部派人送了信來，她的封誥下來了，是從一品的世子夫人。

楊妧詫異不已。前世，陸知海是過完頭一個月替她請封，直到半年後才拿到封誥，沒想到這次會這麼快，才短短三天。

楚家上下都更換了稱呼，稱她「夫人」，若是張夫人也在，就稱她「世子夫人」。

再過幾天是中秋節，因為楚釗在家，加上多了楚暉和楊妧，這個中秋節過得格外熱鬧。筵席擺在臨波小築，莊嬤嬤特地吩咐人架竹竿栓繩子，掛了一整排的大紅燈籠。

天上明月皎皎，地下燈光爍爍，又有伶人隔著湖面細細地吹一管洞簫，風聲伴著蕭聲，燈光映著月光，如夢似幻宛若仙境。

散席後，楊妧送秦老夫人回瑞萱堂。

秦老夫人站在槐樹下，仰望著圓盤般的明月，忽然說了一句。「這輩子能夠看到昕哥兒成親，能夠看到大姑娘好端端的，總算值了。」

楊妧心裡突然生出種不好的預感。

第一百二十四章

翌日送走楚釗，楊妧到瑞萱堂候著林醫正把完脈，低聲問道：「老夫人脈象如何？」

林醫正道：「有些輕浮，怠緩無力，並不嚴重。上了年紀的人通常脈象比較輕，老夫人思慮過重，氣血略凝滯。夜裡寬睡可緩解，若不放心，吃幾劑安神丸亦可。」

楚昕隨林醫正去取安神丸，楊妧則進了屋。

秦老夫人問：「妳跟林醫正嘀嘀咕咕說什麼呢？」

楊妧笑答。「談起小嬋。林醫正說這兩年看下來，小嬋身體強壯並無症候，不會說話多半另有原因。可到底什麼原因，他也想不清楚……但小嬋隨著繆先生讀書，又有懷宣和范家少爺做伴，比往常開朗得多。」

算起來楊嬋也快八歲了，秦老夫人想到那張比楊妧還顯秀氣的小臉，寬慰道：「各人有各人的福分，說不定哪天菩薩顯靈，六丫頭突然就開口了呢！」

楊妧笑道：「可不是？我娘剛進京時，愁得夜夜難眠，唯恐拉拔不了我們三人。現在家裡有了營生，前兩天曹莊頭又打發人送來秋糧，我娘咧著嘴美得不行，找范二奶奶張羅著裁新衣了。祖母，您看家裡添了暉哥兒，您又把我算計進來了，為什麼夜裡還睡不安生，是不是又惦記著算計人？」

秦老夫人啞然失笑。「妳這丫頭，我幾時算計妳？」

「去年正月，就是在這間屋子，您說我幫表哥訂下親事，才放表哥去宣府……」楊妧不滿地看著秦老夫人。「我哪裡知道您和表哥早合夥挖了坑，只等我傻乎乎地往裡跳。我那會兒以為您相中的是廖十四。」

秦老夫人記起來了，朗聲笑得歡暢。「昕哥兒眼光好著呢，他才瞧不上廖十四，而且那人心術不正。妳沒把膏脂的事告訴昕哥兒吧？」

「沒提。」楊妧搖頭。「表哥活得坦蕩，我不想讓他知道這種下三濫的事情。」

秦老夫人老懷寬慰地嘆。「當初我怎麼就糊塗成那樣，沒答應昕哥兒呢？」話出口，猛然想到今生已非前世，連忙轉了話音。「昕哥兒去哪了？」

「林醫正說您夜裡不能安睡，表哥跟著取安神丸去了。」楊妧語調輕鬆，彷彿這是件無關緊要的事。「祖母，您可別躲懶裝病，家裡還有好幾件大事呢！」說著扳起手指頭數算。「頭一件是阿映的親事。轉過年的二月就十五了，母親眼下只顧著弟弟，而且她的眼光跟您沒法比，所以得您把關。等把阿映打發走，我該生孩子了吧，您得伺候我坐月子，而且您的重孫子，您不能撒手不管，總得照看到三歲，那我就得生老二了……表哥說要生三男兩女，接著您就該張羅暉哥兒的親事。」

楚暉眼下不足半歲，等他成親至少要十八年。秦老夫人笑得眼淚往外沁。「到時候我就快八十歲了，老眼昏花的，能幹什麼？」

「我不管，」楊妧撇嘴。「反正這一大堆事不能都壓在我身上，您得幫我撐著。」

「行行，不嫌我不中用就成。」秦老夫人拉起她的手，輕輕拍了下。「子嗣的事別強求，有就有，沒有也別急，咱們楚家沒有納妾這說法……妳身子骨沒長開，別早早懷孩子，都說兩次小日子正當間那幾天容易懷胎，妳記著日子避開這幾天。回頭我也跟昕哥兒說說，不能縱著他胡來。」

楊妧連聲應著。

接下來幾日，她白天多是陪在瑞萱堂跟秦老夫人商議楚映的親事。之前上門提親的幾個，要麼身體病弱不像個長壽的，要麼家中已有通房，還有個竟然連庶長子都有了。

秦二公子家裡倒清靜，可他在寧夏有個親密的紅顏知己，楚昕去寧夏時，還曾見過那個女孩子。因此議來議去竟沒有十分中意的。

夜裡，楊妧在燈燭下做針線，楚昕則在炕桌的另一頭看書，只是他看書並不十分用心，時不時會抬頭瞧楊妧兩眼。

楊妧倒是專注，白淨的小臉被燭光映著，像是上好的羊脂玉，散發出瑩瑩光華，耳垂綴一對細長的珍珠耳墜，隨著她臉頰的晃動盪出小小的弧度，明媚動人。

楚昕看得心猿意馬，湊到她跟前道：「妧妧，低頭久了控得頭疼，咱們早點安歇吧。」

楊妧白他一眼，收起針線。「表哥該打拳了。」

楚昕悻悻道：「好。」

他清晨練劍，晚上打拳，這是每天必做的功課，楊妧都會陪著他。

秋日的天格外高，月亮靜靜地灑著清輝，夜風微涼，滿是松柏的清香。

楚昕一套拳揮得虎虎生風，楊妧也不閒著，繞著圈兒快走。約莫兩刻鐘，待楚昕打完拳，楊妧身上也出了層薄汗。

楚昕矮了身子半蹲在楊妧面前。「我揹妳回去。」

他衣衫上都是汗，髮絲裡也是，一股汗味直往她鼻孔裡鑽，是男人的味道。楊妧俯在他肩頭低笑。「表哥給我唱曲聽。」

月色將兩人的影子拉得忽遠忽近，忽長忽短，可兩人的身形總是黏在一處，毫無間隙。一起沖過澡，一起上了床，他的氣息裡混雜著她的，她的髮梢糾纏著他的。

倏忽，一個月過去了。

成親滿一個月，按理女方要回家住對月。對月長短各隨其變，三五天也可，十天半個月也可以。楊妧在四條胡同只住了兩天，便趕回來給楚昕收拾行囊。

衣衫不多，楚昕說軍裡穿軍服，穿不到別的。鞋子倒是做了四、五雙，鞋底都很厚實，這樣寒氣不容易從地面透上來。

再就一支瓷瓶，裡面裝著參片。畢竟是打仗，免不了受傷，軍裡的傷藥烈性卻很管用，楊妧沒備藥，只切了根老參，萬一再有失血過多的時候，可以補血補氣。

楚昕捨不得走。

成親這個月，是他有生以來最感快樂和滿足的時候。午夜夢迴，總有道清淺悠長的呼吸陪在左右。清晨醒來，入目就是那張初雪般清純而溫順的臉。

楊妧喜歡穿寶藍色肚兜，寶藍色顯得她的肌膚格外白淨，而肚兜上最常繡的就是各色花卉，粉色的月季、紅色的山茶，有蜜蜂俯在上面採蜜。

楚昕便如那勤勞的蜜蜂，在花蕊間流連忘返。

這樣的日子猶如神仙一般，可再不捨，也要離開。好男兒當保家衛國，這是楚家子孫的使命，也是為人臣子的責任。

臨別那天，楊妧笑意盈盈地將楚昕送出角門，笑著看他翻身上馬絕塵而去，又笑著將秦老夫人送回瑞萱堂。

可當她回到覽勝閣，看見拔步床上並排著的兩個枕頭，淚水忽地噴湧而出，瞬間淌了滿臉。

張夫人聽聞，目光暗了暗。

當年，她也是新婚燕爾，正好得蜜裡調油的時候送走了楚釗。近二十年來，總是聚少離多。好的時候，每年能相處四、五天，最長的一次，夫妻倆三年沒見過面。

張夫人了解楊妧的感受，想到楚昕拜託她的話，打發人找了楚映往覽勝閣去。

楊妧在西次間書房，俯在案前正寫著什麼。

楚映走近前，瞧見紙上的經文，遂問：「怎麼又抄《金剛經》？」

楊妧直到整張紙寫完，才抬頭答道：「替表哥抄的，回頭讓圓真幫我持誦，護佑表哥平安康泰。」

過了會兒，待得墨乾，與適才抄好的十幾頁摞在一起，用瑪瑙鎮紙壓上，引著楚映到了東次間。

青菱奉上茶，又端了點心。

楊妧笑問：「妳不是忙著熬桂花面脂？已經做成了？」

「昨天做的那罐成色不太好，剛才又備了原料打算再熬，我娘讓我來陪妳。我爹每年都是來去匆匆，在家待不了幾天，我娘已經習慣了。妳習慣之後也就好了。」

楊妧抿抿唇。唉，楚映還真是不會安慰人。不過，她能來陪自己也是一片好意。又問：「後天菊花會，錢老夫人不打算去，祖母也不去，妳呢？若是去的話，我陪妳，不去就算了。」

楚映想一想。「反正在家閒著沒事，去轉轉也行。」

楊妧欣然道：「那咱們打扮漂亮點。我穿銀紅色襖子，妳呢？」

「我穿天水碧的。」楚映來了興致。「後天我一早過來，讓柳葉幫我梳頭，她梳的髮髻好看。」

今年的菊花會比去年更加熱鬧，到處衣香鬢影花團錦簇。

楊妧卻覺得沒啥意思，因為余新梅跟明心蘭都沒來，好在還有個孫六娘作伴，而何夫人帶著何文秀也來了。

兩人都擠到楚家的帳篷裡說話。

孫六娘看著斜前方掛著煙霞色門簾的帳篷道：「以往都是掛天水碧門簾，今年竟換了顏色，也不知是誰家？」

話音剛落，從裡面出來個身材裊娜的身影。那人穿鵝黃色褙子，湖綠色羅裙，梳著墮馬髻，鬢間戴支小巧的珠釵，看上去亭亭玉立楚楚動人。

似乎察覺到這邊的視線，那人抬眸看過來，微微一笑，竟然是趙未晞。

想來那是榮郡王府的帳篷。

楊妧所料不錯，因為趙夫人緊跟著出來了。趙未晞挽起趙夫人的手，一起往最前面楚貴妃的帳篷走去。

孫六娘目送著她們的背影，「嘖嘖」兩聲。「今天聖上沒來，她們怕是要失望了。」

何文秀忙問道：「妳怎麼知道？」

孫六娘神秘兮兮地回答。「進菊苑的時候遇到個消息靈通的，他說聖上召了幾位閣老議事。」

楊妧眨眨眼，明白了。在菊苑門口遇到，而且還知道皇上召見閣老，十有八九是余新舲。

不過元煦帝去年已經召了十二位姑娘進宮，用腳趾頭想也知道，今年不會再納新人。

楚映坐在靠門邊的位置，探頭往帳篷外打量會兒。「廖十四也沒來。」

「妳們不知道？」何文秀壓低聲音。「她的臉毀了。」

楊妧愕然。「怎麼毀了，什麼時候的事？」

孫六娘笑道：「妳這個新嫁娘足不出戶，竟然沒聽說。就是前幾天，初三還是初四，聽說一覺醒來起了滿臉的紅疙瘩，廖太太還巴巴到明尚書家借名帖請太醫。」

何文秀補充道：「是初三那天，初五張閣老家裡辦花會，我聽靜雅縣主說的，說廖姑娘自作孽，報應到自己身上了。」

楊妧跟楚映面面相覷。難不成廖十四的臉也沾上了萬年青的汁液？

第一百二十五章

初三那天，她回娘家住對月，想問問清娘要不要回去看看。清娘說她忙，所以青菱和青藕跟著。而楚昕在四條胡同磨蹭到幾乎申正，可臨走時卻很俐落，像是有什麼事情似的。

楊妧壓下心頭疑惑，面色如常地跟何文秀等人一起賞鑑了各色菊花，聽了幾位閨秀彈奏的曲子。

元煦帝果然沒有出現，使得那些準備了才藝的姑娘大為失望。畢竟去年召進宮的那幾位，已經有兩人即將臨產，還有一位懷了四個月的身孕。

尋常百姓家裡都是嫡長子承繼家業，皇家則不然。只要是龍種，都有可能坐上太和殿那把椅子，最差也會是個王爺。

楚貴妃沒有子嗣，眼下看來對龍嗣照看非常經心，這幾人沒有一個小產的。

真是可惜，白白準備了一年的才藝，皇上怎麼就不來了呢？即便皇上不親自過來，楚貴妃也可以主動幫皇上相看呀！

楚貴妃唇角含笑，看著下首坐著的趙夫人和趙未晞，言語親切。「趙姑娘這筆字寫得真好，頗有幾分嘉宜姊姊的風範。」

趙未晞嬌嬌弱弱地說：「謝娘娘誇獎。我自幼長在湘潭鄉下，無福目睹元后聖顏，去歲進京看到元后手書，一看就喜歡上了，特地照著臨摹了許多時日，遠沒有習得精髓。」

字體雖是未得精髓，但這渾身矯揉造作的勁，卻是秉承了趙家人的一貫習氣。嘴唇嘟著，看起來清純可人，只是眸光太過功利，一副恨不得貼上來的架勢。

若是三十多年前，元煦帝年輕氣盛時，或許會喜歡這種姑娘，可現在元煦帝早過了知天命的年紀，很快要到耳順之年，難道看不出她的野心？

楚貴妃笑得越發雍容。「趙姑娘過謙了，寫字是長久的工夫，短短一年習成這樣，已經極為難得。詩也寫得好，都說趙家姑娘文采超群，果然名不虛傳。」將紙箋交給方姑姑。「把名字隱去，重新抄錄一遍，送到外頭，看哪位公子能夠合得上趙姑娘詩作？」

方姑姑恭敬地應聲。「是。」

趙未晞大驚失色。

這首詩是趙良延苦思冥想寫出來的，特意使用少女的口吻，既歌頌了萬晉朝的太平盛世，又隱隱透出荳蔻少女萌動的芳心。原本是要直接呈給元煦帝的，可誰知……

但趙未晞又沒法阻止。楚貴妃讓宮女另行抄錄，而且隱去姓名，在聲譽上於她毫髮無傷。但外面多是士子，文采斐然者比比皆是，肯定有人應和……如果楚貴妃替她指門親事就壞了。

趙未晞所料沒錯。

回到宮裡，楚貴妃徑自去了御書房，把手頭的幾篇詩作交給元煦帝。「曹侍郎的女兒、魏祭酒的孫女還有趙良延的姪女都寫了詩，外頭士子爭相應和，其中不少出色之作。」

元煦帝隨手翻看著，目光落在趙未晞寫的紙箋上，稍頓片刻。「這是趙姑娘所寫？」

「正是。」楚貴妃笑答。「長得也漂亮，有幾分趙皇后的味道，下個月滿十四歲，花朵似的……臣妾看這位陶公子就很好，上科的進士，眼下在戶部任文書……因詩結緣，定能成為一段佳話。」

菊花會本就帶著相親的意味，禮部每年發放請帖都是給五品以上官員家裡年滿十三歲的姑娘。

元煦帝渾不在意地說：「妳做主吧！」

楚貴妃笑道：「臣妾斗膽逾越。」給三位寫詩少女各自挑了位才子，將名冊交給旁邊司禮監的張大伴。「煩勞公公。」

張大伴素日多代筆批紅，此時覷著元煦帝面色毫無異樣，忙躬身接了名冊，極快地擬出一道旨意，呈給元煦帝瞧過，打發人到尚寶監用了行璽，復呈給元煦帝看過，這才捲起來，只待天明喚人傳旨。

而此時，楊妧也明白了廖十四到底如何傷了臉。

清娘理直氣壯地說：「就是我跟世子爺幹的。廖十四居心不良，不給她個教訓，她長不了記性。」

楊妧問道：「妳跟世子說的？」

「唔，我見大姑娘帶人打桂花，突然想起這事，就告訴了世子爺。世子爺很生氣，說不能便宜廖十四。我們倆一拍即合，約定好夫人回娘家那天行事。我忙活半上午，好不容易才搗出兩茶匙汁液，還特意用細紗濾過，再裝進瓷瓶。世子爺不方便進閨房，在外面替我把風，我翻窗戶進去的。」

楊妧無奈地搖頭。「你們倆也太膽大了。」

「這點事算啥？世子爺功夫高得很，丈餘高的牆徒手也能翻過去，廖家只使喚三個小廝，連護院都沒有。我進屋子時，廖十四還在呼呼大睡，我也沒好意思驚動她……瓷瓶一直在身上，可能捂得熱了，倒在她臉上時，她根本沒察覺。只可惜，沒能看到她醒來時候的表現。」

清娘說得眉飛色舞，壓根兒沒覺得自己的做法有什麼不妥當。

當初若不是周翠萍在中間摻一腳，被毀容的很可能就是楊妧。周翠萍跟廖十四的帳已經用銀子了結了，可楊妧這頭的帳還沒算，畢竟廖十四要算計的人是她。

楊妧才不會同情廖十四，只叮囑道：「這事你們既然做了，就死死悶在心裡，別到處亂說。」

清娘「嘿嘿」笑。「我又不是傻子，閒著沒事往自己頭上扣黑鍋……對了，妳是不是想去宣府？幾時去？」

楊妧道：「頭一年進門勢必要陪長輩在家裡過年。余大娘子二月成親，然後阿映及笄，三月大堂哥春闈，我還想聽聽結果。四月吧，正好天氣暖和，路上也太平。這半年我多活動活動，到了宣府萬一遇到瓦剌人，起碼能邁動步子逃命。」

清娘笑道：「夫人這點力氣能逃出兩里地嗎？倒不如跟我學套防身的拳法？」

「我學不來。」楊妧頭搖成了撥浪鼓。「我看世子打拳看得眼暈，這個肯定學不來。」

清娘皺眉，眼前突然一亮。「我曾經看人做過一種小弩，長不到三寸，可以綁在手腕上，非常輕巧。射程約莫一丈遠，把箭射出去，妳再跑也來得及。回頭我想想是怎麼做的，要是做成了，我教妳用弩。」

楊妧笑著應聲好。

沒過兩天，元煦帝親自給三位女子指了婚事的消息傳出來。楊婉羨慕得不行，眼巴巴地望著秦氏。「四姊姊去菊花會竟然不帶我，若是我去了，沒準兒皇上也會給我指門親事，說出去多榮光啊！」

秦氏很以為是，現在楊妧嫁得好，應該想方設法給楊婉也說門好親事才對。一筆寫不出兩個「楊」來，姊妹兩人同氣連枝，還愁楊家不發達？

秦氏尋來紙筆，口述著讓楊婉寫了封信，告訴楊妧幫楊婉留意親事。

而趙府卻是陰雲密布。

趙良延背著手，沒頭蒼蠅般在屋裡走過來走過去，來回走了兩趟，「啪」一下拍在案桌上。「愚不可及！」

趙末晞身子抖了抖，趙良延虛點著她的腦門。「皇上沒過去，妳老老實實回來就是，在楚貴妃面前獻什麼殷勤？那首詩妳看過沒有，懂不懂什麼意思？」

趙末晞膽怯地看向這位隔房叔父。

豈止是看過，而且背得滾瓜爛熟，趙良延還替她編了個故事，說她進京途中見到民風淳樸國泰民安，有感而發故作此詩。做出這首詩還不到一個月，叔父怎麼就忘記了呢？

趙良延又道：「詩裡隱有思春之情，難怪貴妃娘娘要給妳選婿。」

趙末晞期期艾艾地說：「是表姑讓我呈上去的。」

「都是蠢貨！」趙良延又拍下桌子。「好好的事情讓妳們辦砸了，空長了副好相貌，連元后一半精明都比不上。」

趙末晞往後退兩步，低著頭不說話。

事情辦砸了又不是她的錯。她進京一年有餘，要麼聽叔父的，要麼聽表姑的，從沒自己拿過主意，叔父怎麼能怪罪自己？況且，進宮當娘娘沒指望了，嫁給進士也不錯。在湘潭，能嫁給舉人老爺就足以在四鄰八鄉顯擺了，進士比舉人的學問還要好。

趙良延看著趙末晞不甚在意的樣子，氣得一個頭兩個大。

元煦帝和趙嘉宜是少年夫妻，儘管趙嘉宜做錯了事，可元煦帝依舊念著當初的情分，否則不會這麼些年始終未立皇后。他得知這個隔房姪女相貌酷似趙嘉宜，心裡有多高興。只要將她帶到元煦帝面前，元煦帝愛屋及烏，必然會收用了她，即便不能賜她高位，至少趙家能得回先前的榮耀。

現在，這一切都毀了！趙家不但不能再度顯赫，他還得拿出銀子替趙未晞操辦婚事；辦得簡陋也不行，還得高高興興地往風光裡辦。一進一出，他半點好處沒得，反而要損失許多財物。

趙良延越想越覺得失望，氣急之下，抬手「啪」地搧了趙未晞一個嘴巴子。

第一百二十六章

楊妧覺得這樣的結果真是好極了，不管前世楚貴妃生病是否與趙未晞有關，至少京都的夫人太太不用擔心養活蘭花從而得罪趙未晞。

余新梅寫信特意提過此事。「妳見過那位陶公子沒有？學識著實不錯，只是相貌醜了點，否則名次還能再靠前。」

楊妧給她回信。「只看外表過於膚淺，本性跟學問才重要，慚愧得很，我也不能免俗。」

余新梅笑得打跌，把信唸給錢老夫人聽，錢老夫人道：「妳們一個比一個促狹，容貌是爹娘給的，誰不想生得漂亮？」稍頓片刻，又道：「長相好就是占便宜，殿試時，皇上對氣度出色的士子也會格外關注……倘若單論學識，妳祖父名次可不會那麼靠前。」

言外之意，余閣老的相貌也是可圈可點。余新梅「哈哈」大笑。

而遠在宣府的楚昕過得卻很煎熬。

面前是一盆香氣撲鼻的羊肉，一盤青翠碧綠的素炒茭白，雖然不比京都國公府做得精緻，比起軍營裡卻好上十倍不止。

他沒有胃口，悶不作聲地吃了一小碗米飯就放下筷子。

楚釗卻慢條斯理地吃完一碗，又添大半碗，問道：「你吃這點能飽？」

楚昕漂亮的眸子黯然無光。「吃不下。」

倒不是嫌棄飯菜不好。去年冬天，懷安衛幾乎都是水煮白菜、水煮蘿蔔，他照樣吃得肚子圓滾，是因為他太想念京都了。

就在前不久，他還能每天抱著楊妧入眠，懷裡是溫香軟玉，睜開眼就是她明媚的臉，現在卻只能睡硬床板，往左翻身空蕩蕩的，往右翻身還是空蕩蕩的。

楚釗豈不明白他的感受，正要挾菜的筷子頓了頓，開口道：「要不你回去吧，回京照顧祖母。」

楚昕低著頭。

回京都固然是錦衣玉食，可那不是他想要的生活。才出來沒幾天就灰溜溜地回去，肯定會讓楊妧失望。而且他信誓旦旦地說過，今年要升到百戶，百戶能夠世襲，以後家裡沒出息的兒子讓他承繼國公府，有出息的世襲百戶。

如果再有個兒子，讓他行商好了。

楚昕大聲道：「我不回去！」端起飯碗盛滿一碗，就著燜爛的羊肉吃完。「明天我就去懷安衛。先前蕭百戶說要加固衛所，增強防禦，我過去看看。」

楚釗臉上浮現出一絲驕傲。「不用急，竇參將買了頭肥豬，說明天殺豬灌血腸吃，請了軍裡好幾位將領，還有府衙的官員，你也去熱鬧一下。」

「不想去。」楚昕不感興趣，也不耐煩跟那些文官應酬。「阿妧說任廣益肚量比針尖還小，就喜歡暗搓搓地專門在背地捅刀子。」並不是怕他，是懶得招惹他。

楚釗渾不在意。這般年紀的孩子多半不喜歡官場上的應酬，不去也好。他肯定要去，竇昌碩在宣府將近三十年，根基頗深，而兩人合作也二十多年，這個面子是要給的。任廣益雖然管不到軍中事務，但軍隊跟地方有不少交集的地方，更不好不相往來。遂道：「你去懷安衛也好，跟蕭千戶多學學，他性子粗，但粗中有細，打仗是把好手。」

楚昕應著回到屋裡。劍蘭站在衣櫃前挑衣服，瞧見他，舉起長袍，笑問：「世子爺明兒吃酒穿這件可好？」

長袍是蟹殼青的杭綢面料，袍邊用淡綠色絲線繡兩叢蘭草，看起來倒是雅致。

楚昕道：「誰說我要吃酒？我不去。」

劍蘭略有些驚訝，很快掩住，笑盈盈地說：「昨天跟蕙蘭出去逛鋪子，聽人說竇參將買了兩頭大肥豬做殺豬菜。剛才嚴管事說竇參將送了請帖來。世子不去嗎？」

「我去懷安衛，妳給我收拾幾件衣裳，把夫人給我做的鞋子帶著，再讓蕙蘭把我常看的幾本書找出來。」

劍蘭應著，把手頭長袍疊好，從衣櫃下面的抽屜裡將楊妧做的四雙鞋找出來，讚道：「夫人做的鞋真厚實，穿著定然舒服。」

楚昕彎唇笑笑。那當然，鞋底還是他幫著納的。鞋底是十層袼褙用糨糊黏在一起，用小錘子敲得很結實。因為太厚，楊妧手勁小，是他用錐子先鑽上眼，楊妧再用麻線一針針納起來。

原先是清娘幫忙，他在家裡就自動接了手。

以前他還不知道做鞋竟然這般麻煩。如此想著，有點捨不得穿，吩咐劍蘭。「帶兩雙就行了，不用都帶。」

劍蘭依言放下兩雙，卻又找出一雙靛青色，同樣繡著淡綠色蘭草的鞋子。「世子爺帶上這雙吧，替換著穿。」

楚昕不置可否地點點頭，出門去找含光。

少頃，蕙蘭回來，打開收拾好的包裹看兩眼，皺起眉頭。「怎麼帶了這雙鞋？」

「世子爺同意的。」劍蘭道。「爺的腳易出汗，在那邊又沒人天天給他烘鞋子，多帶幾雙替換穿。」

一雙鞋，何至於大驚小怪的？即便是京都，張家舅太太也送過鞋，世子不也沒說什麼？」

鞋子和那件長袍都是竇太太送來的。

劍蘭到鋪子裡買格褙，正好遇到竇太太。竇太太握著她的手，誇她相貌好氣度好，又說做鞋費事，尤其納鞋底，別把她的手磨糙了。竇家有兩個女紅頗為不錯的婦人，幹活也俐落，有事吩咐她們就是。

當天，婦人就來要了楚昕的尺寸，不但做了楚昕的衣袍，還給劍蘭和蕙蘭各做了一條裙子。

兩位婦人的手藝著實不錯，針腳既勻稱且細密，蕙蘭不想收，劍蘭做主接了。

在京都時，楚昕的衣裳鞋襪多在針線房做，劍蘭只負責荷包香囊等物，偶爾做兩件中衣。自從來到宣府，楚昕的裡外衣物都落在劍蘭身上。雖說他外面多穿護甲和裋褐，可中衣卻一點都不少。劍蘭天天低頭做針線，早就厭煩了。

楚昕壓根兒看不出誰做的針線，除了楊妡做的那幾件外，他從來不過問是哪裡來的。能有個幫忙的，何樂而不為？

竇太太的心思，劍蘭略略猜到幾分，不就是想把竇笑菊送上門給楚昕當妾？楚昕生得這副模樣，又常年習武，身體健壯得像狼崽子，哪個女孩子不愛？

劍蘭今年已經十九歲，早就芳心萌動了，只是礙於楚昕不通男女之事，心裡沒這根弦，她也不好往前湊。

現在楚昕已經嘗到滋味，而楊妡又不可能來宣府，楚昕身邊也該有個人伺候。雖然楚家沒有收姨娘的例，可楚昕真要收了竇笑菊，又能怎樣？秦老夫人把楚昕看成心尖尖一般，還能真攔著自己的寶貝孫子納妾？有其一便有其二。

竇笑菊不方便時，她可不就有了機會？貼身丫鬟抬成姨娘的例子不勝枚舉。

當初，楚貴妃把她們送給楚昕，就說的是照顧起居，貼身伺候。貼身什麼意思，誰還不清楚？

一念至此，劍蘭忽覺臉頰熱辣得厲害，忙抬手捂住，平靜了片刻，推著蕙蘭往外走。

「世子爺讓妳把他常看的書找出來，趕緊去收拾，別耽誤爺的事。」

見蕙蘭走了，輕舒口氣，走到鏡子前。

鏡子裡清清楚楚地照出她的面容，櫻唇柳眉杏眼桃腮，雖說比不過楊妡嬌柔明媚，可她腮旁蘊著霞色，眸裡汪著春水，別有一番氣度，比起竇太太絲毫不差。

劍蘭不敢多看，悄悄把自己才做好的香囊塞進了包裹裡。

秋意漸濃，轉眼已是十月。

一場秋雨過後，霜醉居門前的黃櫨盡數被染成金黃，而覽勝閣旁邊的松柏卻蒼翠依舊。

楊妡穿件銀紅色夾棉襖子好奇地看著清娘手裡的小弩。「這個怎麼用？」

清娘告訴她。「看好了，這裡有處機關，扳下去就能射出弩箭……青菱往旁邊挪挪，免得傷到妳。」

用力扳下機關，一支約莫兩寸長的箭矢帶著「嗖嗖」的風聲破空而去，落在一丈開外。

楊妡試了一次。「力道挺大，不知道準頭怎麼樣？」

「夫人要經常練習才行。」清娘接著示範給她怎樣把小弩綁在手腕上，怎麼安上竹箭。

楊妡覺得挺有意思，只是需要穿廣袖衫子才行，窄袖衣衫則不太方便。

青菱道：「這個東西很輕巧，綁在腿上也可以，緊急時候拿出來便是。葉姊姊，能不能也幫我做一個，我總是要寸步不離地跟著夫人。」

清娘本姓葉，單名一個「清」字。

「可以。」清娘爽快地應下來。「這個是試手的，暫且看看哪裡不太靈便需要改進，回頭多做幾個，妳們都練練，把準頭練出來。」

青菱雀躍。「那最好不過。」

又過十幾日，清娘更動了兩處不順手的地方，臨川找先前的工匠做出四把來，分給青菱、青藕等人。

清娘成了教頭，每天早晚兩次帶她們練習用弩，順帶督促她們快跑。

這樣的鍛鍊頗有益處，楊妧再去護國寺，驚訝地發現自己居然能夠一鼓作氣地爬上八十一階臺階，中途不需要歇息了。

她把抄好的經書交給圓真，順便帶了兩罐肉乾和一包糖。

圓真極其認真地說：「我每天都會誦讀，讓佛祖保佑世子平安。夫人以後不用給我帶肉乾，我要持戒律……但是糖可以吃，最好帶花生或者核桃的。」

楊妧忍俊不禁。「好，回頭給你送花生糖。你還想要什麼，我給你做件法衣？色衣怎麼樣？」

色衣是法會時候穿的繡有金線的大紅袈裟。

圓真赧然道：「我還不能參加法會，後年就可以了，後年再給我做，我肯定會比現在高出一大截。」

圓真眼下十歲，再過兩年是十二歲，個子必然要躥起來了。

楊妧笑著應好，又到何文雋的長明燈前拜了拜，出來時，看到他提著一籃柿子在外面等著。

圓真道：「已經軟了，四、五天之前摘的，夫人再不來就要被師兄弟們吃光了。」

楊妧謝過他，將籃子交給清娘，便要下山回府。經過藏經樓時，她無意中往旁邊瞧了眼，竟然看到了楊婉。

楊婉站在大槐樹下，穿茜紅色夾棉小襖，襖子極合體，襯著腰身柔軟纖細，盈盈不堪一握，底下搭配著湖藍色湘裙，裙襬被秋風吹動，蕩出好看的漩渦。

在她對面的是位二十出頭的男子，男子側身站著，身姿頎長，穿件鴉青色直裰，袍邊繫了塊水頭頗好的羊脂玉珮，正唇角含笑地對楊婉說著什麼。

那側臉，楊妧再熟悉不過。

赫然便是陸知海。

第一百二十七章

楊妧幾乎不敢相信自己的眼睛，再仔細打量兩眼，千真萬確真的就是楊婉和陸知海。

可這兩人根本八竿子打不著，怎麼可能湊到一起？楊妧絞盡腦汁都想不通，索性沒回府，先去了四條胡同。

關氏正拿去年的棉袍給楊懷宣比量，瞧見楊妧，眸中便帶了笑。「今兒怎麼過來了？」

「從護國寺拿回來幾個柿子。」楊妧將籃子放下，抻著棉袍衣襬道：「弟弟長高不少，不如改成短襖，截下來的部分做兩個袖筒……弟弟今年的棉襖做了嗎？」

「都這個時候了，還能不做？」關氏笑嗔一聲。「做了一件厚的，一件夾棉的，再把這件改改，足夠穿了。小嬋也是兩件……這一個多月沒幹別的，光做棉襖了。」

楊妧進屋，看到床上楊嬋的兩件新棉襖，摸了摸厚薄，貌似輕鬆地問：「五妹妹呢？剛才在護國寺冷不丁看見個人跟她很像，沒太敢認。」

「妳祖母這幾天夜裡睡不踏實，總發夢魘，說要請大師解夢，順便聽大師講兩卷經。我不得空，阿婉陪著去的。」

楊妧又問：「祖母不打算回濟南過年了？」

「不回。」關氏略帶無奈地說：「要在這裡照看懷安讀書，還要給阿婉說親。」

楊妧「切」了聲。當初分家時，秦氏口口聲聲說要跟長子生活。可她既不肯走，關氏自然也不能攆人，畢竟秦氏是長輩，要盡孝。

楊妧問道：「可曾相看過人家？」

「沒有，我天天忙得腳不點地，哪有工夫出去應酬？阿婉就去真彩閣做了幾身衣裳，再就今兒去了護國寺，也沒出門。」

那就是說，今天楊婉是頭一次遇到陸知海。

楊妧略略放下心，對關氏道：「我看到五妹妹跟長興侯在一起說話。長興侯府裡人口雖簡單，可陸夫人還有嫁到東川侯府的陸大奶奶都不是善茬，先前世子還跟長興侯有過爭執，反正陸家就是個爛泥塘。如果陸家上門求親，您告訴祖母千萬別應。」

楊妧不遺餘力地貶損陸知海。

關氏笑道：「八字還沒一撇，妳都考慮到別人上門提親了。阿婉也不是什麼國色天香的人物，人家非得一見鍾情？都要晌午了，妳快回去吧，免得府裡等妳吃飯，這事我會跟妳祖母說。」

楊妧面帶赧然。她確實想得太早了，但是不得不未雨綢繆。楊婉雖說平常待她並不和睦，畢竟也是堂姊妹，不能眼睜睜地看著她往火坑裡跳。

回府後，楊妧收到楚昕的信。

信上說他去了懷安衛，正跟蕭千戶學習怎麼部署防禦工事。前幾天他帶人打了一隻四百斤的大野豬，他們燉了殺豬菜，灌了血腸。血腸很好吃，可惜灌起來麻煩，火候也得掌握得好，否則就會炸開。

又說營帳裡的床鋪硬，怎麼睡都不舒服。

去年楚昕是寒冬時候去懷安衛的，可信上半分抱怨都沒有，全是說這般好那般好。顯然他的本意並非嫌床硬。

楊妧既好笑又覺心疼，事無巨細地回了封很長的信，順道寄了兩副兔毛護膝和兩件羊皮背心過去。

卻沒說她要到宣府的事情，她想給他個驚喜。

一場冬雪後，楊妧開始陪著楚映一場接一場地參加宴請。只可惜楚映的紅鸞星穩如泰山，一動不動。

秦老夫人和楚映都不著急，唯獨張夫人私下跟董嬤嬤嘀咕，覺得楊妧沒有盡心，而且三次宴請有兩次帶著楊婉，肯定把心思都用在自家妹妹身上了。

董嬤嬤看著因生產而明顯豐腴的張夫人，雙唇嚅動，終於忍不住說出口。「夫人快別這麼說，按理，小姑子親事也落不到嫂子頭上。」

除非婆婆早故或者有其他什麼事情，才會有嫂子給小姑張羅親事。

張夫人不愛聽，可鑑於董嬤嬤是自己最信得過的人，再沒有多說什麼。

進了臘月，楊妧更加忙碌。

外頭的八間店鋪、四個田莊都是嚴總管打理，楊妧不參與，但帳目卻是送了進來。她叫上楚映，頭對著頭撥算盤珠子，足足用了十天才核對完畢。

接著就是準備年節禮。

楊妧早有成算，按著往年的例把有來往的人家先列出單子，大概擬個禮單，再交由秦老夫人定奪。

秦老夫人的日子過得前所未有的舒暢。早晨由楊妧和楚映陪著用了飯，那兩人自去管家理事，秦老夫人便溜達著到正房院去。

因為天氣冷，她捨不得讓暉哥兒來回吹冷風，所以不辭辛苦地去看孫子。暉哥兒已經半歲有餘，精神十足，不但能坐得很穩當，而且試探著想爬了。

逗著暉哥兒玩上大半個時辰，如果天氣好，秦老夫人就在園子裡散散心；若是風大，就回瑞萱堂，喊著莊嬤嬤和荔枝、紅棗打葉子牌。

楊妧中午不在瑞萱堂用飯，傍晚時分會過來。

荔枝拿著帳本子笑。「夫人，老夫人今兒又輸了錢，讓找您結算。」

秦老夫人贏了錢會放到自個兒匣子裡，若是輸了就讓荔枝找楊妧要，每次玩得不大，輸贏只是二、三十個銅錢。

楊妧不滿地對秦老夫人道：「祖母，可不帶這樣的，您那錢匣子都快滿了，還天天惦記著我的荷包。您能不能把算計我的這個精神用在莊嬤嬤身上，好歹贏點銀子過年。我看帳本上，就屬莊嬤嬤贏得多。」

莊嬤嬤緊著將荷包往袖袋裡塞，一邊塞一邊嘀咕。「明兒我不帶錢，如果真輸了就賴著。賴上四、五天，老夫人就忘記這茬了。」

秦老夫人笑得眼淚都出來了，罵道：「都來瞧瞧，這老貨比我還賴皮！」

瑞萱堂笑語喧闐。

小年的前一天，林醫正給秦老夫人請平安脈，欣慰地說：「老夫人脈象好極了，氣色也好。等開春天氣暖了，您多出去走動著，身體還會康健，再活二、三十年不成問題。」

秦老夫人高興地和莊嬤嬤合算。「四丫頭之前說，讓我看著重孫子娶媳婦。重孫子我不指望，能看著暉哥兒成親也行。暉哥兒娶媳婦不能娶太精明的，昕哥兒是長孫，家裡祖產莊子都要留給他，太精明的媳婦怕是愛挑事。最好找個知書達禮溫柔體貼的，有昕哥兒和四丫頭照拂提攜，小日子過得也不會差。」

莊嬤嬤抿著嘴笑。「回頭我訪聽一下這兩年出生的小丫頭，有沒有性情好的先備著。」

「一、兩歲的丫頭除了哭就是鬧，哪有性情？總得十一、二歲才能看出來。」話出口，秦老夫人已知莊嬤嬤在打趣自己，笑嗔一句。「妳也學得胡鬧了。」

說說笑笑中，除夕夜到了。

放完爆竹，吃完年夜飯，張夫人哄著暉哥兒早早去歇息，楊妧跟楚映在瑞萱堂陪秦老夫人說話。

秦老夫人吩咐莊嬤嬤把她兩個妝匣拿過來。妝匣都是雞翅木的，分成三層抽屜，上面雕著精美的花卉。莊嬤嬤將六個抽屜全都取下來，一字擺開放在炕桌上，裡面的金銀玉石被燭光映得熠熠生輝璀璨奪目。

秦老夫人笑著拿起一支點翠髮簪。「都是年輕時候置辦的首飾，如今可戴不得這麼大朵的，正好今兒得閒給妳們分分。」話語很平靜，卻莫名地教人感覺有些傷感。

楚映推讓道：「祖母留著自己戴吧，我不缺首飾。」

楊妧卻歪著頭做不信狀。「祖母沒有藏私？」

莊嬤嬤「噗哧」笑出聲。

「這個促狹鬼，沒大沒小的。」秦老夫人佯怒，將抽屜往楚映面前推了推。「大姑娘先挑，挑剩了再給妳嫂子。」

這一打岔，傷感的氣氛蕩然無存。

楚映拿起秦老夫人剛才看過的點翠髮簪放到楊妧跟前。「這個給妳，我不喜歡點翠，這兩支珠釵給我。」說著挑了幾支鑲南珠的髮釵。

楊妧將一套鑲紅寶的頭面找給她。「妳的首飾都素淨，紅寶看著喜慶，逢年過節戴。」

兩人有說有笑有商有量地把首飾分完，楊妧卻又找出幾樣仍舊放回匣子裡。「我和阿映年紀輕，壓不住祖母綠和貓眼石。祖母平常在家可以隨意些，出門做客的時候總得戴幾樣裝門面。」

秦老夫人搖頭。「妳儘管留著，我出門的首飾都在另外一個匣子裡，就是打點人的也都有。」

楊妧道：「看吧，就知道祖母還藏著私房。」

這下連楚映也忍不住笑起來。

莊嬤嬤找匣子將兩人的首飾另外盛了，荔枝笑盈盈地端上熱茶，換下了冷的，紅棗在茶爐旁烤了花生，趁著熱呼也呈了上來。

大街上，不知道哪家在放煙火，把窗紙映得時而紅時而綠。

歡聲笑語裡，元煦十三年平安過去，元煦十四年如期而至。

比起臘月的忙碌，整個正月，楊妧過得非常清閒，正好趁這個機會把小弩練熟了，準頭也大有長進。

雖然比不上楚昕箭無虛發，至少射出去五支能有三支落在靶心附近。

余新梅的婚期定在二月初十，初九那天，楊妧和楚昕過去添妝。

因為錢老夫人和顧常寶對楊家都多有照顧，楊妧備的禮格外貴重，是一套赤金鑲大紅色瑪瑙石的頭面，有分心、頂簪、掩鬢林林總總七、八樣，用鋪著墨綠色絨布的匣子盛著，格外奪目。

與明心蘭出閣時候的緊張與忐忑相反，余新梅非常輕鬆自在，興致勃勃地帶她們看了自己的嫁妝，又去看已經燙好、掛在架子上的喜服和喜帕等物品。

嫁妝擺在前院，兩排身穿玄色裋褐、腰繫大紅腰帶、綁著大紅綁腿、精神抖擻的小廝已經做好了準備，只待發妝的鞭炮響起，第一抬嫁妝就要出門。

余新梅的嫁妝共六十四抬，但是陪嫁了兩間鋪面和兩個田莊，算是相當豐厚了。

楊妧想起自己出閣請了兩套禮樂班子的事，悄悄湊到余新梅耳邊道：「明天的吉時是什麼時候？顧家幾時來迎親？」

「酉正兩刻行禮，迎親是申初。」余新梅瞧著楊妧眸中閃動的光芒，猜到她的想法，笑道：「顧常寶是想得瑟來著，說要比照楚世子，被我祖母灰頭灰腦地罵了回去。昨天顛顛給我送信，說迎親的禮樂班子虧了我，要在席面上補回來。」

楊妧故作懊惱狀。「可惜我大哥正悶頭苦讀，否則真該去蹭頓飯。」話音一轉，笑問：「都要成親了，還天天魚雁傳書？」

余新梅撇下嘴。「他這人沒主見，雞毛蒜皮的事也要問我。」

楊妧微笑。倘若顧常寶真沒主見，元煦帝不會把今年的祿米差事又交給他，而且范真玉召集商隊去寧夏，顧家的鋪子也跟著去了，只不過是顧常寶尊重余新梅的意見而已。

楊妧很替余新梅高興，這輩子不必跟那位軟飯硬吃的馮孝全糾纏了。

午飯時，錢老夫人給她們送了罈去年秋天的桂花釀。兩斤半的罈子，六位姑娘喝了個底朝天，其中楊妧和明心蘭是成了親的婦人，格外被多灌了兩盅。

楊妧臉頰酡紅薄有醉意，抱著余新梅不停傻笑。

錢老夫人一邊張羅著讓沏蜂蜜水，一邊絮絮地對自己的二兒媳——余新梅的娘親道：「這會兒放心了吧？阿梅不缺人照拂，楊家四丫頭和明家三丫頭心思都通透著，為人也厚道。原本我惦記著把四丫頭說給新舲，誰知鎮國公府那老貨近水樓臺先搶了去。」

余二太太捏著帕子不停地摁眼窩。

她跟著余二老爺外放多年，眼見著這一任還不能進京，心裡著實擔心自己的長女。

余家人自是沒話說，素來同氣連枝，只怕余新梅太過懂事，受了委屈自己忍著不告訴家裡人。小姊妹卻不一樣，湊在一起都是談論姑婆相公，多幾個知交便意味著有幾個能幫忙開解、出主意的人。

余二太太收了帕子，吩咐丫鬟。「切幾個秋梨，把蜜桔送過去給姑娘們解酒。」

楊妧等人在余家待到酉初才告辭。

雖然已經出了正月，春寒仍是料峭，青菱幫楊妧攏緊斗篷，笑問：「夫人中午喝得不少，有沒有覺得頭疼，我讓人回府備著醒酒湯？」

楊妧笑道：「哪裡用得著醒酒湯，我沒事，就是……看著新梅和心蘭都有好歸宿，心裡高興。」頓一頓續道：「讓人跟老夫人說一聲，我順便去真彩閣把大姑娘的衣裳取了，免得再特地跑趟腿。」

青菱自去吩咐跟車的護院。

清娘扶著楊妧和楚映先後上了馬車，一路疾馳往雙碾街走。

眼看就要拐到雙碾街，馬車驟然停下來，楊妧身體猛地往前衝去，幸好清娘眼疾手快，一手一個將她和楚映護住了。

只聽外面傳來李先的怒罵聲。「你長沒長眼，站在街道中間想找死？」

楊妧心頭一驚，清娘開口道：「我下去看看怎麼回事。」俐落地跳下了馬車。

楊妧悄悄將車簾撩開一條縫，看到車旁站著位約莫二十歲年紀的男子。

那人穿件靛青色素面長袍，目光清亮鼻梁挺直，相貌非常出色，唯獨臉頰因為激動，漲得略略有些發紅，看起來像是進京應考的書生。

第一百二十八章

書生長揖道：「這位兄臺，實在對不起，在下著實沒留意有車過來。」

「對不起有屁用，若是傷著我家世子夫人跟大小姐，你擔當得起？」李先怒氣未消，側頭問清娘。「夫人可還好？」

清娘沈聲道：「萬幸無礙。」

李先回過頭仍罵那書生。「這次算你走運，否則你吃不了兜著走，還不趕緊讓開?!」

書生揖了下，避到街旁。

清娘上車，渾不在意地說：「沒什麼大事，一個書呆子擋了路。可能讀書讀得迂腐了，這麼寬的路不走，非得傻乎乎地站在正中間。」

話音剛落，就感覺車子猛然一震，再次停住。

只聽李先罵罵咧咧的聲音。「娘的，一次次沒完沒了，你真想找死，老子就成全你！」

接著聽到有重物倒在地上的悶響。

楊妧忙跟清娘道：「讓李先別忙動手，問問怎麼個情況？」說著，攏了攏斗篷上的風帽下了車。

楚映跟著下來，兩個護院立刻圍在她們身邊，神情戒備，而另外兩個一人一邊把書生摁在地面上。

李先上前行禮，指著那書生道：「夫人，這小子剛就在大街上擋著道，我沒跟他一般見識。這會兒正要走，他又衝過來找死。這種人不教訓一頓不足以解恨。」

書生掙扎著呼喊。「夫人有所不知，我並非有意阻攔馬車。」

楊妧輕聲道：「讓他起來說話。」

書生站起身，拂了拂衣衫上塵土，走近前長長一揖。「見過夫人。在下姓陸名凡枝，上虞人氏，已有舉人功名，前天進京趕考……」

陸凡枝？楊妧下意識地抬眸。面前之人身量頗高，跟楚昕差不多，額頭飽滿黑眸溫暄，雖然被兩名護院虎視眈眈地盯著，卻絲毫不改斯文儒雅之氣。難怪前世靜雅會相中他，甚至不惜使出下三濫的手段。

陸凡枝道：「在下不慎遺失了小印，錢莊裡需得有印章才能取出銀兩。適才，在下看到小印就在車輪前方，怕壓壞了，這才貿然上前。」

說著，雙手托著一方印章呈上來。

楊妧不可能伸手去接，只略略掃了眼。

印章是黃玉雕成，落在地面上著實不太顯眼，那雙手卻很漂亮，手指細長骨節勻稱。看來所言非虛。

因為前世的事情，楊妧對陸凡枝極為同情，此時也不打算多加追究，只淡淡地說：「印章事小，可以另行再刻，倘若馬匹不慎踩踏到公子身上，傷了胳膊傷了腿或者鬧出人命，公子十年寒窗豈不是白讀了？」

陸凡枝再度長揖。「多謝夫人指點，在下魯莽了。」

楊妧沒言語，拉著楚映一同上了車。

李先氣呼呼地「哼」一聲。「算你走運遇上我家夫人，否則一頓打是少不了的。」

馬車拐到雙碾街繼續前行。

楚映小聲問：「阿妧，上虞是哪裡？」

「浙江，紹興府。」

楚映「咦」道：「就是出師爺的那個地方？刑名師爺、錢糧師爺……這人學問應該不錯，也不知能不能考中？」

楊妧無謂地說：「八成能吧？江南出才子，江西出官員，六部中籍貫在江西的官員最多。」

側眸，瞧見楚映臉上顯出一種不太正常的紅暈。楊妧正納罕，馬車在真彩閣門前徐徐停下。

楚映做了六身春衫，其中有兩身特意為及笄禮準備的曲裾深衣和大袖禮服。

等楚映逐件試完，兩人回到家裡，天色已經開始暗下來。秦老夫人早就等急了，嗔怪道：「怎麼耽擱到現在？」

楊妧捧一盞熱茶，笑呵呵地說了余家的熱鬧，又講了遇到陸凡枝的事情。「……也不知道個輕重緩急，正趕著車呢就往街中間走，幸好李先趕車手藝好，否則被馬踢一腳，這一科是別指望了。」

秦老夫人思量片刻，問道：「聽名字有點耳熟，是哪個陸凡枝？」

楊妧笑答。「說是進京春闈的士子，浙江上虞人，身量跟表哥差不多，生得挺俊俏。祖母認識他？」

楚映兩眼亮晶晶地接話道：「是不是咱們家親戚？」

秦老夫人醒悟到自己又記混了，忙不迭地搖頭。「不是，咱家沒有紹興府的親戚。」

楚映面上頓時露出一絲失望。

楊妧看在眼裡，眸光閃了閃。陸凡枝本人應該很不錯，前世他在貴州為一縣父母官，清正方廉，頗受百姓愛戴。只不知家裡怎麼樣、門風如何？

回到覽勝閣，她告訴清娘。「讓青劍打聽一下今天那個陸凡枝，家裡都有什麼人。」

青劍動作很快，不過半個多月已經打聽得清清楚楚。

陸凡枝兄弟三人另有一個姊姊，他在家中年紀最幼。長兄有個秀才的功名，現在上虞縣的三山書院坐館授業，次兄對讀書不感興趣，經營了一家小飯館，生意還算興隆。

兩位兄長和姊姊都已婚配，陸凡枝的父母和祖父母都還健在，其祖父母比秦老夫人年紀略大，身體非常硬朗。

陸家除了次子經營的飯館外，還有間雜貨鋪子，由陸父照應著，另外家中有八十餘畝地，家境說不上富裕，但也能豐衣足食。陸家四世同堂，父慈子孝兄友弟恭，在上虞是數得著的和睦之家，口碑極好。

楊妧聽罷，心中猶豫不決。陸家確實普通得不能再普通了，即便楚映能夠放下身段低嫁，陸家又敢不敢娶國公府的姑娘呢？

怔忡間，發榜的日子到了。

臨川知道楊妧惦記著楊懷安的成績，一大早就到禮部門口等著放榜。楊妧等得心神不定，乾脆到正房院陪秦老夫人逗暉哥兒玩。

天氣轉暖，暉哥兒脫下厚重的棉襖棉褲，身子輕快了，突然就學會了爬，一學會就爬得飛快，稍不注意，他就爬到炕邊去了。乳娘和四個丫鬟不錯眼珠地盯著，眼前時刻不能離人。

楊妧搖著撥浪鼓逗他，暉哥兒早玩膩了撥浪鼓，卻瞧中了秦老夫人手裡金燦燦的大佛手，「嗖嗖」地從炕尾爬到炕頭。

秦老夫人歡喜道：「看這個俐落勁兒，跟昕哥兒小時候差不多。」

正歡聲笑語時，紫藤樂滋滋地進來道：「回世子夫人，剛臨川說楊家舅爺高中了。」

楊妧騰地站起來。「真的？多少名？」

秦老夫人揚聲道：「讓臨川進來回話。」

臨川先磕頭請了安，咧著大嘴道：「是七十六名。我數了好幾遍，就是楊家舅爺的名諱。」

前世，楊懷安連續考了三回都沒考中。楊妧覺得這回能考個同進士也不錯，沒想到竟然能進二甲，真是值得慶賀。

青菱識趣地掏出個銀錠子。「喲，世子夫人賞你的。」

「謝夫人賞。」臨川美滋滋地接著。「我知道夫人惦記，先回來報個信，那邊還留了人抄名錄，稍後就能送來。」再磕個頭，輕手輕腳地離開。

屋裡人齊聲向楊妧道賀，楊妧笑著吩咐青菱。「跟廚房說，中午加菜，從我體己銀子裡出。」

楚映得知消息，也趕來給楊妧道喜，剛巧外頭送了名單進來。

此次共取中二百一十六人，一甲三人、二甲百二十人，其餘盡在三甲之列。楊妧一眼就看到了馮孝全的名字，在二甲的頭一位，跟前世一樣，仍是傳臚。

楚映卻指著陸凡枝的名字，興奮地說：「這人果然有學問，考得還不錯。」

陸凡枝排在第二十八名，比較靠前的位置。

楊妧點頭。「是有些真才實學。」

楚映嘰嘰喳喳地說：「不知道他要考庶吉士，還是直接做官？要說還是考庶吉士更好，可以留在翰林院為官，不是說非翰林不得入閣嗎？」

往常楚映並不關心什麼翰林、內閣，有這個閒工夫不如做幾幅畫。這下秦老夫人也察覺到，目光敏銳地掃視過來。

剛好楊家派人送信來道喜，楊妧急匆匆收拾出幾樣賀禮回四條胡同轉了圈，再回來，徑直去了瑞萱堂。

那張寫著考中士子名諱的字紙就放在炕桌上，陸凡枝的名字旁邊有道深深的指甲印。

楊妧低聲道：「被陸凡枝衝撞那天就感覺阿映不太對勁，回來之後讓青劍打聽了一番。」細細地將陸家情況告訴給秦老夫人。「陸家都是本分人，門風也不錯，陸老爺和兩位少爺家中都無妾室。」

秦老夫人輕輕「嘆」一聲。「門戶也太低了些，家裡又不在京都。」接著再嘆一聲。「這樣的人，既怕他不孝順，也怕他太孝順。」

不孝順的人德行不好，太孝順則擔心他為了爹娘而委屈媳婦。就像馮孝全似的，不折不扣的大孝子，可都是拿著媳婦的嫁妝來伺候老娘。

誰能說陸凡枝就一定比馮孝全強？

楊妧也想到這點，遂道：「那就等等再看，阿映的親事不用著急，大不了在家裡多留兩年，十六、七歲出嫁也不晚。」

「那倒是。」秦老夫人非常贊成。「慢慢再訪聽吧，我還是想把大姑娘許個京城人家。」

楊妧暫且擱置下楚映這頭，沒幾天，關氏打發春笑送信來，說長興侯陸家託人向楊婉提親，秦氏已經同意了。

第一百二十九章

楊妧頭大如斗，到瑞萱堂跟秦老夫人知會一聲，命人備車要回四條胡同。

秦老夫人見她著急，溫聲勸道：「四丫頭，各人有各人的緣分，妳覺得長興侯不合適，別人未必這麼看。」

楊妧自不好把前世那些齷齪事情擺出來，只道：「上次表哥把長興侯打了，我又把汪太太得罪得不輕，以後見面怎麼處？再者，長興侯……外面看著光鮮，我看他根本頂不起事，自己捱了打還要指望嫁了人的長姊出面。」

可她前世在陸家過得相當不錯，還跟陸知海生養了孩子。因為是楚昕瞧中的姑娘，又因為楊妧和余新梅來往多，秦老夫人時不時會聽錢老夫人提起她，不外乎說她賢惠能幹，憑一己之力把陸家管理得井井有條。

秦老夫人感慨不已。

緣分真是沒法說，這世她成了自己的孫媳婦，能幹照舊能幹，卻看陸知海不順眼了。

不管怎樣，對楚家而言，這總是件好事。

楊妧回到四條胡同，寒暄兩句，便問起楊婉的親事。

秦氏面上帶一絲得意。「托清遠侯長媳劉夫人作的媒，正月就來求過，我說考慮考慮，前幾天又來求。勛貴之家到咱們門上求親，架子放得那麼低，誠意給得足足的，我也不好再推辭。加上阿婉見過長興侯兩次，彼此有情有義，索性就成全了她。」

楊妧道：「祖母不知，長興侯……只會點詩詞歌賦，並無真才實學，家裡老夫人託病諸事不管，已經出閣的姑奶奶握著府裡中饋不放……」

話未說完，楊婉已經搶白道：「怎麼沒有真才實學？妳知道銀杏樹也叫白果的，有雌雄之分嗎？妳能分辨出來嗎？」

楊妧無語。怎麼前後兩世，陸知海還是用這一套跟女孩子搭訕？

「我當然知道，但是知道這個有什麼用，又不能治國安邦，也不能興家舉業。陸知海已經行過冠禮，連件差事都沒領過，只靠著祖上餘蔭生活，陸家那點家底，能支撐幾年？」

「瘦死的駱駝比馬大，成親之後，我當然會勸他上進。」楊婉說得理直氣壯，好像已經能當長興侯的家似的。「何況，我也不像妳那麼市儈，黑眼珠只能看到白銀子，拿著婆家的東西給自己撐臉面，別人不好意思提，咱們家誰不知道？」

「阿婉！」秦氏沈聲止住她。「妳姊姊說得有道理，男人是得領幾件差事做，再大的家業也禁不起坐吃山空……阿妧，四姑爺跟顧家三爺相熟，以後祿米生意讓長興侯也跟著參一股，又不是外人。」

呵呵！楊妧差點給氣笑了。「長興侯清雅矜貴，哪能看得上做生意的賤業，別讓阿堵物髒了他的手。再者，我哪好拿婆家的臉面給娘家做人情，怕外人知道笑話。」這是把楊婉適才的話回敬給她。

而且當年她跟何五爺倒賣祿米時，婆婆和陸知海再三嫌棄她拋頭露面，直到她拿了白花花的銀子回來，兩人才閉了嘴。

秦氏又瞪楊婉兩眼，回過頭來，神情頓時變得舒緩親切。「一家子親戚，有什麼可笑話的？做生意確實不太體面，那就別讓長興侯親自出面，拿出千兒八百兩銀子當本錢，年底分一成紅利即可，礙不著他的清雅。」

楊婉連連點頭。「這個主意好。」

楊妧又想「呵呵」了。

合著顧常寶缺這千八百兩銀子？單是成親那天，灑在大街上的銅錢加起來就近千兩了。

看來秦氏和楊婉是十足認可這門親事，已經開始為婚後生活打算了。楊妧心底油然生起濃重的無力。「訂親的事，伯父可知道？他怎麼說？」

前世，楊溥並不看好陸知海。

「當然同意。」楊婉毫不猶豫地說。

楊溥沒見過陸知海，但見秦氏信裡所言，感覺還不錯，只回覆「一切憑母親做主」。趙氏卻非常滿意，特地另寫了一封信讓楊婉一定把握好，讓長房揚眉吐氣一把。

三房買了宅院，楊妧又攀上高枝，凡知道消息的親朋好友莫不羨慕得厲害，趙氏整整憋了一年氣，這次定然要打個翻身仗。

而且楚昕只是個世子，要當上國公還得熬幾十年，而陸知海已經是妥妥的侯爺。就這點，楊婉穩壓楊妧半頭。

既然長房上下都同意這門親事，楊妧這個堂姊有什麼理由阻止？說多了，別人還以為她見不得楊婉好呢。

楊妧道：「那就由祖母做主吧，不過醜話說在前頭，以後若是受了委屈，別怪我沒提醒妳。」

「噯，妳這是咒我呢！」楊婉拉長著臉。「妳是不是巴不得我好？」

看看吧，這就來了。楊妧自嘲地笑笑。「怎麼會呢，我祝妳生活幸福美滿。婚期若是定下來，打發人告訴我一聲，我給妳添妝。還有，妳不會在我家出閣吧，我家這點地方，實在容不下太多人，也說不過去。妳們幾時搬家，也打發人跟我送個信。」

再不多言，跟關氏聊幾句閒話，徑自回府。

秦氏也在為房子發愁。關氏這座宅院確實不大，楊妧出閣之後騰出來東廂房，但留下二十個箱籠，都是上好的木頭，別處沒地方放，又不能擺在院子裡風吹日曬，只能搬到東廂房去。

秦氏至今還是跟楊婉住一間屋。楊婉出嫁，楊溥兩口子肯定要來，還有二孫子，楊沛即便騰不出空，但柳氏帶著孩子一定要過來，人多才熱鬧，但這麼多人住哪裡呢？就是吃飯也成問題。

當務之急，應該盡快買處宅院，最好是三進的，實在不行二進也使得，像關氏這棟，平常一家子住是足夠了。

秦氏手裡有錢，至少兩千兩銀子，還有些年輕時候的首飾，可她還想留著給兩個孫子成親，楊婉的嫁妝也得置辦。

楊妧嫁給世子是滿滿當當一百二十抬嫁妝，總不能楊婉嫁個侯爺，連半數都湊不到。如果長興侯也能拿出兩萬銀子給楊婉做面子就好了……即便沒那麼多，拿出一萬或者八千也夠。堂堂侯府，不可能沒有積蓄，反正置辦成嫁妝也是要抬到侯府，以後留給陸家子孫，他們楊家絕不會貪男方的銀子。

秦氏越想越覺得有道理，只待合完八字下小定時，把這話跟媒人提一提。

楊妧灰頭灰臉地回到府裡，開始還覺得很生氣，睡過一覺翌日醒來便釋然了。

或許正如秦老夫人所言，各人有各人的緣法，說不定楊婉嫁到陸家，日子會幸福美滿。總之各人的路還是要自己走，她沒有必要干涉太多。

楊妧梳洗整齊，換件嫩粉色褙子，精神十足地去了瑞萱堂。

花園裡，連翹開得熱熱鬧鬧，桃花也綻出粉嫩花苞，團團簇簇，豔如朝霞。湖邊那排垂柳更是如雲似煙，漂亮極了。

秦老夫人上下打量她幾眼，笑容不由自主地綻開。「上次給大姑娘裁衣裳，妳怎麼不做幾件？這件褙子好幾年了吧？」

楊妧笑道：「剛進京那年做的，原是長褙子，套夾棉襖子穿的，前兩天青菱拿出來曬，我試了試還挺合身。祖母，您看我穿這件，是不是仍跟小姑娘似的？」

「十六、七歲，如果沒出閣，豈不就是小姑娘？」秦老夫人笑著把手裡請帖交給她。「余家送來的，說是賞桃花，叫大家過去熱鬧一天。」

因為余新梅成親，她嫡親的兄長余家老四余新舫也進了京，錢老夫人想趁此機會把兩個孫子的親事解決了。

楊妧問道：「余家四哥長得怎麼樣？余三哥挺周正的，人也正直，可惜跟阿映互相都沒看對眼。要是阿映能瞧中余四哥，我覺得挺合適。」

秦老夫人樂呵呵地說：「咱家和余家說好了不結親，還有定國公府上。雖然平常來往不算多，可一旦有事情，他們家絕對不會袖手。」

有時候姻親不方便出面，但看似沒有利益相關的旁觀者反倒容易說話。正如前世，楚昕血洗趙家滿門，定國公連夜召集人寫辯折，可惜被忠勤伯鑽了空子。

余家花會定在三月十八。

楊妧和楚映打扮得漂漂亮亮地陪秦老夫人去赴宴，馬車剛到胡同口，正巧遇見顧家馬車，旁邊跟著一身緋紅、神采飛揚躊躇滿志的顧常寶。卻是余新梅跟顧夫人也來了。

兩家人索性都下了馬車，一道往裡面走。

余新梅是新媳婦，穿件極鮮亮的銀紅色褙子，氣色非常好，一看就知道過得特別如意。

楊妧正要打趣她幾句，清娘扯一下她衣袖，往旁邊努了努嘴。

不遠處，幾位頭戴四方平定巾的士子正在談笑，最邊上那人赫然就是陸凡枝。

楊妧忙告訴秦老夫人，秦老夫人不動聲色地望過去。

陸凡枝身量比另外三位略高些，穿件靛青色細布直裰，神色謙和舉止大方，看起來溫文爾雅又不失灑脫，的確非常出色。

據說，他會試的名次在三十六名，殿試時應對得體，又往前升了八個名次。秦老夫人默默地點了點頭。

這時，陸凡枝察覺到秦老夫人的目光，抬眸瞧過來。

上次因為楊妧和楚映風帽拉得低，又是年輕女子，他沒好意思看，不認識兩人，卻是認得清娘。

視線不由從清娘挪到旁邊。是個梳著圓髻的婦人，穿件淺丁香襖子，下面是顏色略深些的丁香色湘裙，相貌柔美神情淡然，應該是此前教訓他太過冒失的「夫人」。

再往旁邊，是位十四、五歲的少女。

陸凡枝正要打量，卻見少女正側過頭來，四目相對俱都一愣，陸凡枝忙低頭避開，腦海中卻浮現出驚鴻一瞥瞧見的面容。

皮膚白淨若初雪，眉眼精緻勝桃花，烏壓壓的墨髮上插一對精巧的珠釵，說不出的靈動飄逸，讓人難以或忘。

只可惜她是鎮國公府的小姐。

上次在雙碾街，有個商戶跟他說：「小哥還真走運，遇到的是鎮國公府的車，要是遇到別家，一頓鞭子是免不了的。」

他特地跟所住客棧的夥計打聽過，夥計說世代鎮國公均戍守宣府鎮，因殺戮太多，子孫非常單薄。國公府為了積福報，素來待人寬厚，即便是國公府世子性情驕縱囂張，也未曾欺壓過百姓。

陸凡枝對鎮國公府非常有好感，接連打聽了一些別的事情。

今天他們幾位同科進士應邀前來余閣老府邸參加文會，不承想竟然會遇到鎮國公府的人，而且這位楚姑娘還如此漂亮。

陸凡枝猛地回神，狠狠掐了一下掌心。國公府的姑娘，是自己這般升斗小民能肖想的嗎？

雖是如此，目光卻不受控制地追隨著那群人的身影而去。

楚姑娘穿玫紅色綾襖，湖藍色湘裙，裙襬繡著米白跟鵝黃相間的忍冬花，襯著她纖細而柔軟的腰肢，柳枝般婀娜。

楚映沒有回頭，卻彷彿察覺到一雙火辣辣的視線凝在自己後背，整個人頓時緊張起來，有些慌，也隱隱有絲歡喜。

直到走進角門，她才定下心，長長舒口氣，下意識往後看了眼，沒瞧見陸凡枝，卻看到衛國公府邸的馬車正緩緩馳進胡同，有護院在旁邊大聲吆喝著。「靜雅縣主在此，請速速避讓！」

秦老夫人跟顧夫人不約而同地皺起眉頭。

余閣老宴請，來客大都是世家名門以及新興權貴，窄小的胡同已經停了一排馬車，晚來的都是在胡同口下車，步行進來。靜雅這般做派，豈不是把人都得罪了？

楊妧額外多了層擔心。靜雅會不會遇到陸凡枝？雖然前世，靜雅是在菊花會上相中了他，可誰知今生會發生什麼變化呢？

楊妧下意識地放慢腳步，將帕子塞進清娘手裡，低聲道：「去看看那位陸凡枝，別讓他衝撞靜雅縣主的車駕。回來時，別人若問起，就說給我取帕子了。」

「我知道怎麼說。」清娘給她個不甚滿意的眼神，身手輕快地出了角門。

秦老夫人跟楊妧等人都是余家常客，沿路的亭臺樓閣也看過多次，便沒停留，直接進二門到了花廳。

主賓寒暄過，楊妧端起茶盅剛抿兩口，瞧見錢老夫人的長媳劉太太陪靜雅走了進來。

看樣子靜雅並沒有跟陸凡枝打照面，否則不可能來這麼快。楊妧放下心，復又端起茶盅小口小口抿著。

有丫鬟進來道：「夫人，您身邊伺候的嫂子說尋了帕子過來，正在院子候著。」

這也是余家下人的識趣之處，貼身物品不會代為傳遞，免得另生枝節。

楊婉走出花廳，清娘急步迎上來，將帕子交給她，低聲道：「縣主車駕經過時，我朝陸凡枝腿上扔了個石子，他低著頭看怎麼回事，恰好錯過了……」

第一百三十章

楊妧笑著點點頭，正要回花廳，靜雅從裡面出來，兩人剛好碰個對面。

靜雅擋住她的去路。「楊四，能談談嗎？」

楊妧挑眉。她們之間似乎並沒有可以交談的話題，但是又無法拒絕她的要求。

靜雅扭頭往門外撇了撇。「那片桃花不錯，過去看看？」

楊妧錯後半步跟著，清娘緊跟在她身旁，靜雅的兩個侍女再落後半步。

行至桃林旁，靜雅停住步子，示意侍女們離遠點，認真地打量楊妧幾眼。「好久沒看到妳了，精神不錯。」

楊妧笑道：「縣主氣色也極好。」

是真的好。面頰塗了脂粉，眉梢點了螺子黛，雙唇抹著嫣紅的口脂。原先靜雅相貌就不錯，妝點之後更顯嬌豔，再加上梳著嫵媚的飛雲髻，穿著鮮亮的玫瑰紅羅裙，比枝頭桃花更加昳麗。

靜雅開門見山地說：「楚世子仍舊在宣府，聽說成親剛一個月就走了？本來我相中了他，沒想到被妳搶了去，現在想想，沒嫁給他也挺幸運……楊四，妳可曾後悔成親？」

楊妧完全沒想到靜雅會如此直白，可又萬分不解，這有什麼可後悔的？

靜雅輕佻一笑。「讓妳獨守空房啊！國公爺每年回府不足半月，想必楚世子也會如此，漫漫長夜，妳一個人怎麼過？」

楊妧臉色漲得通紅。「縣主說這話不太合適吧？」

「反正沒別人，隨便聊聊唄。」靜雅抬手擼下一串桃花，漫不經心地將花瓣揉碎，一點點灑在地上。「我可是後悔了。妳知道吧，那位儀賓壓根兒不行，褲子沒脫下來就已經軟了。」

儘管知道四周沒人，楊妧還是下意識地側頭看了看。

靜雅嗤笑一聲。「洞房那天，忙活一晚上，連個邊都沒蹭到，哈哈哈！可是成親頭一天總不能沒有落紅吧，妳猜怎麼著？」

楊妧猜不到，靜雅也沒指望她回答，自顧自往下說：「他身邊的小廝倒不錯，美中不足就是太過粗俗，一句應景的詩文都說不上來……」

「縣主既然跟儀賓性情不合，不如和離歸家另覓佳婿。」

「我為什麼要和離？平白無故擔上個失婚婦人的名頭？」靜雅昂起下巴，又抓下一把桃花，洩憤般撕碎。「我偏要耗著，看誰能熬過誰？」

地上落了滿地殘紅，被風吹得四下飄散。

楊妧無語至極。和離雖然被人指點，難不成召了家僕進內室就是可圈可點之事？罔顧倫理在哪朝哪代都為世人所不容。

她還待再勸，靜雅卻驟然笑起來。「今年的狀元遊街妳去看過沒有，有幾位進士著實風采不凡。」笑聲裡別有意味。

楊妧頓時心生警惕。

「怕什麼？」靜雅「呵呵」地笑。「妳堂哥也是這科的進士吧？容貌跟妳有點像，氣度卻差遠了，遠不如江南的士子儒雅斯文。真的，他們用著吳儂軟語的腔調說官話，有趣極了……楊四，妳要不要一起玩？」

這是什麼意思？楊妧愕然，幾乎不敢相信自己的耳朵。

靜雅饒有興致地看著她白淨的臉龐極快地染成一層紅暈，眸底也燃起了熊熊怒火，笑容愈深。「長夜漫漫無所驅遣，找個樂子打發時間。」

真是無恥之極！楊妧氣得渾身哆嗦，說話聲都在顫抖。「抱歉，縣主另找他人吧，我無法奉陪。」轉身便走。

剛走兩步，身後傳來靜雅不屑的聲音。「真是慫包，怕什麼，妳只說去拜訪我，耽擱久了留宿，還有誰敢說閒話？」

楊妧腳步微頓，回身道：「我是有夫之婦，確實不敢罔顧倫理。更重要的是，我要臉，行不出這種卑鄙無恥的事情。」

邁開大步往花廳走，清娘隨之跟了上去。兩位侍女意欲攔阻，靜雅搖搖頭。

「可她會不會傳出去？」

靜雅無謂地笑笑。「她是聰明人，傳出去對她有什麼好處？」

臨近花廳，楊妧慢下腳步，用力吸口氣，調整了心情。

清娘低聲道：「這位縣主真不要臉，虧得還是皇室中人，換成別人早就抓起來沈塘浸豬籠了。她會不會對妳不利？我看那兩個侍女下盤很穩，應該有點功夫。」

楊妧默然。

難怪前世陸凡枝會被靜雅擄上馬車，若是三個弱女子肯定沒轍，可要有功夫在身就能說得過去了。兩個侍女為虎作倀，也不是什麼好東西。

楊妧再吸口氣，微笑著走進花廳。

楚映嗔道：「這半天跑哪去了，我們等妳一起到梧竹幽居呢！」

「靜雅縣主讓我陪她賞了會兒桃花。」楊妧笑道。「天氣真正暖了，走出一身細汗，且讓我喝口茶歇會兒。」

丫鬟們忙給她續上熱茶。

一盞茶喝完，靜雅拿著兩枝桃花笑盈盈地回來，目光掃過楊妧，微頷首，笑嗔道：「誰讓妳先回來，那邊還有幾株開得更繁盛的。看，漂亮吧？」神情坦然自若，彷彿什麼事情都沒發生一般。

楚映不耐煩跟靜雅周旋，拉著楊妧。「咱們一起去看。」

余新梅出閣之後，再回娘家就是嬌客，用不著幫忙待客，遂笑道：「聞香軒旁邊就有幾株桃樹，去梧竹幽居正好經過，我帶妳們去。」
走到梧竹幽居，大家免不了詢問新嫁娘的感受，余新梅大大方方地說：「挺好的，比在家裡還自在些。家裡祖母總管著我，在婆家，凡事有顧常寶替我兜著，婆婆不高興也只朝他使臉色，不曾對我生氣過。」
楊妧非常高興。「素日顧三爺被妳指著鼻子罵都不生氣，就知道他能靠得住。」
余新梅赧然道：「以後出門在外，我不罵他了，要給他撐著臉面。」
明心蘭接話。「回家沒人的時候再教訓他。」
余新梅毫不猶豫地說：「那是自然。」
聽著她們談笑，楚映心中油然生出一絲惆悵。
以前她也憧憬過成親後的生活，考慮過嫁個什麼樣的人，是世家公子還是做官的青年才俊，再或者在軍裡挑個年輕將領，那人的面貌總是模糊。
可自從見過陸凡枝，不知道為什麼，腦海總是閃現著他的模樣，一天比一天更加清晰。
他穿著靛青色素面長袍，臉頰漲得通紅，身子彎成蝦米，雙眼直視地面，不敢抬頭。
「在下姓陸名凡枝，上虞人氏……」拘謹得不像話。
而今天，他跟同科進士閒聊時，又是那般意氣風發。
楚映思緒萬千，忽然有琴曲傳來，是〈佩蘭〉，琴音起了調，接著跟上一管竹笛，笛聲清越空靈，隱隱凌駕於琴聲之上，一小段過去，又有洞簫和尺八接連加入。

楊妧她們被吸引，停了談笑，凝神靜聽。

〈佩蘭〉本是以空谷幽蘭自喻，尋求知音或者賞識自己才華之人，被清亮的笛聲引著，曲子少了顧影自憐的哀怨，卻多了志向高遠的豁達。

一曲罷，幾人齊齊讚嘆。「不知吹笛者何人，此人必定胸懷大志，前程不可限量。」

丫鬟聞言知雅，瞧瞧去打聽過，回稟道：「撫琴的是方敏文，吹笛的是陸凡枝，洞簫和尺八分別是王會朋和張紹，都是今科取中的進士。」

楊妧默默地看了正神遊雲外的楚映幾眼。

翌日清早，楚映去覽勝閣找楊妧。「嫂子。」

楊妧「咦」一聲，挑眉笑道：「妳可從沒叫過我嫂子，這麼殷勤必有所求，什麼事？」

楚映紅著臉，卻清清楚楚地表達了心意。「昨天一夜沒睡好，耳邊總是響著那曲〈佩蘭〉。阿妧，妳覺得可有希望？」

只叫了一聲「嫂子」，又變成「阿妧」了。

楊妧沒去打趣她，認真地分析。「希望肯定有，事在人為，可門戶相差太大。陸凡枝兩次都穿素面袍子，想來妳也知道他家境不會太好。妳覺得他可能在京都置辦住處？成親之後，你們是要賃處倒座房還是住在妳陪嫁的房子裡？妳的嫁妝放在哪裡，要不要帶隨身丫鬟，帶幾個合適？假如以後他父母來京都，妳怎麼安置他們？」

楊妧問了一連串問題，順帶把前世馮孝全的事情隱名去姓說給她聽。

楚映思量好半天，咬著下唇道：「如果他真敢這般，那我就和離歸家，妳跟我哥不會不管我吧？」

言外之意，她決定嫁。

楊妧嘆口氣，笑道：「我當然要給妳撐腰，妳可是我的親小姑，咱們國公府的姑娘哪能輕易被人欺負了？」

楚映既然鐵心願意嫁，楊妧吩咐清娘。「妳到客棧給陸凡枝遞個話，說咱家有意結親，若他願意，就請託媒人過來。」

清娘應聲好，換了件衣裳就去了客棧，一個時辰後，風風火火地回轉來。「夫人，陸凡枝求見，二門外等著。」

楊妧大吃一驚。「怎麼回事？」

清娘笑道：「陸公子說擇日不如撞日，求人不如求己，路上買了四樣點心提著來了，倒是個爽快人。」言談間很是賞識他。

楊妧苦笑著一面換見客衣裳，一面吩咐人在穿堂架面屏風。

陸凡枝是外男，她不可能在松濤院接待他，也不可能到外院去，只能湊合在二門的穿堂見。

楊妧在屏風後坐定，清娘將陸凡枝引了進來。

隔著輕薄的細紗，楊妧清楚地看到他依舊一身靛青色素面長袍，漿洗得很乾淨，那方黃玉印章就掛在腰間玄色腰帶上。

陸凡枝對著屏風長長一揖，聲音清亮。「見過夫人，浙江上虞陸凡枝前來求娶楚姑娘，請夫人成全。」

這事是楊妧主動提起的，當然不會為難他，可有些話必須要說在前頭。

楊妧輕笑。「陸公子敢上門，請問是拿什麼來求娶？」

陸凡枝朗聲道：「在下的一腔赤誠和一身學識。在下對楚姑娘會真心相待，也會憑藉才學讓她過上順心的生活。」

這回答挺讓人意外，楊妧又問：「要想過得順心，依你現在的條件，應該不太容易吧？」

陸凡枝道：「我會盡力而為，若只有一碗粥，我與楚姑娘各分其半；若只有一塊肉，她吃肉我啃骨頭，非是不能全給她，是因我需要有力氣掙得我倆衣食。」

楊妧沈默片刻，輕聲道：「你的心意我明白了。只是大姑娘的親事不能由我一人作主，需得經過老夫人和夫人首肯。況且，你自個兒上門也不合情理，該請媒人還得請媒人。給你指條路，若是余閣老家錢老夫人或者忠勤伯顧夫人願意為你出面，親事應當無虞。」

陸凡枝道謝離開。

沒幾天，錢老夫人果真坐著馬車上門求親了。

第一百三十一章

楚映既喜且驚，緊緊攥著楊妧的手。「阿妧，妳說祖母如果不答應怎麼辦？」

楊妧寬慰道：「錢老夫人肯上門，說明她也覺得陸凡枝不錯，祖母總會考慮她的意見。再者，陸凡枝不也來了嗎？他往旁邊一站，比什麼話都管用。」

因為陸凡枝陪著錢老夫人過來，楊妧這位年輕的小媳婦也不能參與談話，只能躲在裡屋偷聽隻言片語。

過了一個時辰，陸凡枝跟錢老夫人離開，楊妧迫不及待地掀簾出去，吩咐紅棗將客人用過的茶盅撤下去，給秦老夫人續上熱茶，試探著問：「祖母可應許了？」

秦老夫人把手裡紙箋遞過來。「明兒妳去護國寺找方丈，讓莊嬤嬤到清虛觀跑一趟，再讓嚴總管到欽天監合下八字。」

楊妧笑道：「祖母這是要大費周章，讓各路神仙都顯顯神通？」

秦老夫人嘆一聲。「我就這麼一個孫女兒，原本想著在相熟的世家勛貴裡挑個本分的，就在眼皮子底下，怎麼也能護好了。可如今找個不知底細的外鄉人，大姑娘受了欺負怎麼辦？」

楚映淚如雨下，俯在秦老夫人膝頭哀哀泣道：「祖母，我不嫁了。」

秦老夫人輕輕拍著她肩頭。「淨說傻話，姑娘家哪有不嫁人的？妳先去洗把臉，我跟妳嫂子說會兒話。」

紅棗扶著楚映回清韻閣，秦老夫人則到東次間大炕上，舒舒服服地倚著靠枕。「……今年剛好滿二十，比大姑娘大五歲。聽他說話辦事都很周到，也有分寸。他說不介意被人指依附岳家，只要大姑娘能過得舒心。五月應考庶吉士，不管中與不中，都想先在京裡待三年，然後外放。這樣也好，兩人處出情分來，以後到了陌生地方能互相體諒互相照應。家裡有兩處閒置的宅子，一處在梯子胡同，另一處在大橋胡同，都是三進院，妳說陪嫁哪處好？」

梯子胡同在南熏坊，離翰林院和六部比較近，大橋胡同在鳴玉坊，離國公府約莫兩刻鐘的腳程。即便陸凡枝考不中庶吉士，十有八九也會在六部謀個職差。

楊妧想一想，笑道：「相比起來還是梯子胡同方便。要是祖母不好取捨，兩處都給了阿映也使得，想住哪邊住哪邊。」

秦老夫人道：「妳倒是個大方的，一座三進院子足夠他兩人住，多了難免惹是非，萬一家裡鄉親父老來打秋風……我不是怕陸家來人，就是……」

楊妧明白秦老夫人的意思。不管是求學的還是為官的，甚至行商的，都想往天子腳下來看看，如果小住半年三個月倒沒什麼，萬一有那不長眼色的一住三五載，攆都攆不走，多叫人堵心。

楊妧拍板。「那就抽空讓人把梯子胡同收拾出來，該粉刷的粉刷，該修繕的修繕，量好尺寸找人開始打家具。對了，大興的田莊要不要分出六百畝給阿映？我尋思有曹莊頭照應著更便利，若是別處，還得另外找人看管。」

秦老夫人連連應好。「再給她陪嫁兩間鋪子。雙碾街的味為先，我老早應著給她了，再讓嚴總管在南熏坊附近尋個兩、三千銀子的小鋪面，讓大姑娘自己學著找人打理。」

祖孫兩人嘀嘀咕咕把楚映的嫁妝商議了七七八八。

沒幾天，各處合算了八字回來，都說是上上吉的好姻緣。陸凡枝和楚映的親事就算定了下來。

張夫人很不滿意，可總算有自知之明，沒在秦老夫人面前抱怨，只跟董嬤嬤嘀咕。「老夫人的心思真讓人想不通。孫媳婦挑了個門戶低的也就罷了，可都說低娶高嫁，阿映應該尋個權貴人家，京裡多少世家新貴，老夫人竟然都瞧不上？早知道這樣，我娘家還有兩個姪子沒成親，阿映嫁過去，親上加親多好。」

董嬤嬤嘆道：「夫人，您可別提張家那兩位少爺。三少爺當縣丞不到一任就被退回來了，四少爺仍舊閒在家裡沒事幹。這位陸公子可是新科進士，實打實的真學問。您不是不想讓二少爺習武，過兩年正好就可以讓陸公子指點他做文章。」

提到暉哥兒，張夫人唇角露出由衷的笑。

董嬤嬤趁熱打鐵。「這兩年您跟張家那頭沒聯繫，得了多少清靜。您不知道，二爺又置了一房外室，把國子監的差事都丟了。」

張夫人愕然。之前二哥張承文確實養過外室，被張二太太好一頓收拾，這怎麼又故態復萌了？

董嬤嬤道：「大爺最近要給三少爺打點差事，可被二爺的醜事鬧騰得都張不開嘴，正在家裡發愁。」

張夫人聽說兩家人全都有一堆爛事，終於閉了嘴。

陸凡枝攀上鎮國公府的消息很快傳揚開來，大家並沒有很意外，畢竟京都素來有榜下捉婿的習俗，新科進士被權貴瞧中的先例比比皆是。只是這種捉婿跟入贅差不多，進了權貴的門，事事都要依從權貴。故而有些人願意，也有的人不想屈從，各隨心意。

同時，京都還流傳著另外一個消息，二甲頭名的馮孝全跟江西廖家的十四姑訂了親。

楊妧按捺不住心中的好奇，特意讓清娘去打聽一番。事實果真如此。

廖十四花費不少工夫和銀錢勉強除掉了臉上的紅包，卻留下不少痘印，平常施了脂粉看著還成，可要是洗過臉就不能入目。

眼看著親事難成，廖太太將主意打到窮苦的進士身上。考中進士固然光彩，但是要分配到好官職，沒有人脈和銀子卻不成。這兩樣，廖家都不缺，而且廖家在士子中的名聲還相當不錯。

馮孝全跟廖太太一拍即合，廖家答應為馮孝全在京裡謀個體面的職位，另外拿出兩千兩銀子置辦宅院供小兩口居住。而馮孝全作為廖家的姑爺，順理成章地站在了廖家一派。

等把楚映的嫁妝商議，各樣事情都處置妥當，已經是四月中了，芍藥花開得如火如荼。

楊妧特地繞到煙霞閣折了兩支含苞待放的帶去瑞萱堂。

這些日子，楚映都在瑞萱堂繡嫁妝，一來是跟莊嬤嬤學管家，二來是出嫁在即，想多陪陪秦老夫人。

楚映看到楊妧，忙將芍藥花接過，用只琉璃碗養著，供在長案上。

楊妧對秦老夫人道：「祖母，天兒暖了，阿映的親事也定了，我估摸著家裡一時半會兒沒有大事操辦，想去宣府住幾個月。」

秦老夫人大吃一驚。「那裡不太平，哪是咱們女人去的地方？」

「我想表哥了，總惦念著他。」楊妧坦誠地說。「去瞧上一眼就放心了。我記得父親說過，四、五月瓦剌人那邊有了野菜野草，也要忙著耕地種菜，邊境比其他時候安生。再者，宣府是個挺大的鎮，有酒樓有商鋪，女人多得是，我又不往邊境去，不會有事的。否則我擔心表哥飯食能不能吃飽、衣物夠不夠穿，又怕他會不會在宣府瞧中別的女子。」

「昕哥兒不是那種人。」秦老夫人斷然道。

如果楚昕是朝秦暮楚的性子，前世也不至於臨死前都沒成親。可這事，楊妧卻不知道。

看著她滿臉的倔強，大有「她不答應，絕不罷休」的勁頭，秦老夫人無可奈何地嘆口氣。「去看看也成，多帶幾個人，住兩個月就回來。那邊冬天風雪大，妳可是熬不住。」

楊妧點頭答應著。「行。」

人手早就打算好了，清娘和青劍必須跟著，再加個青菱、柳葉和柳絮，青藕就留在覽勝閣看守門戶。東西也早早做了準備，藥材、衣物還有乾貝蘑菇等食材，林林總總裝了兩輛大車。

秦老夫人指派陳文陳武帶著十個精幹的護院，又到鏢局請了二十位鏢師。

臨行前，楊妧回了趟四條胡同，除去跟關氏話別，把楊婉的添妝也帶去了。「妳成親我怕是趕不回來，提前給妳添妝。」

細長的花梨木匣子裡擺著一對石榴花簪頭的金簪，被陽光映著金光閃爍。

楊婉大失所望，以為至少會是一套頭面。余新梅出嫁，楊妧就送了套紅瑪瑙的頭面，她跟楊妧是堂姊妹，難道還不如個外人？卻完全沒想到，楊妧出嫁她什麼都沒送，事後也沒有補上。

四月二十六，秦老夫人從黃歷上挑了個「宜出行」的吉日，千叮嚀萬囑咐地送楊妧出了門。

從京都到宣府其實並不遠，比到濟南府少了一半路程，但地處因偏僻，加上路途不太好，感覺好像更遠。

楊妧不著急趕路，走走停停，按著時辰吃飯住店，遇見集市還會耽擱片刻買些合用的東西。

越往北走，人煙越稀少，土地越荒涼，有時候行半天路也看不到個人影。

護院和鏢師們都打起了精神，青劍和清娘則一左一右，神情戒備地護在楊妧的馬車旁，寸步不離。好在並無特別的事情發生，連野狼或者野豬都沒瞧見一頭。

第四天，臨近正午，隱約瞧見了延綿不絕的城牆，李先驟然來了精神，馬鞭一甩，馬車飛快地往前馳去，沒多會兒來到了城門口。

楊妧掀開車簾望瞭望土黃色的城門樓上「宣府」兩個遒勁有力的大字，不由彎唇微笑。

「表哥，驚不驚喜，意不意外？」

第一百三十二章

總兵府在鬧中取靜的楓林胡同，一打聽就知道了。是座三進五開間的宅院，黑漆大門上掛兩隻黃銅獸頭鋪首，厚重而光亮，門前坐兩隻小小的石雕獅子，格外增添了幾許威武。

馬車繼續往前，來到東面的角門前。李先下車叩響銅環，對門房道：「我們從京裡來，找嚴管事。」

嚴管事跟京都的小嚴管事約莫五成像，都隨嚴總管的相貌，方正臉，留著羊角鬍，看著非常和氣。

可只要跟小嚴管事打過交道的人，就知道這位嚴管事也不能小覷。

看到門口一排五輛馬車，嚴管事只驚訝了數息，臉上隨即帶出親切的笑。「你們過來了？怎麼不寫封信來，也好讓人到城外迎迎。路上可平安？」

李先拱拱手。「還算順利。臨時起意來的，因路途不遠，世子夫人怕人到了，信還未必到，所以就沒寫。」

清娘將楊妧攙扶下來。

嚴管事急走兩步就要跪倒，楊妧怎可能讓他跪，忙讓青劍扶住了，笑盈盈地說：「不敢當嚴管事大禮，不知國公爺和世子爺可在府裡？」

「現下都在軍營，國公爺隔天回府一次，世子爺約莫七、八天回來一次，我這就打發人去回稟。」

「不用麻煩。」楊妧止住他。「待會兒我到軍營門口等。」

承影自動請纓。「我帶夫人過去。」邊說邊往青菱身上瞟，青菱回瞪他兩眼，搶白道：「別傻站著，先把東西搬進去。」

承影咧開嘴，呼喝著小廝把箱籠抬到內院，蕙蘭和劍蘭也迎出來，一個沏茶，另一個吩咐廚房燒水。

趁楊妧洗漱時，青菱打開箱籠，將衣物放進衣櫃裡，被褥等物暫且放在羅漢榻上，等待楊妧吩咐。

蕙蘭低聲警告劍蘭。「夫人過來了，以後可把妳那些心思收一收。」

「別胡說。」劍蘭拉長著臉凶巴巴地回視她。「我有什麼心思，不就是讓賨家婆子幫忙做了幾件衣裳？那也是因為我這陣子肩膀疼，沒辦法動針線，世子爺總不能沒衣裳穿。這事就是說給夫人，我也沒什麼心虛的。」默一默，又道：「蕙蘭，咱倆可是一條繩上的螞蚱，如果妳背後搬弄是非，咱倆都得不了好。」

蕙蘭面色一片灰敗。

她豈不知道這一點？楚世子在十三、四歲的時候，已經長成了俊俏少年，每次進宮都會招惹不少目光。楚貴妃怕世子年紀輕輕被身邊人挑唆，特地從儲秀宮挑出來她們兩個性情穩重的伺候。

四、五年過去了，覽勝閣只有她跟劍蘭兩個丫鬟，兩人宛如一條繩上的螞蚱，一榮俱榮一損俱損，若果劍蘭行出不齒之事，她還能脫得開干係？

蕙蘭用力咬著下唇。「如果妳就此歇了心思，前事我可以替妳瞞下，否則……妳好自為之吧！」

這空檔，楊妧已經洗漱罷，將因坐車而壓出滿身褶子的衣衫換下，又重新梳了頭。

承影親自將她們送到城外二十里的軍營。軍營門口有兩隊士兵手持長槍在守衛，楊妧隔著車簾對承影道：「我是閒人怕不方便進去，我在這兒等著，你瞧世子有空請他出來便是。」

承影不以為然地說：「沒那麼多規矩，竇參將的閨女天天在軍營裡混，他們不敢攔著您。」揚聲對守衛道：「車內是我家世子夫人，請勿衝撞了。」

果然很順利地進了大門。

承影道：「軍裡都是午時三刻放飯，飯後休息半個時辰，這會兒一準在校武場。」

駕車拐兩個彎，就聽前面傳來一片喧鬧之聲。

楊妧下了車，不由驚呼了下。面前的校武場約有國公府的演武場七、八個大，地面夯得平整而結實，數百士兵分成不同人數的小組正訓練。

清娘摩拳擦掌地說：「這校武場跟山海關那個差不多，足可以跑馬了。咦，軍裡還有女兵？」

就在不遠處，一位身著箭袖長衫的女子正張弓搭箭，長髮高高束起，英氣十足，而旁邊還有兩個同樣裝束的女子。

承影道：「那是竇參將的閨女和丫頭，聽說從小在軍裡長大，稍微會點功夫。」

清娘饒有興致地看了會兒，撇下嘴。「搞半天不過是花拳繡腿，這點距離都插不中靶心，丟人現眼！」

楊妧根本沒聽到他倆的談話，目光梭巡著尋找楚昕的身影，可士兵們都是一式的暗紅色裋褐搭配黑色護甲，分辨起來著實不太容易。

楊妧慢慢搜尋著，眸光凝在某一處，忽然就不動了。

那人同樣穿裋褐護甲，頭髮用暗紅色布條束著，可背影硬是比別人更挺拔更頎長些，像是草原上茁壯成長的小白楊。

楊妧凝神再打量一番，抿抿唇，邁步往那邊走。

士兵們注意到校武場多了個陌生女子，俱都好奇地瞧過來。

楚昕將槍桿頓在地面上，怒道：「精力要集中，槍尖扎到哪兒眼睛看到哪兒，章駿你那狗眼往哪裡看？」

聲音這般熟悉，千真萬確正是楚昕的。楊妧悄悄地彎起唇角。

矮個子章駿指著楚昕身後，支支吾吾地說：「頭兒，有個女人。」

「什麼女人？你作夢呢，就是有頭老虎來了也不許看！」楚昕目不斜視地做著示範。「再來一遍，左手在前右手在後握住槍桿後側。」

更多士兵偷偷瞥向楊妧。

楚昕神情惱怒地轉過頭，看到了身後的女子，她穿淺粉色繡著大紅月季花的杭綢小襖，湖藍色十二幅湘裙，墨髮鬆鬆地綰在腦後，鬢間別一對精巧的珠釵。耳墜也是珍珠的，映著臉頰恍若初春枝頭乍乍綻放的桃花，嬌豔動人。

對上楚昕的視線，楊妧目光驟亮，腮旁自然而然地漾出淺淺笑意。

楚昕有片刻的愣神，扔下長槍大步走來，張臂抱住楊妧，緊緊地攏在懷裡。

這久違的溫軟與馨香！

歡喜從心底油然生起，直衝腦際，楚昕眼窩一片潮濕，低低呢喃。「妧妧……」

士兵們「嗷嗷」地尖叫起來，楚昕飛快鬆開她，柔聲道：「回府再抱。」

話雖如此，手下卻不放鬆，仍舊牢牢地扣住楊妧腰身，轉身喝道：「叫什麼，接著練！」頓一頓，微彎了唇，努力保持著平靜。「這是我媳婦，從京都過來。」

「痞子」嬉皮笑臉地說：「頭兒快回家吧，我們自己能練。」

其餘人跟著起鬨。「就是就是，我們保證自覺。」

楚昕輕咳一聲。「好，明天一早我來檢查，有招式使錯了的，加倍處罰。」

再不管他們擠眉弄眼地做鬼臉，擁著楊妧走過士兵們或好奇或羨慕的視線，臨近馬車，彎腰把她抱了起來。

竇笑菊看著這一切，兩眼幾乎要噴出火來，用力將手裡短弓扔到地上，狠狠地踩了兩腳。

「嘖嘖。」清娘不滿地搖了搖頭。

戰場上，兵器相當士兵的手，沒有一個士兵不愛護自己的武器，可見這位竇姑娘並非真正愛武，只是另有所圖罷了。

清娘眸光一閃，加快步子，身姿俐落地跳上車轅，低聲問承影。「那位竇姑娘是不是瞧上世子了？」

「是。」承影無謂地笑。「看中世子的人多得是，世子在大街上走一趟，身後能綴一串姑娘，不過世子從來沒搭理過別人。」

清娘滿意地嘀咕一句。「這還差不多。」

車轅上，兩人悠閒地一問一答，馬車裡卻是春色旖旎。

楚昕盯著楊妧因親吻而格外紅潤的雙唇，忍不住又吻上去，低低問道：「怎麼不事先告訴我？我到城外接妳。」

楊妧溫順地回應著他。「我想讓你歡喜。你可高興我來？會不會拖累你？」

「不會，」楚昕呢喃地回答。「妧妧，我很想妳。」

氣息熾熱而急促，呼在楊妧耳畔，灼得人心頭發顫，清亮的眼眸裡像是燃了一簇火，熊熊地燒著。

楊妧抬手蒙上他的眼。「不許這麼看我，在大街上呢。」

楚昕舒一口氣，輕笑聲，撩起車簾指點給她看。「聚緣酒樓滷味極可口，回頭我帶妳來吃滷兔腿，還有燒野雞也不錯。玉堂酒家有一種沙棘果釀成的果酒，甜中帶酸，妳肯定喜歡喝。」

說說笑笑間，馬車停在了總兵府門前。

楚釗已經回來了，瞧見兩人緊扣在一起的雙手，眉頭皺了皺，聲音倒算溫和。「老夫人身體可康健？妳打算待多久，幾時回去？」

「祖母身體好著呢，最近天氣暖了，每日裡帶弟弟到花園能玩大半個時辰。林醫正診過幾次脈，都說脈象極好。弟弟現今走路不用人扶，走得可穩當，只話說得不索利，只會咿咿呀呀地喊。祖母說，阿映十個月時，已經會喚爹爹了。」

聽到楊妧嘰嘰喳喳地說起家裡的事，楚釗臉上浮起溫柔的笑。「阿映說話早，可是走路晚，抓周時還不會邁步。我記得那年中秋回去，阿映一歲半了，還要戰戰兢兢地拉著奶娘的手……阿映的親事是妳幫忙說定的？」

楊妧笑道：「祖母相中了陸公子的氣度，請錢老夫人保的媒。我來前，剛把梯子胡同那處宅院修繕過，家具都在咱家漆器鋪裡做的，掌櫃說了要用最好的木料、最好的工匠。再過幾天，陸公子考庶吉士興許就有了信，若是能考中，婚期打算訂在冬月；若是失手，就先謀尋差事，婚期延到來年二月。嫁妝大致跟祖母商量定了，陪嫁一處宅子兩間鋪子，大興劃出六百畝地，真定那邊還有個小田莊，現銀打算陪送六千兩。」

秦老夫人的意思是多陪送不動產，少陪送現銀。

楚釗認真聽著，點頭道：「這樣安排極是妥當，阿映如果缺銀子，隨時可以到店鋪支取。」

可要是上千兩的開支，鋪子掌櫃就會掂量些，也有隱隱防著陸凡枝的意圖。畢竟前世憑孝全的嘴臉，秦老夫人非常清楚，還是謹慎一些好。

楚釗又問了家裡一些別的事情，楊妧一一回答。楚釗很滿意，笑道：「我讓人把正房收拾出來了，你們把東西搬過去。」

楊妧忙站起身。「父親，這不合規矩，沒有晚輩住正房的。」

「無妨。」楚釗道：「我習慣住書房，正房已經空了二十年，你們住著更方便。妳打算幾時回京？」

楊妧抿抿嘴，睜著眼說瞎話。「我想一直留在宣府……祖母身體很是康健，阿映的親事也定下了，祖母便吩咐我多住些日子，照顧表哥，也在父親跟前盡孝。」

將在外君命有所不受，她來了宣府，先不聽秦老夫人的話好了，等回去以後再賠罪。

楚釗看著她如嬌花般的臉龐，沒作聲。現今是春夏之交，宣府天氣暖和果蔬豐富，等入了秋，寒風起了，想必她就待不住了。

不過能來住小半年也不容易，免得自家傻兒子惦念。

楚釗溫聲道：「一路奔波，妳先歇著吧，我回軍營去，晚上住在那邊。」

楊妧可不想歇，只要歇下就給了楚昕可乘之機，晚飯沒準就起不來了。

她先到正房院看了看，終是沒敢住正屋，而是讓青菱把東西都搬到了東廂房，收拾完被褥箱籠又去了廚房。

廚房只有一個掌勺的婦人，三十出頭，姓杜，另有兩個打下手的婆子。看起來都很老實，廚藝卻是平常，因為灶臺上已經擺出來的兩道菜賣相都很一般。

果然口味也一般，不過沙棘果酒倒真的好喝，蜂蜜水似的。

楚昕邀得殷勤，楊妧喝得痛快，不知不覺一罈酒見了底。

楊妧兩靨泛出雲霞般的紅色，眸光裡柔波盪漾，溢出濃濃的情意，聲音嬌且媚。「表哥，這酒真好喝，明兒多買點。」

「好。」楚昕心頭柔軟如水，打橫將她抱起來，走進內室……

第一百三十三章

天色朦朧，透過窗櫺輕薄的綃紗照在相互依偎的兩人身上。

清晨微風捲著院子裡梧桐花的清甜徐徐吹來，薄涼似水。楊妧似是不勝涼意，含混不清地咕噥一聲，往楚昕懷裡靠了靠。

楚昕抬手將被子拉高了些，順勢將她腮旁散亂的墨髮拂開，那張雪後晴空般白淨的小臉便整個地展現在他面前。

鴉翎般濃密的睫毛撲扇下來，遮住了那雙好看的杏仁眼。鼻子一如既往地挺直秀氣，而雙唇在朦朧的天光裡，卻格外水嫩紅潤。

楚昕默默看著，一股前所未有的暖意潮水般從心底湧上來，唇角不自覺地彎起，漾起連自己都不曾察覺的溫柔。

他從來不知道，原來只是靜靜地看著一個人入睡，也會有這般心滿意足的幸福，就像是飄蕩許久的船隻尋到了停泊的港灣，像經年跋涉的遊子突然找到了家。就像累生累世不斷找尋的珍寶失而復得，這般地彌足珍貴。

楚昕滿足地低嘆聲，輕輕吻在楊妧額頭。

天色一點一點地亮起來，院子裡傳來清娘有意壓低的聲音。「夫人飯食不挑剔，待人也不苛責，用不著戰戰兢兢的。薏米粥就很好，再用人參燉個雞湯備著，下飯的小菜準備兩個。」

楊妧睫毛動了動。楚昕敏銳地察覺到，低了頭柔聲喚道：「妧妧。」

楊妧睜開眼，入目便是那張漂亮到不可思議的俊臉，慌忙又閉上。

經過昨夜，她才知道剛剛成親那一個月，楚昕有多麼克制，又有多麼強悍的體力。

他就像剛出鳥籠的雛鷹，盡情翱翔在藍天上，又像精力旺盛的良駒，不知疲倦地馳騁在草原上，橫衝直撞肆意而為。

墨髮瀑布般垂著，將兩人的視線困囿在方寸之間，執著地交纏著。黃豆粒般的汗珠順著臉頰一滴滴往下淌，正落在她胸前，灼得她渾身發燙……

楚昕眼看著楊妧白淨的臉頰一絲絲暈出粉色，聲音柔得像水。「妧妧醒了？」

「我沒醒。」楊妧悶聲回答，將頭往下縮了縮，窩在楚昕臂彎中。他手臂強壯有力，身上有股不同於女兒家的味道，說不上好聞，卻莫名地吸引她，教她安心。

過了數息，又甕聲甕氣地問：「表哥幾時醒的？」

「沒怎麼睡。」楚昕攏在她肩頭的手用力，越發地緊擁住她。「我作了個夢，妧妧，妳說我們前輩子是不是遇見過？」

楊妧身體一震，整個人清醒了許多，仰著頭問：「表哥作了什麼夢？」

「還叫表哥？昨天妧妧應允喚我表字的，可不許耍賴。」

去年他如願升任百戶，十九歲生辰那天，楚釗說他已經是大人了，便按照他的名，取了表字。昕是太陽將要升起的時候，表字叫做「見明」。

楊妧嘟囔道：「我喊習慣了嘛，一時改不過來，祖母也仍舊喚我四丫頭。」可對上楚昕可憐巴巴的眼神，又不由自主地想依順他，遂無可奈何地說：「好吧，以後喚你表字。」

「現在就喊，多喚幾遍才能習慣。」楚昕不依不饒。

楊妧嗔道：「就你事多，一個稱呼而已，叫什麼不行……好吧好吧，我認輸，表哥不許鬧我，我怕癢。」

楊妧掙扎著掰楚昕的手，被子滑落，露出墨綠色素綢的肚兜。肚兜上繡著並蒂蓮花，水波盪漾中，一對金魚歡快地游動。

魚戲蓮葉呀，昨夜他們也曾嬉戲過。

楚昕視線落在並蒂蓮的花瓣上，那裡有一小圈斑痕，是素綢被濡濕又乾了的痕跡，眸光驟然熱切起來。

楊妧察覺到，忙把被子拉高，輕聲問：「見明，你作了什麼夢？」

昨夜鬧得太過，早上不可能再放縱。楚昕斂去心中旖旎的想法，微彎了唇角。「夢見在護國寺後山，妳和幾個女孩子捕蝴蝶，別人都抓到了，唯獨妳沒有。我還想，這個女孩子怎麼笨手笨腳的，後來才發現，妳能抓到的，可是妳故意不去抓。妳是怕傷到牠們嗎？」

這場景並不是夢，在前世，曾經真真切切地發生過。

楊妧眼眶微濕，輕聲回答。「我看牠們飛來飛去很快活，如果去捉，很容易折斷翅膀，蝴蝶就活不成了。你那會兒在幹什麼，為什麼我沒瞧見你？」

楚昕笑道：「我剛抓了野兔，在溪邊開膛破肚，自然不能讓妳瞧見……其實，我猶豫來著，如果烤熟了兔子，單請妳來吃，妳會不會應允？」

「自然不答應。在寺廟後山烤兔子，恐怕只有你才做得出來。」楊妧白他兩眼，慢吞吞地說：「可是如果你真的邀請，我可能無法拒絕，誰讓你生得這般漂亮。」

「妳只是垂涎我的美色嗎？」楚昕有些委屈，可又非常興奮。「等明年中元節，咱們回京都，我抓兔子烤給妳吃。那時候的兔子最肥，胖乎乎的全是肉。」

「好。」楊妧應著，猛地坐起身吻上他的唇。

前世，楚昕並沒有請她吃兔子，即便邀請了，她也不會應。那個時候的她喜歡博學多才，會吟詩頌詞的讀書人，所以有人告訴她，銀杏樹分雌雄，用雨水沏茶比井水更清冽，她便一頭扎了進去。

待兩人清洗完畢，真正起身，已是天光大亮。

楊妧累得全身幾乎散了架，忙不迭地催促楚昕。「不是說好一早檢查士兵的槍法，怎麼還不走？若是遲了，他們必定笑話你。」

楚昕神情飽足，高傲地昂著下巴，眸子閃亮恍若晨星。「笑話也不怕，那就罰他們多跑十里地。妧妧，我中午不能陪妳，傍晚會早些回，妳等我一道吃飯，我順便買兩罈沙棘果酒。」

楊妧沒好氣地說：「知道了，你去吧。」

楚昕走兩步，不等出門，回轉身，從半開的窗櫺探進腦袋來。「妧妧，妳今天打算幹什麼？要不妳跟我去軍營看我射箭？我箭法精進許多，能串起五枚銅錢了。」

昨天去軍營是想給他個驚喜，今天再去算怎麼回事？楊妧無奈地指著剛換下來的衣衫床單。「你瞧這一堆事情，還有箱籠沒收拾好。」

「吩咐蕙蘭她們去做，妳別累著。」

楊妧「啪」地合上窗扇，直到聽見腳步聲漸遠，才微笑著再次打開，看到劍蘭站在梧桐樹下，神情莫辨。

柳葉跟柳絮進來將盛了床單的木盆抬出去，青菱輕聲回稟。「一早問過蕙蘭了，漿洗上有四個婆子，都挺賣力氣。以往國公爺、世子爺的衣物以及蕙蘭兩人的衣裳都是她們洗，蕙蘭說這會兒夫人過來，她們兩人的衣裳自己洗就可以……世子爺前兩年都是冬月往懷安衛去，四月回宣府，只帶含光和侍衛，並不帶伺候的人。」

這麼說來，蕙蘭她們一年之中倒有半年能得清閒。

楊妧默了會兒，低聲吩咐。「蕙蘭她們是貴妃娘娘的人，跟在世子身邊久，妳們言行間要敬著些。往後世子的書房仍是蕙蘭管，那些荷包香囊等小物還是劍蘭負責添置，妳們不要插手，免得世子不習慣。」

青菱笑道：「我明白，哪裡用得著夫人叮囑？反正跟之前您剛成親那個月一樣，我們只管好您的事情就是本分。」

楊妧讚許地點點頭。她對青菱再放心不過，即使柳葉和柳絮兩人年紀小，可在瑞萱堂被莊嬤嬤指點過，也都是心思通透的人。

昨天東西收拾得倉促，趁著得閒，楊妧把衣物重新整理了下，冬天穿的大毛衣裳依舊放進箱籠，只把春秋和夏天輕薄的衣衫放在櫃中。

楚昕平常穿軍服多，直裰和長袍只占了兩個格子，看起來都很新，沒怎麼穿過似的。時隔大半年，楚昕個頭沒長，肩膀卻寬了不少，也厚實了。想到昨晚依偎在他身前時候的安心與踏實，楊妧滿足地嘆一聲，抬手將那兩摞長衫抱下來。

她打算量一下尺寸，若是不合適再另外修改。

長衫裡有幾件很眼生。一件是蟹殼青的杭綢面料，繡著兩叢茂盛的蘭草；一件是鴉青色杭綢，零零散散地繡著竹葉。還有兩件是靛青色細布，袍邊都繡著菊花。不同之處在於一件是黃色的金錢菊，而另一件繡的是綠芙蓉。

做工都很細緻，針腳密實而勻稱，應該是下了功夫。

楊妧微皺了眉頭，把這幾件一一攤在床上，又將抽屜裡的荷包香囊找出來，湊在窗前比對。

清娘進來，好奇地問：「夫人看什麼呢？」

楊妧恍然回神，指著床上的直裰。「妳看這針法，是不是劍蘭的針線？」

「您可別為難我了，我哪知道什麼針法？」清娘大剌剌往椅子上一坐。「要是讓我分辨拳法，我還能說出個一二三來，針法嘛……我長這麼大，就拿過針灸的針，針線活兒講究什麼針法？」

楊妧忍俊不禁，笑道：「江南那邊時興蘇繡，湖廣那邊有湘繡，四川還有蜀繡，針法技藝各自不同。即便都是蘇繡，每個人起針、走針和收針的方式以及針腳的疏密都不一樣。就像書法似的，同樣寫楷書，各人的字跡都是不同的。」

「這個我知道，針灸的技法也是因人而異……那幾件衣裳怎麼了，我把劍蘭叫來，或者問下世子爺？」

「妳都看不出來，世子哪會在意這些事情？」楊妧慢慢把衣衫疊好，唇角不由自主地彎成個好看的弧度。「世子風光霽月，不曉得有人專司藏污納垢。好在這些衣裳都是新的，不像穿過的樣子。也別驚動劍蘭了，我才來一天就疑神疑鬼，傳出去不好聽，於世子臉面也不好看。」將衣衫連同兩雙沒上過腳的鞋子單獨放到最下邊的格子裡。

薄暮時分，楚昕手裡提一甕酒罈子，大踏步走進院子。

第一百三十四章

他仍穿著軍服，只把外面的護甲去了，暗紅色裋褐上沁著斑駁的汗漬。腦門上布一層細密的汗珠，兩眼卻晶晶亮，恍若仲夏夜的星子。

楊妧見過他穿緞面直裰，束著紫金冠，驕矜尊貴的模樣；見過他穿素面道袍，簪著白玉簪，斯文清雅的模樣；也見過他穿箭袖長衫，揮著長劍帥氣硬朗的樣子，卻是頭一回見他這副打扮。

沒有護甲的陪襯，暗紅色裋褐半邊顏色深，半邊顏色淺，看上去落魄不堪。堂堂鎮國公府世子，京都有名的小霸王，何曾有過這樣的時候？

楊妧既心疼又覺心酸，急步迎出來，喚道：「表哥，先頭問過蕙蘭，說表哥都是天擦黑了才回來，這會兒廚房飯還沒好。」

「我臨走前說了早回來。」楚昕將酒罈子放到桌上，歪頭打量著楊妧頭上寶藍色的綢布，笑道：「看著不像妳了。」

楊妧抬手扯下頭巾，解釋道：「剛在廚房裡，怕油煙燻了頭髮。不好看嗎？」

「好看，妳怎樣都好看。」楚昕笑呵呵地從懷裡掏出個油紙包，把麻繩解開。「在聚緣酒樓買了四隻兔腿，妳嚐嚐好不好吃？」

楊妧接過，深吸口氣。「很香，肯定好吃，等會兒一起吃。」回身撲進楚昕懷裡，踮起腳尖在他唇邊親一下。「累不累？」

「不累。」楚昕回吻她，有些赧然地說：「我先去洗洗，每天訓練完都是一身汗，別熏著妳。」

「確實一股汗味。」楊妧點頭，手下卻不放鬆，依舊環在他腰間，悄聲道：「再親一下，我吩咐人燒水。」

楚昕從善如流，親暱地在她腮旁啄一下，柔聲道：「妧妧妳真好……不用燒水，後院有口井，我沖沖就好，妳給我找衣服。」

楊妧從衣櫃裡找了件家常穿的圓領袍和裡面的中衣交給他，楚昕不接，反而握住她的腕。「妳幫我洗。」

兩人從夾道走過後罩房，看到一片竹林，水井就在竹林旁邊。井旁架著轆轤，擺兩個水桶，另有一大一小兩個木盆。

楊妧好奇地望過去。「竹林也是咱們府的？」

楚昕笑著點頭。「穿過去也有個演武場，還有護院和侍衛住的群房，往西邊有幾處景致還不錯。以往父親一人住，沒精力打理，也怕家裡下人太多，混進異族奸細，就把其他屋舍和另兩處角門鎖了。」

楊妧道：「昨天來時在外面看著，大門就開在楓林胡同，我還以為只有這處住所。」

楚昕將水桶掛在鐵鉤上，一邊搖著轆轤一邊道：「總兵府不如國公府大，但占地也不小，大概跟余閣老府邸差不多大。不過宣府不像京都講究面南背北四平八穩，所以顯得雜亂沒有章法。明天我在家，陪妳到處看看，妳喜歡哪處屋舍就讓人收拾出來。」

楊妧默默地在心底合算。國公府上了名冊的下人有二百一十五位，尚不包括七、八歲尚未領差事的家生子，而余閣老府邸使喚的奴僕至少也得一百七、八十人。總兵府這邊除去護院和侍衛，能在內宅走動的只十餘人，臨時買人進來手腳不俐落只會添亂不說，更怕真的混進奸細，惹出的禍事就大了。

現在這處三進五開間的屋舍綽綽有餘，最好不要另生枝節。

正思量，見楚昕已搖上兩桶水，脫了上衣，端著木盆便要往頭上澆，楊妧忙攔阻他。「表哥稍等會兒，冬天井水熱，夏天井水涼，你剛熱出一身汗，別讓冷水激著，緩一緩等汗消了再洗。」

「不妨事，我平素也這樣。」楚昕笑道，卻仍是聽了楊妧的話，把水倒在大木盆裡緩著。

此時天色已暗，西邊的天空燃起絢爛的雲霞，夕陽的最後一點餘暉斜斜地照在楚昕赤著的上身，泛出金黃的光澤。肌肉緊實，卻又不像練外家功夫的鏢師那樣，上臂或者胸膛隆起一塊塊誇張的肌肉，而是線條舒展流暢。

楊妧的視線停在楚昕肩頭。

除去先前的箭傷之外，彷彿又多了道疤痕，後背也是，淺淺兩道交錯的紅印。

楚昕覷著楊妧臉色，嬉皮笑臉地說：「妧妧，都是小傷，真的，一點都不疼。妳也知道，刀劍無眼，打仗肯定免不了蹭到，但是我的臉沒事。妳看，一塊傷疤也沒有。」

鴿灰的暮色裡，楚昕眉目精緻如畫，黑亮的眸底滿滿當當都是她的影子。楊妧氣息有些急，躲閃般側開頭。

「不許躲。」楚昕迫著她直視過來，低笑出聲。「妧妧，我知道了。」

「知道什麼？」

楚昕垂首，額頭抵著她的額頭，鼻尖觸著她的鼻尖，暖暖的氣息在兩人間流轉。「妳喜歡我。」

「你才知道呀！」楊妧嗔一聲，伸手想推開他，卻推不動。

楚昕兩手箍在她腰間，神情專注。「早就知道了，妳拎著雞毛撣子打我的時候就知道了。」

楊妧嘟起唇。「哼！只記得我打你，我對你的好就不記得？」

「記得，都記得。」楚昕急急地說，聲音漸漸壓得低。「妧妧，妳看我的時候眼睛會發光，妳很喜歡我嗎？」

楊妧輕輕「嗯」一聲。

楚昕咧開嘴，滿臉都是光彩。「我也很喜歡妳。妧妧，我會時時謹慎，不讓妳擔心。」

「好。」楊妧答應著，俯在他胸前。

他的心「怦怦」跳得急，正合著她的心跳，而他身體的溫度絲絲縷縷地傳到她身上，燙得她心頭發熱。這感覺教人沈醉，教人著迷，想這樣與他依偎著直到生生世世。

楚釗看著面前明顯比往日精緻的菜餚和衣衫整潔、神采飛揚的兒子，問道：「楊氏千里迢迢從京都來，你怎麼把她獨自丟下？快回去陪你媳婦。」

「她讓我過來陪您喝兩盅。好長時間沒跟爹一起吃飯了，剛才特地讓含光去打了罈桑落酒。」楚昕拍開酒罈上的封泥，一股清冽的酒香撲面而來。

楚釗讚道：「酒不錯。」

楚昕眉飛色舞地說：「胡同口的醉老董床底下藏著許多好酒，不輕易往外賣。這罈就是含光從床底下翻出來的，存了八年多。醉老董說他要把酒換個地方藏。」

楚釗微笑著端起酒盅。他確實很久沒跟楚昕同桌吃飯了，也很久沒有看到兒子這般意氣風發，嬌縱得就像在京都一樣。

這兩年，楚昕成長了許多，生活開始自律，性格也變得穩重。上個月蕭千戶來宣府議事，大力誇讚了楚昕，說不出十年，他必定會成為一員良將。

作為朝臣，楚釗自然希望楚昕能早日獨當一面為國盡力；可作為父親，他私底下仍願意再多庇護兒子一段時間，讓他能夠肆意率性地活，哪怕尋釁滋事也無妨。

因為過不了幾年，楚昕就要駐紮在宣府，再不能信馬游韁。身為楚家子孫，這是義不容辭的責任。

楚釗心底油然生出一股傷感和對於楊妡的感激。一個嬌滴滴的小姑娘，拋下錦衣玉食的生活，千里迢迢來這偏僻之地，並非每個人都能做到，楚昕這傻小子倒是有福氣。

楚釗笑著對楚昕道：「見明，咱爺倆喝一個。記住了，楊氏待你一片真心，你可不能欺負她。」

初夏的夜，星子格外繁盛，密密地綴在墨藍色的天際。

空氣裡瀰散著梧桐花清甜的香氣。

楚昕邁步走進二門，抬眸看見東廂房窗紗上映出的窈窕身影，心驟然變得安定，步子卻更加急切。

楊妡正站在窗邊的書案前研墨，聞到酒氣，笑問：「一罈酒都喝完了嗎？」

「沒有，父親說要有節制，不管在何處都不可貪杯。」楚昕接過她手裡墨錠。「我來研。妳要寫字？」

「給祖母和我娘寫封信，明兒陳文他們回京都，正好帶回去。」

楚昕道聲好。「妳先寫，寫完我也寫。」研完墨，又殷勤地替楊妡鋪好紙，窗紗上便映出兩人交疊的身影。

劍蘭站在梧桐樹下，盯著窗紗看了半天，恨恨地穿過夾道走回後罩房，一頭扎到床上。

正對著燈燭繡帕子的蕙蘭嚇了一跳，問道：「黑燈瞎火地跑哪裡去了？」

「去了趟茅廁，肚子有點疼。」

蕙蘭關切地問：「怎麼了，是不是小日子來了？不對，妳小日子比我晚四、五天，還沒到日子。很疼嗎？要不要稟告夫人請郎中瞧瞧？」

「不用。」劍蘭敷衍道：「可能吃的飯食不合適……我先忍忍，如果不好，明兒再去醫館請大夫瞧。」

蕙蘭猶豫會兒，開口道：「先前府裡沒有管事的，妳我尋個理由便可出門。這會兒夫人在，還是少往外跑，請郎中進府診脈也一樣。」

「開口夫人閉口夫人，不過是個世子夫人，即便老夫人在，也不會拘著咱們不許瞧病吧？」

「祖宗！」蕙蘭急道：「妳小點聲，現下隔壁住了人，清娘耳朵可尖，萬一被她聽到……」

「我怕她？」劍蘭話雖如此，音量卻是放低了。「我還得去買些細棉布，上次來月事，根本就不夠替換的。這種東西可不能請郎中帶進來吧？」

蕙蘭無言以對，只得又重複一遍。「妳好自為之。」

此時楊妧已經寫完了信，待墨乾，一張張按著順序摞起來。

她寫信寫得細，衣食住行無所不提，寫到最後，楚昕提筆續了半頁紙，信末署上兩人的名字。

楊妧將兩封信分別塞進信皮，笑道：「祖母看了肯定很高興。」

秦老夫人的心思她很清楚，最希望就是看到楚昕生活美滿。

「父親今天也很高興。」楚昕端起燭臺，跟在她身後走到床邊，將燭臺放到矮几上，窗紗頓時暗下來，再也沒有了人影。

楊妧好奇地問：「父親說什麼了？」

楚昕抬手將她髮間簪環卸下來，又小心翼翼地摘下耳墜子，都攏在矮几上，這才道：「父親讓我好生待妳，不許欺負妳。我跟父親說，是妳欺負我，妳拎著雞毛撣子打我。」

楊妧瞪圓眼睛。「你討厭！以後我有什麼臉面見父親……」

話未說完，已被楚昕堵住了雙唇。

楊妧被吻得七暈八素，只聽楚昕在耳畔柔聲呢喃。「剛才是逗妳的，妧妧妳別氣，我沒對父親說。妳要是生氣，那就再打我幾下？」

楊妧「哼」一聲，張嘴咬在他肩頭。

楚昕輕笑，伸手揮滅了燈燭。

第一百三十五章

四周十分安靜，靜到能聽見彼此的呼吸，兩人離得無比近，近到能感受到彼此的心跳。

楊妧慵懶地窩在楚昕臂彎，聞到他身上剛清洗過皂角的香氣，忽而輕笑。

楚昕垂眸，柔聲問道：「妳笑什麼？」

黑暗裡，他面容朦朧，一雙眼眸卻晶晶亮，燦若星子。

楊妧抬手觸到他的額頭，而後往下，一寸寸拂過他的臉，聲如蚊蚋。「見明，我覺得很好……成親很好。」

楚昕捉住她的手，放至唇邊，輕輕吻一下。「我也覺得很好。」

楊妧微笑，越發近地往他身邊靠了靠，安然入睡。

兩人理所當然地起晚了，及至醒來已經日上三竿，楚釗早就吃過飯去了軍營。

楊妧赧然不已，楚昕卻理直氣壯地說：「今天我休沐，晚起一會兒也無妨。」

晚起確實無妨，可大家都會知道他們在屋裡做什麼了。

楊妧衝著鏡子裡的楚昕翻個白眼，拿把牛角梳熟練地將他墨黑的長髮束起，先用綢帶紮起，再綰成髮髻。

楚昕把刻著大雁的桃木簪遞給她。「今天咱倆都簪這個。」

楊妧從善如流，給楚昕篸好，自己梳個簡單的圓髻，也簪了桃木簪。

楚昕依照昨天所說帶她整個府邸轉了轉。正房院往西不遠是琴心樓，再走約莫十丈遠，有座子母亭，亭邊好大一片空地，長滿了蒲公英和狗尾巴草等野草。草地盡頭有兩架紫藤，此時正值花期，紫藤開得如火如荼，長長的花藤垂下來，美不勝收恍若仙境。

楊妧低呼一聲，讚道：「真漂亮，若是有座鞦韆就更好了。」

「簡單，明兒讓工匠來架。」

楊妧笑道：「不用那麼麻煩。府裡綠筠園前面的鞦韆我也沒玩過幾次，這邊離正房遠，我更懶得過來了，只是覺得紫藤旁邊沒有鞦韆架好像可惜了似的。」

兩人繼續轉悠，其他景致都乏善可陳，並無特別之處。

楚昕提議道：「中午不在府裡吃，咱們去吃館子，順便瞧瞧宣府的風俗人情。」

楊妧欣然應好。

劍蘭此時也已經出了府，正在怡景茶樓喝茶。而她對面，赫然就是竇笑菊和竇太太。

竇太太翹著蘭花指，捏著茶盅蓋輕輕拂著茶湯裡的茶枝，慢悠悠地說：「妳們都沒經過事，俗話說『小別勝新婚』，久別重逢，正是蜜裡調油的時候，這會兒出什麼計策都沒用。且等上一、兩個月，兩人不那麼膩歪了再想轍子。」

竇笑菊臉拉得老長。「去年娘就說稍安勿躁，讓我等，這都好幾個月過去了，還讓我等？再等下去，他們的孩子都有了。」

「有了孩子才好呢。」竇太太笑道：「但凡是個大度聰明的，有了身子，肯定要給世子抬一房姨娘。劍蘭姑娘模樣出挑，性情敦厚，再不抬舉可就是瞎了眼了。」

竇笑菊臉色更黑，竇太太在桌子底下戳戳她的手，續道：「劍蘭姑娘以後富貴了，可得拉扯笑菊一把。」

劍蘭被這空口畫的大餅砸得幾乎找不到北，美滋滋地說：「那是自然，可誰知道夫人幾時懷胎？」

「這不用管，沒懷咱就先按沒懷的計策來。」竇太太殷勤地替劍蘭續上茶。「那幾件衣裳，還得煩勞劍蘭姑娘想法讓世子穿上，如此夫人心裡肯定梗著刺，再想方設法挑著她鬧上幾回。世子這種脾氣的男人，頭一、兩回可能願意縱著妳，鬧多了，他指定煩躁。劍蘭姑娘豈不就來了機會？再者，劍蘭姑娘是貴妃娘娘的人，誰不得捧著敬著，就算是略有出格，楚世子也不會將妳如何。」

劍蘭連連點頭。別的她不知，但楚昕的脾氣她摸得透。楚昕自幼要風得風要雨得雨，從來沒有哄過人，往常楊妧在國公府住，楚昕跟她雖然合得來，可也沒少鬧彆扭，有幾回楚昕在摘星樓生悶氣，就是因為跟楊妧吵了架。

之前兩人就有爭執，現在成了親，天天一個屋裡住，更免不了碗沿磕著勺子的時候。她只要像竇太太所說，在兩人中間點火架秧子，自有他們離心離德的那天。

劍蘭主意打定，歡天喜地地告辭離開。

竇笑菊不滿地說：「娘，妳一門心思替她打算，那我呢？」

竇太太鄙夷道：「瞧妳這點出息，難道妳也想跟劍蘭似的，當個姨娘就滿足？以前咱們沒有助力，能夠兩頭大也不錯，現在有了劍蘭……整天就知道舞刀弄槍，讓妳讀書就是不讀，妳沒聽說過『鷸蚌相爭漁翁得利』的話？妳要想跟楚世子長久，現在可不能出頭，先等著總兵府的動靜再說。」

竇笑菊雖然急搓搓地不願意等，但她腦子全是草糠，半點主意都沒有，只得應了。

母女倆結了茶錢，剛下樓，正瞧見楚昕策馬疾馳而來。

他穿玉帶白的長衫，髮髻梳得比往日更加緊實周正，下巴高高昂著，眸光流轉間一派春風得意。

竇笑菊看慣了他穿軍服的模樣，難得見他穿長衫，一顆心頓時「怦怦」跳得厲害。她提著裙角急走兩步，看到楚昕在斜對面的聚緣酒樓門口停下，翻身下馬，將馬鞭扔給身後的含光。

便是這麼幾個普通的動作，他做出來都是格外瀟脫俐落。

竇笑菊覺得自己又沒法呼吸了，拔腳就要跑過去，可下一刻卻見楚昕從馬車裡扶出個女子。

女子穿件湖藍色繡著紅梅花的襖子，裙子是素色的銀條紗，偏偏中間綴了條約莫半尺寬的湖藍色夾織。素色配湖藍，如靜花照月般，有種安閒的美。

楚昕扶了女子下來，手卻不鬆開，仍是牽住她的手，笑盈盈地指著聚緣酒樓的招牌說了句什麼。

女子啟唇微笑，楚昕也笑，拉著她走進酒樓。

竇笑菊的心都碎了，朝著竇太太喊道：「妳讓我等，我怎麼耐得下心等？那個女人身量沒我高，長得也沒我好看，她根本就配不上——」

竇太太一把捂住她的嘴，低喝一聲。「閉嘴！不想丟人現眼就老老實實跟我回家。」

竇笑菊賭氣跑開了。

酒樓裡的楊妧卻很高興，笑意盈盈地問跑堂的夥計。「滷兔腿我吃過了，聽說你們店裡的燒野雞也不錯，來隻野雞吧，再看著給我們配兩個小菜一道湯。」

楚昕跟著叮囑。「要拿手的。」

夥計笑道：「世子爺放心，小店絕不會砸了自己的招牌，肯定讓您和夫人吃得滿意。」

楚昕咧嘴問道：「你怎麼知道這是世子夫人？」

夥計暗笑。宣府鎮誰不認識這位世子爺？往常楚世子也來吃過飯，可從沒帶女眷，有姑娘上前搭訕，他從來不多看一眼，這會兒喜孜孜地帶著位梳著婦人髮髻的女眷來，不是他媳婦能是誰？

夥計心眼活泛，樂呵呵地說：「看著您二位特別般配，不管氣度還是長相都是天造地設的一對。還好小的沒看錯，夫人頭一次光顧小店，小的作主再跟您二位添個菜。」

楚昕非常高興。「眼力還不錯。」

楊妧無語。這一路她是被楚昕拉著手進來，上了樓，兩人又戴著同樣的桃木簪，如果不是夫妻，又能是什麼關係？

這人在外頭做事還算周全，怎麼在她面前總是犯傻？

楚昕看到她的表情，低聲道：「妳不許笑我傻，我就是想聽他說咱倆般配，是一對。」

楊妧不屑地「切」一聲，卻悄悄地將手塞進了他的掌心。

兩人吃完飯，又逛了綢緞鋪子和銀樓，直到半下午才打道回府。

青菱伺候楊妧換衣服的時候悄聲道：「承影說今天劍蘭藉口買布料出府了，可她回來，手裡根本什麼都沒拿。」

最主要的是，有楊妧這個主母在，劍蘭出門竟然不知會一聲。

楊妧皺眉。「可知道她去了哪裡？」

「承影沒說，」青菱搖頭。「倒是提過劍蘭以前也經常出門，有時候跟蕙蘭一起，有時候就她自己。要不我告訴承影讓他留意些？」

「也好。」楊妧沈聲道：「妳順便去問問嚴管事，內宅可有對牌？若是沒有，請他盡快去做兩副。以後府裡的規矩該立起來了。」

第一百三十六章

沒幾天，嚴管事做了對牌回來，一副湘妃竹的，一副老棗木的，打磨得都很光滑。尤其是老棗木的，外緣刻著鎮國公府的徽記，中間一個大大的古篆「楚」字，掂在手裡頗有分量。

楊妡抬手，順著「楚」字的紋路摸了摸，吩咐青菱。「就從今兒開始，這府裡所有規矩，都按京裡國公府的來。」

劍蘭聽聞，惡狠狠地將手裡帕子摔到方桌上，只可惜帕子輕，壓根兒摔不出茶壺茶盅的那種氣勢。

蕙蘭道：「妳這是何苦來？哪家哪府沒有規矩，何況國公府的規矩也不嚴苛，這四、五年，咱們不就這麼過來的？」

「宣府能跟京都比？京都的姑娘小姐出門要戴帷帽戴面紗，宣府何曾有戴的？國公府單採買的管事就有十幾個，買胭脂水粉的、筆墨紙硯的、綾羅綢緞的，可總兵府，連每天的菜蔬都得讓張婆子自己去買。昨兒她還嘮叨說府裡一下子多了這麼多人，她們三人可忙不過來。」

蕙蘭嘆道：「這些本不是咱們該操心的事，夫人自有成算。」

此時，楊妧已跟嚴管事要來花名冊子，跟青菱和清娘逐個兒核對內宅的人，平常都有些什麼事務要做，哪裡該加人，哪裡該裁減，算來算去只覺得人手不足。

京都國公府裡，在摘星樓和覽勝閣伺候楚昕的有十幾人，專門伺候楊妧的有兩個大丫頭、四個二等丫頭、六個三等丫頭，還有管灑掃漿洗的粗使婆子，在門口跑腿聽使喚的小丫頭，兩人使喚了三十多位奴僕。

而現在，整個內宅包括廚房的、掃地的一共只十八人，哪裡都捉襟見肘。

楊妧思量片刻，開口道：「這府裡最重要的是伺候好國公爺和世子，內廚房的三人已經用了很多年，往後只管主子們的飯食。這幾天在東跨院的廚房加兩個灶臺，買四個煮飯婆子、四個漿洗婆子，兩個在二門當值的婆子。」

清娘大剌剌地說：「當值的不用，我平日裡扎馬步，順便就能看著門。」

楊妧笑問：「那我要是出門呢？妳不得跟著？」側頭對青菱道：「妳請嚴管事找幾個工匠，再找信得過的人牙子來。」

青菱欲言又止，抿唇笑道：「府裡有現成的匠人，我去問問有沒有會壘灶臺的。」

楊妧奇道：「府裡幾時請了匠人？來幹什麼？」

「承影找的人，世子吩咐先瞞著您……您這幾天沒出門，出門瞧一眼就知道了。」

楊妧突然來了好奇心，從夾道出了正房院，繞過竹林，眼前霍然一亮。原本零星的幾棵小樹已經連根移走，取而代之的是一片平整的草地，草地上兩架垂懸的紫藤格外奪目，儼然就是子母亭旁邊那兩架。

兩名工匠正往地裡砸樁子準備架鞦韆，而承影指揮著三、四人在鋪石子。

楊妧哭笑不得，嘆道：「真是胡鬧，勞民傷財，好端端的把紫藤移過來，不會傷了根吧？」

承影忙過來解釋。「不會，挪樹時請了有經驗的匠人，一點都沒傷著。就只是這片地方小，不及子母亭那邊大。原本世子還打算把琴心樓拆掉，被嚴管事勸住了……鞦韆架今兒就能安好，明天開始蓋座八角亭。世子說夫人玩累了在亭子裡喝杯茶，看看風景，心情指定好。」

楊妧道：「八角亭就算了，花費這個工夫，不如把琴心樓收拾出來，在琴心樓喝茶也一樣。以後萬不能再由著世子爺折騰，他要出什麼餿主意，你要勸著他才是。」

承影只「嘿嘿」笑，不言語。

等夜裡楚昕回來，楊妧提起這事。「難怪你急著催我做裋褐，說軍裡只發兩身不夠替換，原來是拘著我不讓出門……就只會瞎折騰。」

楚昕把新做好的暗紅色裋褐在身上比了比。「還是妳做得好，合身，而且有股香味。妧妧，我不是瞎折騰，京都府邸大，妳能夠到處走動，閒了可以跟祖母和阿映說話，再得空可以回四條胡同或者找余大娘子她們玩。在這裡，咱家並沒有往來交好之人，我又不能時時陪妳。要是妳覺得煩悶了，出去蕩會兒鞦韆，多少會鬆快些。」

楊妧久久沒言語，只覺得眼窩有霧氣瀰散上來，暈著她的視線模模糊糊地看不出清楚，唯見面前那道身影，被燭光映著，明亮溫暖。

楊妧深吸口氣，平靜下心情，柔聲道：「我不覺得煩悶。原先在濟南府，家裡姊妹最愛出門做客，我從沒跟著去過。便是在京都，除了阿梅和心蘭之外，我跟其他人往來也不多。我喜歡待在家裡，也有許多事情做，比如我學會了蒸花餑餑，但是還沒有獨自做過，我還跟陳趙氏學了滷羊臉，可也沒試過，難得有空，我想把手藝逐樣練出來。」

楚昕想一想，笑道：「那妳別累著，如果需要宰羊，讓承影找人宰好了送進來，別嚇著妳。缺銀子的話……」

楊妧笑問：「你身上可還有銀兩？」

百戶是六品武官，每月薪俸才只五兩，上次休沐兩人在街上吃喝玩樂已經花了個底朝天，還是楊妧在他荷包裡又塞了些許碎銀和兩張銀票。

「現下是沒有，可妳想要什麼，我總能給妳掙回來。」

楊妧彎唇笑一笑，應道：「好。」

她自然相信他的能力，只要他去做，沒什麼做不到的。

楚昕看著她如花笑靨和眼眸裡不加掩飾的信任，稍稍害羞了下，接著叮囑道：「出門時，青劍和承影跟著。在宣府，妳盡可以橫著走，誰都不用怕。誰要敢給妳委屈受，我提刀滅了他滿門。」

楊妧起初還笑著，聽到這話，笑意瞬間消散，前世的情形突兀地出現在腦海裡。

「見明，」她用力抓住楚昕的手。「我不是好性子的人，哪裡能受委屈？退一萬步，即便被欺負，我也會找補回來，用不著你出手。」頓一頓，補充道：「你是最重要最珍貴的，為著那些奸佞小人連累自己，不值得，不要再說滅門的話，真的不值得……見明，你答應我。」

燭光輝映下，她瑩潤的肌膚泛出柔和的光澤，嘴角緊抿著，適才漾滿笑意的眼眸裡，全是惶恐與不安。

楚昕柔聲問：「妧妧，妳怎麼了，嚇著妳了？」

「嗯。」楊妧迎視著他的目光，重複道：「見明，你答應我，不管發生什麼，都不值得你以身犯險，觸動律例。你答應我。」臉上是少見的倔強，大有「若不答應，她絕不罷休」的態勢。

楚昕心裡疑惑，卻重重點下頭。「我答應。」

楊妧長長舒口氣，一股酸辣的熱流直衝到頭頂，衝得眼眶酸澀不已，她忙欠身吹滅燈燭。「睏了。」

屋裡頓時漆黑如墨。過了數息，楚昕適應了眼前的黑暗，藉著窗外月光攏緊帳簾，回身去瞧楊妧。「妧妧，妳怎麼了？」

楊妧不答，仰頭尋到他的唇，重重地吻了上去。

楚昕熱烈地回應著她，耳鬢廝磨間，恍然發現不知何時，她臉上已是一片濕潤。

楊妧縮在他臂彎，聲音很輕，帶著些啞。「我沒事，就是很久之前被夢魘著了。夢裡貴妃娘娘故去，趙家重新得勢，楚家不知因何得罪趙家，趙良延貪墨軍需，發到宣府來的棉服全是柳絮。國公爺……戰死在懷安衛，你隻身劍挑趙家滿門，被處凌遲至死。」

「妧妧別怕，夢都是反的。姑母不是康健得很？父親坐鎮宣府調度周邊衛所，輕易不會離開，更不會戰敗。」楚昕柔聲寬慰她，忽而問道：「妧妧呢？妳可被累及？」

楊妧無言以對。

她沒法說，楚昕血洗趙府那天，她剛好經過，看到他滿臉的死氣，沒敢停留，吩咐車夫趕緊離開了；也沒法說，隔天聽說他被處凌遲，陸知萍回娘家借銀子，神情涼薄地說：「再顯赫、再富貴又有什麼用，命說沒就沒了。」

婆婆連連附和。「楚世子平常也太囂張跋扈了，做人還是本分點好。」

更沒法說，三日凌遲之後，陸知海作了新詩，特地請汪源明來家小酌，席間用來下酒的就是楚家這場禍事。

楚昕見楊妧不語，低聲道：「妧妧，妳放心，我不可能那般莽撞。貪墨軍糧自有軍法處置，我會寫摺子請聖上裁奪。若聖上偏心，那我……我就偷偷溜進去取了趙良延的腦袋替父親報仇。我得護著妳、護著阿映和暉哥兒，把國公府承繼下去，反正君子報仇十年不晚。」

楊妧「嗯」一聲，越發緊地往楚昕肩頭靠了靠。「我睏了，睡覺。」

這一覺睡得格外香甜，毫不意外地又起晚了。

身旁是空的，楚昕已經去了軍營，枕頭上摞著她要替換的衣裳，小衣、中衣、褙子、羅裙以及腰封。最上面是一張紙箋，龍飛鳳舞地寫著八個字。「相依相守，白頭偕老。」

楚昕平常寫館閣體，許是著急，勾畫撇捺間露出凌厲的筆鋒，像極了他桀驁的性子。可床笫間卻體貼，待她如珠如玉溫柔似寶。

楊妧再瞧兩眼紙箋，抿唇笑了笑，小心地收進矮几上的抽屜裡。

沒幾天，兩座鞦韆架好了。

清娘仔細檢查過，挨個兒上去試了試，高興地說：「夫人放心，結實得很，而且架得不算高，摔一下也沒事。地下都是草，最多傷著胳膊腿，人肯定沒問題。」

鞦韆板寬而厚實，繩子是麻繩混著牛筋，因怕磨手，又用布條纏緊了。楊妧坐上去，不用別人搖，慢悠悠地蕩著。

遠處藍天曠遠高潔，近處綠樹成蔭，而眼前，紫藤瀑布般低低垂著。

這樣的生活，幸福得讓人想哭。

再過些日子，琴心樓收拾出來了，東跨院的廚房也整修好了。

嚴管事帶了人牙子來，因合適的婆子不多，清娘和青菱做主挑了四個婆子，四個丫頭和兩個二十五、六歲的婦人。楊妧又請嚴總管過了目，確保其中沒有習過武、善騎馬的，或者口音像北面過來的，這才寫下賣身文書。

青菱給她們吩咐了差事，讓柳葉教過規矩，各人開始當差幹活，總兵府內宅終於有了章程。

劍蘭卻急得上火，下巴上接二連三地鼓了好幾個小紅皰。

楊妧到宣府將近兩個月了，可楚昕半點沒膩煩她，反而更加要好似的。只要從軍營回來，便一頭扎進東廂房，吃飯倒是在外院，可吃完回來就陪楊妧到竹林或者草地上散步，兩人一路走一路笑，似乎有說不完的話。

劍蘭有心想聽聽，可青菱等幾個貼身丫鬟都只是遠遠跟著，她更不敢往前湊了。

楚昕搖著楊妧邋鞦韆，起先還有說有笑的，突然楊妧像板起臉，楚昕半蹲在她面前，仰著頭，小心翼翼地說著什麼。

國公府的世子從來驕傲矜貴，何曾在女人面前這般伏低做小？

劍蘭替楚昕不值，可心裡又隱隱竊喜，會不會是兩人鬧了彆扭？

第一百三十七章

楊妧在跟楚昕算舊帳。「之前帶小嬋遛鞦韆，是不是總說我壞話？」

楚昕不承認。「哪裡敢說妳壞話，小嬋人精兒似的，我跟小嬋說喜歡妳，她眉開眼笑，我說妳不好，她立刻耷拉著臉朝我翻白眼。」

楊妧「哼」一聲。「看吧，還是說過。我都記得，你說我死板無趣，像什麼來著？《論語》還是《周易》，還是那種刻在竹簡上的？」

「妧妧，」楚昕笑著蹲在她面前，手扣住她的手，輕聲道：「我不是說妳無趣，而是、而是……妳別生氣，是顧老三說的……他說，如果看到女孩子像看到《周易》那樣，一見就想睡，那就是喜歡她……」

一派胡言！楊妧不知道該氣楚昕，還是該氣嘴上沒把門的顧常寶。

楚昕晃著她的手。「妳別生氣，我是喜歡妳，但是沒動過壞心思……就只想過一、兩回，最多三、四回，作夢夢見過妳。」

他面朝西邊，夕陽的餘暉斜照在他臉上，精緻的眉眼恍似籠著一層金黃的薄紗，越發漂亮。

楊妧抬腳想踢他，可又捨不得，沈著臉道：「以後不許再說這種話，也少跟顧老三來往……我要盪鞦韆，你替我搖繩子。」

話音剛落，只覺得身下湧出一股熟悉的熱流。是癸水來了，好像還提前了兩天。

如果她穿靛青色裙子還好些，偏生這兩天天熱，她穿的是月白色縐紗裙子，耽擱久了恐怕會出醜。

楊妧忙跳下鞦韆，說一聲。「走吧，回去吧。」

楚昕手裡抓著繩子，不明所以地問：「妳不盪鞦韆了？」

「不盪了，我有事。」楊妧顧不得跟他多解釋，急匆匆往屋裡走。

楚昕傻站會兒，邁開大步追過去。

劍蘭心裡樂開了花。她瞧得真切，楊妧神情緊繃著，臉色不怎麼好看，而楚昕又是一副焦急的樣子，肯定發生過口角。

就是說嘛，牙齒還有碰著舌頭的時候，兩個大活人怎可能沒有矛盾？

劍蘭美滋滋地回到後罩房，跟蕙蘭說了會兒閒話，藉口上茅廁又到正院瞧了眼。

往常為防著夜裡要水，東廂房會留人值夜，而今天值夜那屋黑漆漆的，說明沒留人。也說明那兩人不會行「無恥」之事。

劍蘭抿著雙唇，拚命壓住內心的喜氣。她要好生謀算一下，怎樣把這道小嫌隙變成大壕溝，最好讓兩人撕破臉皮打起來才好呢！

此時，楚昕正小心翼翼地給楊妧按著肚子。「是這裡疼還是哪裡？」

楊妧打他的手。「老實點，我只是漲得不舒服，沒覺得疼，你別亂摁。」忽而噗哧一笑。「不許鬧我，我怕癢，快拿出來。」

楚昕笑著親吻她腮邊梨渦。「上次不就疼了？」

「上次是吃了冰過的酸梅湯，這次長了教訓，連井水湃過的西瓜都沒吃。」楊妧挪動下身子。「我睡外邊吧，夜裡怕是要起兩、三回，別吵著你。」

「在裡面照樣吵，我睡覺警醒……我在外面方便點燈，要是妳，找火摺子就得摸索半天。」

「我睡迷糊了，一時找不到而已。」楊妧輕輕「哼」一聲，往他身邊靠了靠，安然地闔上眼。

夜裡，楊妧果然折騰了兩回，因為沒睡好，一整天都提不起精神。

劍蘭看在眼裡，忙不迭地寫封信，使了個八分的銀錁子，託買菜的杜婆子送到竇府。

杜婆子可是個精明人，銀錁子收在荷包裡，轉身卻把信交給了承影。承影用短匕小心地將信皮拆開，掃兩眼，見信上寫著：昨天鬧了彆扭，尚未和好，她臉色很難看。

沒頭沒腦的一句話。承影看兩遍沒瞧明白，將信原樣封好，仍舊打發人送到竇家，回頭問青菱。「內院發生了什麼事？誰跟誰鬧彆扭？世子爺跟夫人吵架了？」

「怎麼可能？」青菱失笑。「世子爺對夫人……」話未出口便噤了下去。昨天晚上，楚昕點著茶爐親自給楊妧煮了紅糖水，今兒一大早又吩咐廚房燉參湯，還是清娘說這段時間不宜用參才作罷。

兩人好得蜜裡調油，連臉都沒紅過，哪裡會鬧彆扭？

可劍蘭寫這封信是什麼意思？青菱丈二金剛摸不著頭腦，悄悄把此事告訴楊妧。

楊妧想一想，開口道：「靜觀其變吧！讓外院多留心，不該傳出去的話一定要切斷。內宅這邊，讓清娘多關注她的動向。」

青菱點頭應好。

竇笑菊接到信，按捺不住心中的激動，把衣裳攤了滿床，逐件在身上比劃。「我要去軍營，現在就去。娘，妳說我穿這件大紅色的還是穿那件寶藍色的？」

竇太太頗為無奈。別人才剛有點矛盾，還沒真正鬧開，竇笑菊就往前湊，也太沉不住氣了。

可她的孩子她清楚，竇笑菊就是個「三天打魚兩天曬網」的性子，可為了楚昕，硬生生忍耐一年多，著實是對他上了心，竇太太怎可能不幫忙？

況且能攀上楚家，對竇家有百利而無一害。

竇太太嘆道：「好好一個姑娘家，天天打扮得跟假小子似的。依我看，上個月新作那件玫紅色襖子就不錯，再用心梳梳頭。楚世子看慣了妳穿長衫，今兒妳穿上羅裙，才能讓他眼睛一亮。」

竇笑菊言聽計從，換上玫紅色繡玉簪花的襖子，月白色挑線裙子。襖子腰身收得緊，一把細腰盈盈不堪一握般，越發顯出胸口的豐腴。

竇太太親自動手，給她梳了個非常精緻的飛雲髻，插兩支赤金玉簪花頭的髮簪，再用指尖挑一點胭脂抹在竇笑菊唇上，讓她抿了抿，鏡子裡的女孩頓時靚麗起來。

竇笑菊非常滿意，胡亂抓一條帕子塞在懷裡。「娘，我去了。」

竇太太忙道：「穿成這樣就別騎馬了，讓胡二趕車送妳。」

胡二是竇家車夫，軍營裡守門的衛士都認識他，掀開車簾掃了眼便放行。竇笑菊熟門熟路地去了校武場，放眼望去，很快找到了楚昕。

他身姿筆直地站在射箭區，左手扣弦右手張弓，只聽「嗖」地一聲，箭矢呼嘯而去，穩穩地插在箭靶正中。

報數的士兵查驗過，做出「十」的手勢，士兵們發出熱烈的歡呼。楚昕臉上卻半點喜色都沒有，面無表情地抽第二支箭。

竇笑菊心疼不已。

若是平常，士兵們如此捧場，楚昕怎麼也會笑一笑，何曾這般難過傷神？而士兵們都是些大老粗，只知道瞎起鬨，有誰願意開解他？

竇笑菊拋下兩個侍女，大步朝楚昕那邊走過去。

矮個子章駿最先看到她，訝異地張了張嘴，悄聲跟「痞子」嘀咕。「我沒看錯吧？真是竇姑娘？」

「痞子」訝然地瞪大眼睛。「我草！還別說，這娘們長得挺帶勁……要是能摸上一把，這輩子可就值了，嘿嘿。」

「作你的春秋大夢吧！」章駿拍著他肩頭，擠眉弄眼地說：「她可是奔著頭兒來的。」

「痞子」掃一眼全神貫注張弓的楚昕，不屑地說：「頭兒家裡養著家花，才看不上她。自從夫人來到宣府，頭兒天天往家裡趕，還沒在營裡歇過吧？」

章駿道：「管他家花還是野花，只要能吃到嘴裡就行。」

兩人嘀嘀咕咕地說著渾話，只聽竇笑菊道：「楚世子，我陪你練箭好不好？你要不要跟我比箭法？」

楚昕垂眸盯著眼前突兀出現的身影，怒道：「讓開！」

「楚世子，」竇笑菊腦子像是被稻糠糊住般，眼裡只有他俊俏而略顯憂鬱的臉，壓根兒聽不出他話語中的怒氣。她伸手去扯楚昕衣袖。「我知道你心情不好，我陪你比試一下，若是你贏，我請你到聚緣酒樓喝酒。若是我贏，你請我喝酒。」豪邁地揮一下胳膊。「大家一起去。」

「好——」章駿一個好字剛出來，見沒人呼應，忙把後半截嚥了下去，身子也往後挪了挪。

楚昕後退兩步，舉起弓箭。「再說一遍，讓開！我不打女人，但是箭矢不長眼。」

竇笑菊微愣，隨即心一橫，再度朝楚昕撲過去。

趁這個機會，她一定要坐實跟楚昕的關係！而且她不相信，就憑她父親是參將，跟在楚釗麾下二十年，楚昕還真敢開弓不成？

楚昕慢慢拉開弦，箭尖幾乎正指向竇笑菊鼻頭，聲音冷得像淬過冰一般。「找死是不是，那我成全妳。」

不待眾人反應過來，箭矢已經脫弦而去，竇笑菊只覺得頭頂一涼，整個人不受控制般地癱軟在地上。

有水樣的東西自裙底沁出來，將地面潤濕好大一片。

楚昕連個眼風都不給她，提著弓箭揚長而去。章駿等人悄沒聲地跟在他身後離開。

此時的楊妧正對著窗口讀家書。一封是楚映寫的，寫陸凡枝不負眾望考中了庶吉士。陸家人得知陸凡枝訂親，吩咐長子陸凡根夫妻帶著臨時置辦的聘禮進了京。

陸凡根談吐有物舉止大方，其妻則有些拘謹，話不多，但很實誠，並沒有說些虛言假語。秦老夫人對陸家人非常滿意，跟陸凡根商議著把婚期定在了冬月初二，陸凡根夫妻會一直等到辦完親事再回上虞。

另外一封是楊家送來的，關氏口述，楊懷宣執筆，同樣也是跟親事有關。

秦氏手頭的銀子若是置辦嫁妝，那麼就買不到宅子，而要買宅子，嫁妝肯定不會太體面。

秦氏想置辦屋舍的，以後留給楊懷安居住，畢竟長孫比孫女重要得多，嫁妝可以用陸家送來的聘禮撐門面。

誰承想，陸家的禮單多是字畫瓷器，還有一箱子錫器，林林總總大約值五千兩銀子，但是中看不中用，現銀一分都沒有。

楊家做不出變賣錫器換銀子的事情，楊婉又說沒有嫁妝傍身，她在陸家抬不起頭，在秦氏面前哭過，又到楊懷安面前哭。楊懷安主動提出，他自己要憑本事養家餬口，不能讓楊婉受委屈。

秦氏沒辦法，割肉般掏出一千四百兩銀子準備嫁妝，又拿出六十兩在頭條胡同賃了處還算體面的二進宅院，宅院裡家具器物都很齊全，不用另行添置。

饒是如此，秦氏也折騰了半個多月才將屋子收拾妥當。關氏作為兒媳婦，每天往頭條胡同跑，又買了套一百二十頭的待客碗筷，把家裡柴米油鹽也送過去大半。

楊婉的婚期定在十月初八，比楚映早了將近一個月。

楚映成親，楊妧是楚家長媳定然要回去，而且得提早回去幫忙張羅。倒不如十月初啟程，順便到頭條胡同看看。

陸知海一家是什麼性情的人，楊妧再清楚不過。

前世，楊溥給她準備了兩千多銀子的嫁妝，陸知萍還瞧不上眼，時不時地明嘲暗諷，連帶著下人也跟著小瞧她。楊婉的嫁妝尚不如她的多，以後在陸家生活怕是不容易。

楊妧嘆口氣，正要鋪開紙張回信，只聽窗外腳步聲響，楚昕頂著滿頭汗水，大步流星地從二門走進來，漂亮的臉頰上帶著明顯的怒氣。

楊妧瞧一眼更漏，才剛過申正，比平常足足早了一個時辰。

她心裡納罕，面上卻不露，站起身，笑道：「今兒回來得早，軍裡沒事了？」揚聲吩咐人打水讓楚昕洗臉，又執壺準備倒茶。

「妳歇著，我自己來。」楚昕接過茶壺，見桌上殘茶尚溫，沒另外取茶盅，續上半杯咕咚咚喝了，臉色緩了緩，又倒半杯遞給楊妧。「妳也喝一口。」

楊妧就著他的手淺淺抿兩口，問道：「表哥不太開心，怎麼了？」

此時，柳葉端了銅盆來，楚昕胡亂洗兩把，吩咐柳葉退下，這才一邊擦臉一邊忿忿不平地說：「竇家人真是恬不知恥！竇姑娘大庭廣眾之下往人身上撲，這還不算，竇參將竟然還有臉讓我收了他閨女，也不就著地上的尿水照照自己什麼模樣……」

第一百三十八章

楊妧聽不太明白，細細地問過一遍，不由睜圓了雙目。「竇姑娘站在你跟前，你竟然射了箭？傷到人沒有？」

「我們在訓練，她跑來瞎攪和，我都叫她躲開了。」楚昕沈著臉，聲音有強烈的不滿，隨即又摻了些自得。「沒傷著人。箭頭從她頭頂穿過去的，應該射下來幾縷頭髮……妧妧，妳可知，雖然被她髮髻干擾，但是仍舊射中了靶心。可見只要力道足夠，箭矢不太容易受風向影響。」

這個時候，他竟然只在意弓箭的準頭，看來竇姑娘在他心中毫無分量。

楊妧哭笑不得，卻是越加放心，聲音也不由自主地變得輕快。「後來呢？竇參將怎麼說起讓你收了竇姑娘？」

楚昕目中流露出幾分不屑。「竇姑娘癱在地上，嚇尿了，我沒理會她。竇參將遣人請我去他的營帳，說竇姑娘相中了我，願意服侍我。竇參將說他不在意竇姑娘做小，可以兩處安家，兩頭大。」

楊妧「切」一聲。果然夠無恥的，全家人上趕著做妾。

楚昕續道：「我說我在意，竇姑娘長得太醜，身上太臭，聞著噁心……她相中我，我就要答應嗎？我瞧中了澄瑞亭上的琉璃瓦，皇上也沒說讓我揭下來搬回家。」

楊妧忍不住笑。澄瑞亭是御花園西北的一座八角亭，屋頂鑲著綠色的琉璃瓦，又用黃色明瓦勾邊，非常漂亮。好端端的亭子，皇上怎可能讓他把琉璃瓦掀了？

楚昕看透她的想法，嘀咕道：「我跟妳好端端的夫妻，他為什麼要塞個阿貓阿狗進來？還不如團團好玩。」

楊妧伸手覆上他的手，安慰般握了下。「父親可知道？他什麼意思？」

「我沒問，不過父親八成是讓我自己處理。」楚昕默了片刻，輕聲道：「我聽嚴管事提過，之前也有女子打父親的主意……那人打聽到父親回府的時辰，在街旁酒樓等著，見父親過來就往下跳。」

楊妧感嘆，真是好招數！楚釗不可能親眼看著別人死在自己面前，可只要他伸手去接，那人就會以「肌膚相親」的理由賴上楚釗。

楚昕道：「那人往下跳的時候，父親誤以為是刺客，拔劍將她殺了……後來就沒人敢往前湊。妧妧，如果竇姑娘再敢來糾纏，索性我也給她來個了斷。我是來殺韃子、戍邊衛國的，懶得跟那些人囉嗦。」

「別。」楊妧攔住他。「這事交給我處理，你只管當你的差。對了，阿映寫信說定了婚期，我看祖母的意思，我不回去不合適，你跟父親可有空回京？」

楚昕拿起信反覆看過，搖頭道：「冬春兩季，邊境最不安寧，我要往懷安衛去，怕是沒空。妳回去也好，冬天這裡苦寒，吃的東西也少，等明年開春妳再來。」

楊妧抿嘴笑笑。等楚映三日回門之後，她就回來，才不會聽他的。

翌日，待楚昕去了軍營，楊妧喚承影進來，打聽明白宣府最有名的妓人，又問起竇姑娘的名諱。

承影道：「因是生下來就會笑，又生在秋季，故而取名叫做笑菊。」

楊妧眸光閃動，想起衣櫃最下邊格子裡的那幾件長衫，冷冷地「哼」一聲。「原來如此，我倒想看看妳能不能笑出來。」

沒幾天，宣府的茶樓酒肆傳出了宣府雙姝的說法，說是宣府最為出色的兩位美人，其一是偎翠閣的頭牌凝香姑娘，據說生下來體帶異香，膚如凝脂，故而得名。其二就是竇府的笑菊姑娘，生下來就會笑，而且性情高潔如菊之經霜不墜。

這種說法很快傳遍了大街小巷高門深院，自然也傳到竇笑菊的耳朵裡。

那日，竇笑菊當眾出了醜，回府後哭了好幾天，被竇太太溫言軟語勸著，剛剛緩過來，聽到這種說法，起先她還挺得意，畢竟宣府雙姝的名頭聽起來極其響亮，並非什麼人都能當得上。

可仔細琢磨就感覺到不對勁，合著把她跟妓人相提並論，而且她還排在妓人的後面。

竇太太氣得肺都炸了，打發下人去查到底是誰在造謠生事。

下人到街上轉悠了大半天，回來吞吞吐吐地稟告。「那位凝香的確身帶異香，經常出入偎翠閣的人都知道。」

至於竇笑菊，往常竇太太最愛宣揚自家閨女天生愛笑，都是事實，只不過被人扯到一起了而已。

下人還隱瞞了兩件事沒說。

偎翠閣的老鴇新製了塊一尺見方的匾額，刻著「宣府雙姝」四個字，就釘在正進門的牆上，進出偎翠閣的客人抬眼就能看見。

另外，他打聽宣府雙姝的時候，十人之中會有八人擠眉弄眼地笑。「頭一姝已經嘗過滋味了，幾時能嘗嘗第二姝就好了。聽說笑菊姑娘素日愛打扮成小子，兄弟我剛巧愛吃這口。」

各種渾言渾語不堪入耳，下人怎可能如實稟告，弄不好反倒給自己惹來一頓板子。

清娘樂呵呵地對青菱道：「夫人這招真高。」

「求仁得仁罷了。」青菱坐在梧桐樹下打絡子，漫不經心地說：「憑竇家的家世，找個門當戶對的親事多好，偏偏自甘下賤上門當妾。而且世子爺明著暗著拒絕好幾次，硬是沒皮沒臉地往上貼。這下應該知道自己幾斤幾兩了吧？」

竇笑菊的名頭這般響亮，但凡愛惜羽毛的人家，誰願意跟竇家結親，還不被人背後指點死？

堵住了竇家人的嘴，楊妧打算在回京之前把總兵府的內鬼處理了。

趁著天氣晴好，清娘在院子裡架兩根竹竿，把衣櫃裡的衣裳都拿出來曬了曬。楚昕的那幾件長衫晾在很顯眼的地方。

楊妧將劍蘭喚來，慢慢抻著袍襬壓出來的褶子，問道：「這幾件衣裳是妳做的？」

劍蘭猶豫片刻，回答。「是。」話音剛落，緊跟著補充。「世子爺穿軍服多，做好之後就沒穿過。」

「花色看著很雅致。」楊妧含笑看著她，唇角微彎。「這陣子府裡活計不多，妳能不能幫我繡條這樣花色的帕子，用素面綢布就好，三天能繡完吧？」

一條帕子，四周用水草紋或者紫藤紋鎖邊，再繡兩叢蘭草，兩天都很空餘。

劍蘭忙不迭地點頭。「能。」

楊妧笑容更甚。「那就煩勞妳了。妳那裡絲線夠用嗎？不夠我這邊有。因為要給世子爺做冬衣，特地買了許多，各種顏色都有。」

她站在太陽下，正午熾熱的陽光直直地照下來，髮間金簪折射出耀目的光芒。比金簪更明亮的是她的雙眸，像是能看透一切般。

劍蘭不由自主地抖了下，隨即定定神，回答。「那夫人分我一點綠絲線吧，嫩綠、草綠、墨綠各一匝就夠。要是有櫻草色，也給我一匝，用來勾葉子的邊。」

青菱很快取了線來。劍蘭道謝接過，心神不寧地回到後罩房。

蕙蘭笑問：「妳出門了？從哪裡得來的絲線？」

「夫人給的，讓我幫她繡條帕子。」劍蘭將絲線扔到桌上，張手倒在床上，好半天才開口。「夫人好像猜出來了。蕙蘭，妳說咱們該怎麼辦？」

蕙蘭愣了愣。「是妳該怎麼辦，跟我有什麼關係？那幾件衣裳既不是我收的，我又沒告訴妳撒謊欺騙夫人。」

劍蘭騰地坐起身，目光冷冷地看著她。「我若被罰，妳還能得了好去？咱倆現在只有一條路可走。咱們是貴妃娘娘的人，要打要罰也是貴妃娘娘發話。我就是咬定了不承認，我不信夫人敢越過貴妃娘娘去。」

蕙蘭咬著下唇。「夫人或許不敢，可世子爺呢？」

楚昕能有什麼不敢的事？

劍蘭道：「咱倆伺候世子爺這些年，沒有功勞總還有苦勞，世子爺難道一點情分都不念？」

過了兩天，劍蘭繡完帕子，呈到楊妧面前。

楊妧掃一眼，從衣櫃裡將那件蟹殼青繡著蘭草的長袍拿出來，攤平了，淡淡開口。「聽祖母說，當初貴妃娘娘從儲秀宮上下五十多人中挑了妳和蕙蘭，是覺得妳們兩人穩重仔細，尤其妳的針線活是拔尖的。妳覺得這兩叢蘭草是同一個人繡出來的嗎？」

劍蘭平視著楊妧。「請夫人恕我眼拙，我瞧不出有什麼不同。」

楊妧冷笑一聲。「妳的針腳更細密，起針時喜歡隱在上一針的針腳裡。而做長袍之人，習慣在針距一半處斜著起針，收針時會往前趕兩針，結了線頭再別住。」

劍蘭抿抿嘴，沒出聲。

「還有，」楊妧抓起長袍。「不知妳聽說過魏繡沒有？前朝的前朝末年，魏地起兵謀反，靠的就是魏繡傳信。這叢蘭草中隱藏著一個菊字，那件鴉青色繡著竹葉的長衫裡同樣藏著菊字。妳三番兩次慫恿世子爺穿著這兩件衣裳出門是何用意？」

劍蘭臉色灰敗，「撲通」跪倒在地。「我不知道這是魏繡。」

她是真不知道。朝廷中最忌諱提「謀反」兩字，沒有人說起魏繡，到了楚家之後，覽勝閣只她和蕙蘭以及兩個粗使婆子，更沒人懂魏繡。

楊妧才不管她知不知道。

劍蘭最大的錯誤是勾結外人陷害楚昕，知道魏繡也罷，不知道也罷，作為下人就不該把不明不白的東西帶進來，更不該欺瞞主子。

楊妧劈頭將長衫扔到她臉上。「若是世子爺穿出去，竇家人可以借此宣揚世子跟竇姑娘暗有情愫。竇姑娘是自甘下賤想上門為妾，妳又是圖什麼，為錢財還是為名利？妳的賣身契在楚家，就算妳勾結了竇家，也一輩子是楚家的奴才。」

劍蘭一言不發。

楊妧並不是非要問出個結果，左不過劍蘭是不能留了，圖什麼根本不重要。

她揚聲喚清娘。「她不是經常出府見竇家人嗎？那就成全她，捆了送去竇家。」

「不！」劍蘭尖叫道：「我不去！我是貴妃娘娘的人，娘娘囑咐我貼身照顧世子，妳不能隨意發落我。我要見世子爺、我要見世子爺！」

清娘伸手拽住她的胳膊，一彎一扽，極其俐落地卸了關節，然後捏住劍蘭腮幫子，將帕子團成團，塞進她口中。

劍蘭疼得滿臉都是汗珠子。

清娘輕蔑地道：「妳若是老實點，也能免了這份疼。真是舒坦日子過夠了，平白給自己找罪受。」使個巧勁把劍蘭的胳膊安上去，用兩根布條結結實實地捆在身後。

楊妧道：「不是哭著喊著想見世子爺嗎？讓她在院子裡等。」默一默。「把蕙蘭叫來。」

蕙蘭早就在牆根等著了，聽說楊妧喚她，老老實實地跟在清娘身後走進東廂房，不等楊妧問話，連忙跪在地上。「我說，我什麼都說。」

把她倆如何在鋪子裡「偶遇」竇太太，竇太太如何親切地幫忙縫衣衫送裙子，劍蘭又是怎樣起了二心的話原原本本說了遍。

楊妧不怒反笑。「劍蘭想伺候世子爺，妳也這樣想？」

「沒有！」蕙蘭急忙撇清自己。「求夫人明察，奴婢從來沒有這種想法，也不敢癡心妄想。奴婢知道自己錯了，但憑夫人處置。」

「我沒那個本事處置妳們。」楊妧突然感覺有些疲憊，無力地揮揮手。「妳也去外面等著吧，世子爺說不定快回來了。如果他想納了妳們，我絕無二話，立刻收拾屋子佈置花燭。」

蕙蘭「咚咚」磕頭。「夫人明鑑，奴婢寧願一輩子為奴為婢，也不願當妾。」

她磕得重，腦門頓時紫紅一片，隱隱有血漬滲出來。

楊妧掃她兩眼，平靜地說：「這話妳對世子爺講，讓他看著處置。」

第一百三十九章

黃昏的風透過洞開的窗櫺徐徐吹來，夾雜著不知名的花香和草香。日影早已西移，把天際暈染得五彩斑斕。楊妧兩手托腮望著那兩架紫藤發呆。

青菱往茶盅裡續上半盞茶，呈在她面前，輕聲道：「夫人可是覺得委屈了？」

楚昕在京都就招惹了無數爛桃花，到了宣府仍是不得清閒，便是她看著都覺得心累，何況楊妧還得親力親為地跟著收拾？

「不委屈。」楊妧仍是看著窗外，半晌回過頭，長嘆兩聲。「只是心裡有點不舒服。但是，人生在世哪裡會稱心合意？嫁到楚家，我挺知足的。祖母待我如同親孫女，母親雖然性子清冷，但也沒苛責我，阿映跟我更是無話不談。世子……這也不是世子的錯，誰讓他是個香餑餑，誰見了都想啃一口？要是他生得醜一點就好了，可是太醜我也瞧不上他。」

青菱「噗哧」笑出聲。「還好夫人想得開。」

楊妧端起茶盅抿兩口。不是她想得開，而是見過的太多了。比如前世的自己、余新梅，甚至還有被禁閉在官廟清修的靜雅，有幾人在親事上真正順心順意？窮門小戶整日勞苦為一日三餐發愁，高門深院擔心夫君另有所愛朝秦暮楚。

楚昕已經是非常好了。

楊妧再喝口茶，視線忽而凝住，再也移不開。

暮色裡，楚昕穿著暗紅色裋褐大步而來，他走得那麼快那麼急，似乎只是一瞬，已經來到跟前。楊妧放下茶盅張開雙手，楚昕很自然地抱住她，垂首便去尋她的唇。相呴以濕，相濡以沫，好半天才分開。

楊妧捏著鼻子抱怨。「一股子汗味，怎麼不先換了衣裳？」

楚昕道：「妳沒給我找出來，不知道穿哪件。」抬手將她腮旁一縷碎髮抿在耳後，對牢了她的目光，低低喚。「妧妧，妧妧……」張臂將她箍在懷裡。

櫃子裡的衣裳有的是，左邊一半是他的，右邊一半是她的，楊妧擺得整齊，拿出來一件就能換，可他顧不上。

進門後，劍蘭便撲在他腳前哀哀訴說，說楊妧容不下她，要將她送人。蕙蘭在旁邊哭得一把鼻涕一把淚，說她倆是得了貴妃娘娘的旨意伺候他，不想離開府裡。

清娘則雙手抱胸站在梧桐樹下，冷冷地旁觀。卻不見楊妧的身影。

他心慌得厲害，急急地尋過來。

直到瞧見楊妧唇角的微笑，直到她習慣性地張開雙臂，那一顆惶恐的心才得以安定。

所有人都覺得楊家高攀了楚家，楊妧要仰仗他的恩寵生活，唯獨楚昕明白，是他離不開楊妧。

楊妧不在，他空落得難受，楊妧來了，他的心才踏實，才願意一步步朝著她想要的方向努力。

楚昕矮了身子。「我揹妳回去，妳給我找衣裳，幫我洗頭。」

楊妧「切」一聲。「我自己長著腳，才不用你揹。」將手指扣在他指間，緊緊地握住。

暮光將兩人的影子融在一處，拉得老長，分不清哪是他的，哪是她的。

回到正院，劍蘭跟蕙蘭都已不在了，楊妧沒多問，陪楚昕到水井旁沖了澡。

吃晚飯的時候，清娘陪在桌前絮叨。「世子爺要去尋妳，劍蘭抱著他的腿不放，世子爺一腳踹在她胸口，緩了好一陣子才回過氣……含光送到竇家去了，蕙蘭在外院關著，等天亮再找人牙子。」

楊妧小口喝著鯽魚湯。「世子爺沒問為什麼處置她們？」

「沒問。」清娘點著一盤菌菇炒雞胸。「這個好吃，裡面放了秦椒，稍有些辣，很下飯。」給自己再添半碗飯，續道：「只問了妳打算怎麼處置，就讓人叫了含光來。世子信任夫人，夫人可不能因為這些事情置氣。」

楊妧笑道：「我豈是那種不明事理的人，可曾見我胡亂發過脾氣？」

「見過。」清娘毫不猶豫地說。「世子爺從寧夏回來，夫人可不就是劈頭蓋臉一頓打？」

「妳！」楊妧被噎得說不出話。

「我沒說錯吧？」清娘「哈」一聲，隨即轉了話題。「這次回京把那隻小馬駒帶過來，讓世子爺教您騎馬，學會了咱也跟著去打獵。承影說山裡東西不少，野兔、野狼都有，運氣好還能遇見野豬。」

那頭馬駒叫「騰雲」，是追風下的崽，剛滿三歲，去年秋天陳文開始訓練牠，但是還沒有人騎過。

楊妧頗為心動，等楚昕從外院吃飯回來，便提起此事。

楚昕笑道：「是個好主意，趁騰雲還小，妳把牠馴服住，以後便只聽妳的話……就像我一樣，我也只聽妳的。」

「閉嘴！」楊妧嗔一句。「就知道亂說，我又不曾轄制你，也沒這本事轄制你。」

楚昕「嘿嘿」傻笑，眼角瞥見牆上掛著的長劍，抬手取下。「絡子舊了，妳幫我結條新的換上。」

楊妧應聲好。

楚昕拔劍出鞘，隨意地揮舞幾下，燭光被凌厲的劍氣吹動，搖曳不止，映著滿地的黑影跟著晃動。「還是長劍順手，劍身輕靈速度快，陌刀厚重勁道足，要是騎馬，用長槍最合適，能挑能刺，掄起來又可抵擋箭矢。」

楊妧看著他眉飛色舞的樣子，笑容不由自主地自眼角沁出。

這就是楚昕啊！合該是征戰沙場的將軍，而不應困囿於內宅，被那些陰私手段所累。

楚昕被她灼目的笑晃了眼，慢慢收起劍，那股凌厲的寒氣也一點點沒入鞘中。

他輕聲道：「妳能轄制我，我是這劍，妳就是與我相配的劍鞘，不管多少鋒芒，在妳面前，全都斂盡了。」

楊妧抿著嘴，面頰慢慢地熱起來。

楚昕沒過問劍蘭跟蕙蘭的事，嚴管事卻把事情回到楚釗面前。

承影手裡證據足，把劍蘭跟竇太太見過幾次、在哪裡見的、傳過幾次信件都說得清楚明白。下人跟府外之人勾結，不管在何處都是大忌。這次能因為一己私慾勾結竇太太，誰知道下次會不會勾結瓦剌人？

楚釗冷聲道：「楊氏職掌內宅，就按她說的辦。蕙蘭發賣到川地，不得踏入京都，也不得再入宣化城。劍蘭……竇家怎麼說？」

承影回道：「竇參將在軍裡未曾回府，我把人交給竇家管事了，說劍蘭承蒙竇太太厚愛，幾次三番私下相見，我家夫人特將人送給竇太太，免得互傳信件多有不便……從竇家出來，見街旁酒館尚未打烊，我就進去喝了兩盅，發了幾句牢騷。」

楚釗蹙眉，隨即一點點鬆開，揮手道：「退下吧。」

承影行禮離開。

嚴管事不無擔憂地說：「世子夫人到底年輕，氣盛了些，只怕竇參將那邊……」

「我覺得她處理得極好，」楚釗眸中含笑。「內宅的事就用內宅的方式解決。竇參將最應該做的是管好家眷，當家主母勾結別人家中的丫鬟所圖為何？」略頓一頓，續道：「還是老夫人眼光準，給見明挑了個好媳婦。」

隔天，楚釗下令，閒雜人等不得隨意踏入營地三尺，凡違背者，格殺勿論，若守衛擅自放行，以同等罪行論處。

營地一片譁然。

竇參將喜愛自個閨女是眾所周知的。竇笑菊兩、三歲時，竇參將就把她放到馬背上帶到軍裡，一直到八、九歲；後來竇笑菊學會騎馬，自己騎匹小馬駒跟在竇參將身後，久而久之便養成了習慣。

除她之外，極少有閒人進出軍營，這條律令無疑就是針對竇笑菊而頒布的。

而市井間也傳開楚家往竇家送了個丫鬟的事情。

竇太太在宣府可是有頭有臉的人物，在酒樓茶館見到她的人也不少，很自然地就成為佐證。至於竇太太勾結楚家丫鬟的原因，百姓們充分發揮出想像力，有的說竇參將不滿楚釗，想暗中在菜餚裡下毒；有的說竇太太瞧中楚釗的人品，打聽他的行蹤；也有的說竇太太覬覦楚家傳家之寶，想盜竊財物。

清娘笑得打跌。「青菱，夫人妝盒裡有幾塊玉珮，讓我瞧瞧哪塊像傳家之寶？」

「傳家的寶貝能隨意給人瞧？」青菱斜睨著她，倒是真的將妝盒取了來。

裡面有五塊玉珮，成色都還不錯，楊妡備著打算賞人的。楚昕另外有三塊玉，一塊是刻著竹報平安的碧玉，一塊雕著喜上眉梢的羊脂玉，還有塊水潤瑩澤的和田玉，雕成了葫蘆狀。

清娘指著和田玉笑道：「就它吧，葫蘆裡面裝的全是寶。」

過不多久，傳言的細節便有了，說總兵府的傳家之寶是個寶葫蘆，約莫巴掌大小，對著光能看到裡面有各色寶石。

竇參將像是被架在火上烤，他在男女這檔子事情上不講究，在仕途上卻明白。他之所以能在宣府立足，倚仗的是他二十多年苦心經營的根基，還有楚釗的信任。至於以後能不能升遷，能升到哪一步，也要靠楚釗報到內閣去。

現在卻傳言他想謀害楚釗，想偷取楚家祖傳寶貝，竇參將坐不住了，提著酒罈子去找楚釗。

楚釗淡然笑道：「竇參將無須多慮。首先我家並沒有什麼祖傳的寶葫蘆，不怕別人惦記；其次咱倆共事這些年，一起提著腦袋在戰場上拚殺，說是過命的交情也不誇張。外頭傳言不必理會，以後咱們還照舊相處，只是門戶得約束好，免得被人鑽了空子，生出嫌隙。」

竇參將面紅耳赤地提著酒罈子回去將竇太太好一頓教訓。竇太太備了份重禮，跟竇笑菊一道去總兵府道歉。

楚昕休沐在家，正俯在案前替楊妧描花樣子。

楊妧一邊縫襪子，一邊絮絮地說：「聽說南關大街跟真彩閣差不多大小的店面，只要五百兩銀子，妳說開間綢緞鋪子好不好？也不用專門去蘇杭採買，從范二奶奶那裡拿貨就好。這裡的繭綢和府綢比京都賣得便宜，但錦緞價格卻一點不便宜，尤其是上好的雲錦和蜀錦，一疋比京都貴五兩銀子。」

楚昕抬起頭，把描好的五穀豐登圖樣遞給她。「南關大街雖然熱鬧，但多是飯館酒肆，妳要想開綢緞鋪子，不如到清水街。上次咱們經過那裡，有好幾家成衣鋪子。要不咱們中午吃館子順便去看看鋪面？」

楊妧卻猶豫了。「我只是突然有了這個念頭，真要開鋪子怕是會賠本。就算在京都，也是買細布和繭綢的人多，宣府這邊有幾人能穿得起錦緞？可若是賣粗布，一疋布賺不了多少，白搭上人力物力。」

「賠本也不怕，一年才能賠幾個錢，回頭我補給妳。」楚昕鼓勵她。「再者，說不定能賺錢呢！宣府有家賣瓷器的聚福隆，總號在京都，還有幾家雜貨鋪，每兩月會結伴去京都進一次貨，屆時讓臨川在那邊把貨裝好，跟著他們車隊一起過來，能省下一半運費。如果開鋪子，妳就不用時時悶在家裡，隔幾天出去查查貨，再過幾天去對對帳。」

楊妧抿嘴笑。「我想出門還用找藉口？昨兒嚴管事還特地跟我說，他新找人做了輛車，車壁多加了層木頭，還糊了棉布，冬天靠著不會冷，夏天也不容易被曬透。」

正在這個時候，青菱回稟，說竇太太前來拜訪。

第一百四十章

楚昕皺起眉頭。「不用搭理她們，打發走算了。」

「我想看看竇太太到底是個什麼樣的人。」楊妡彎起眉眼笑。「有點好奇，按說當家太太不可能行出這些事。」

慫恿自家閨女做妾，親力親為地跟別府丫鬟碰面，尤其還是自家相公的上峰，但凡稍微有點腦子的人也知道該避諱什麼。

楚昕道：「那妳看一眼就讓她們走，別耽誤咱倆上街吃館子。」

楊妡應聲好，將書頁裡夾的花樣子都取出來，一張張對著光仔細瞧。

楚昕也湊近了看。「鳶尾花好看。妳再給我做個香囊，跟以前那個一樣的。」

楊妡點頭應著，挑出幾張紙面皺了的。「這些顏色也淡，過兩年興許就看不清了，表哥順道幫我都描一描。」這才對青菱道：「請她們進來。」

竇笑菊還是頭一次來總兵府內宅，好奇之餘又帶了些微恐懼與期待。

剛才在門口等著傳喚時，她聽到承影吩咐車夫備車，世子跟夫人待會兒要出門。就是說，楚昕也在家裡？

竇笑菊頓覺頭皮發涼。

她永遠都忘不掉那種感覺，烏鐵的箭頭帶著「呼呼」的破空聲直奔自己面門，頭皮生疼……她以為自己要死了。

平靜下來才知道，之所以會疼，是因為箭頭穿過髮髻，揪下了好大一撮頭髮。箭矢擦著頭皮飛過，稍差須臾就會要了她的命。

楚昕真的敢張弓！也真的不會對她憐惜。

但是，楚昕的箭法有目共睹，他還是手下留情了。想到這點，竇笑菊的心如死灰復燃，一點點又生起了希望。

一邊是恐懼，一邊是期待，被這兩種情緒糾結著，竇笑菊跟在竇太太身旁走進了二門。自穿堂進來，迎面便是五間寬敞的正房。最難得五間都是明間，窗櫺漆著綠漆，簡潔雅致。院子四四方方，偏東有棵粗大的梧桐樹，樹下石桌上擺著針線笸籮，旁邊還有只茶爐，壺裡水微開，有白汽自壺嘴裊裊散出來。

安閒靜謐。

廳堂正中掛了幅水墨山水畫，長案上供著應時瓜果，案頭各一只景泰藍雙耳圓肚香爐，爐內不見薰香，屋裡卻縈繞著淺淺淡淡的香味。

太師桌和太師椅都漆著黑漆，瞧不出什麼木頭，只讓人莫名有種肅穆厚重之感。

青菱輕聲讓著。「竇太太、竇姑娘寬坐，夫人稍後便來。」

先前在門外就等了兩刻鐘，在廳堂還要等。竇笑菊憤懣不已，卻不敢表露出來。

有個穿著竹葉青比甲的丫鬟端來托盤，手腳極輕地倒了茶，屈膝行個禮，飛快地退下。一切都是那麼安靜，跟竇家大呼小叫的丫鬟截然不同，是不是這就是世家獨有的氣派？竇笑菊用力咬住下唇，看著面前紋路流暢的青花瓷茶盅，心頭生出無限嚮往。

這時門口傳來丫鬟恭敬的聲音。「夫人。」竇笑菊忙斂住心神看過去。

來人中等身量，穿件淺丁香的襖子，下面配條顏色略深的丁香色十六幅湘裙，秋風吹拂，裙角輕蕩，使得她在安然之中平添幾許靈動。

竇笑菊見過楊妧兩次，都是遠遠地只瞧見個身影，如今離得近了，才發現她模樣不算出眾，但肌膚細膩，初雪般純淨，襯著一雙眼烏漆漆地格外明亮。

竇太太也在打量楊妧，卻不像竇笑菊那般只盯著臉盤，而是從頭到腳掃了個遍。頭髮梳了個極簡單的圓髻，斜斜地簪了支桃木簪，鬢角有幾縷碎髮散著，顯出幾分悠閒慵懶。穿著也很隨意，可湘裙下面卻若隱若現一雙大紅色的繡鞋，被淺淡的丁香色襯著，有種驚心怵目的美。

楚昕的小媳婦看起來年紀不大，可渾身上下的韻致卻讓人心神盪漾。

楊妧步履輕盈地走進屋，徑直在上首的主位坐下，眸光流轉，落在竇太太身上。「想必這位就是竇太太了？」

聲音溫和，卻帶著不加掩飾的倨傲。

她是封誥的一品夫人，的確有理由在沒有誥命的「太太」面前傲氣。

竇太太恍然醒悟，連忙起身行禮。「見過夫人。」又指著竇笑菊道：「這是我跟竇參將的長女，閨名叫做笑菊。」

竇笑菊屈膝福了福，生硬地說了句。「給夫人請安。」

「坐吧。」楊妧端起茶盅抿了抿，開門見山地問：「不知竇太太前來所為何事？」

因是端著茶盅，衣袖下滑，露出腕間豔如雞冠的紅瑪瑙手鐲，襯著白淨的手腕，恍若剛掰開的鮮藕一般。

竇笑菊看得目不轉睛，只聽竇太太乾笑兩聲。「我是來給夫人賠罪的。」作勢要跪，膝蓋彎到一半見沒人攔，又直了起來。「街上傳言說我想謀財害命，真不是那麼回事。」說著掏出帕子開始揾眼窩。

一番唱唸做打，歷數了足足一刻鐘竇參將對楚釗的愛戴與尊敬，竇太太紅著眼圈訴道：「夫人不知道，國公爺在宣府二十年，宣府百姓沒有不感激他的，我就是豬油糊了心也不可能謀害國公爺和世子爺。」

楊妧雙手交握，端坐在太師椅上，一言不發。

柳葉在門外探了探頭，楊妧示意她進來。「什麼事？」

柳葉回道：「世子爺把那幾張花樣子都描完了，問夫人還有沒有要描的？還有沒有新炭筆？」

楊妧彎起唇角。「炭筆和其餘的花樣子都在床頭矮几下面的抽屜裡，讓他挑不清楚的描一遍，我這邊很快就好。」

竇笑菊心中猶如驚濤駭浪。

她不愛女紅，也懶得描那些花花草草的，沒想到驕傲得不可一世的楚昕竟有耐心做這種閨閣之事。

那他會不會綰髮畫眉呢？單是想想就讓人心潮澎湃，竇笑菊的目光驟然變得熱烈而急切。

竇太太翻過來覆過去地囉嗦。「夫人，您大人有大量，寬恕我這一回。不當家不知柴米貴，不養兒女也不知爹娘的恩情，我全都是為了孩子才行出這種糊塗事。」

楊妧冷笑。攛掇著閨女當姨娘，這也是為人父母的恩情？竇太太憑什麼篤定她不會在宣府久待？憑什麼以為她一定會將竇笑菊留在宣府耀武揚威？

作夢呢，妾就是妾，再顯貴也是半個奴才。

楊妧正要開口，竇笑菊卻突然俯在她腳前。「夫人，我是真心仰慕世子爺，願意做牛做馬侍奉世子和夫人，求您成全我吧！」

呵！這又是唱得哪一齣？

楊妧垂眸看著竇笑菊髮間光芒閃爍的金釵金簪，側頭吩咐青菱。「請世子爺過來……再讓青劍去喚竇參將，來了之後讓他在門房等著，我幾時召喚幾時進來。」

青菱出門打發小丫鬟傳話。

楊妧平靜地說：「竇姑娘不忙跪。若是世子爺納了妳，以後少不了跪的時候，竇太太也先請到門房候著吧，我們國公府的規矩，妾的家人不能登堂入室，只能在角門外面等。如今竇姑娘名分還沒定，且給妳留個臉面，許妳在門房站著。」

竇太太愕然。她在宣府可是有頭有臉的人物，走到哪裡都被人敬著。竇參將也是處處被人捧，就連楚釗都對他高看三分。楊妧怎麼敢叫他們在門房等，她怎麼敢？

這空檔，楚昕已走進來。他穿件八成新的鴉青色圓領袍，身姿挺直，英武中透著幾分居家的閒適，蹙眉問道：「人怎麼還沒走？」

楊妧笑著站起身。「恭喜世子，這位竇姑娘自薦枕席說要侍奉世子，如果您同意的話，擇日不如撞日，趁著竇太太在，待會兒竇參將也會過來，今天就把賣身的文書寫好。京都規矩是六十兩的身價銀子，如果有琴棋書畫等才藝，八十兩或者一百兩也使得。不知道宣府的行情如何，要不也是六十兩？」俯視著地上的竇笑菊，問道：「妳可有才藝，說出來我聽聽。」

竇笑菊尚未回答，楚昕臉色已經變得鐵青，手指著門外喝道：「什麼阿貓阿狗都敢往家裡鑽？滾！」又朝青菱等人道：「趕緊拖出去，留在這裡不嫌骯髒？」

清娘扯著竇笑菊胳膊，半拖半拉地拽了出去，竇太太跟在後面嚷。「你們太欺負人了，怎麼能這樣輕賤我女兒？」

清娘大步流星地走出角門，把人往牆角一推。「嘿嘿」笑道：「不想被人輕賤，那就別做這種下賤之事！」

話音剛落，只聽身後傳來男子粗喝的聲音。「妳是什麼人？」

竇太太如同見到救星般衝過去。「老爺，楊氏太不講理了，我們上門賠罪，笑菊說她誠心誠意仰慕世子，楊氏把我們好一頓羞辱，說要花六十兩銀子寫張賣身契，然後把我們攆出來。老爺，笑菊一片赤誠真心，有什麼錯？」

她不敢指摘楚昕，把鍋全扣在楊妡頭上，母女兩人相對抽泣，哭得梨花帶雨。

竇參將咬咬牙，煩躁地說：「少在外面丟人現眼，趕緊滾回家！」

清娘把門外情形回給楊妡。

楊妡幾乎不敢相信自己的耳朵，萬般不解地問：「這位竇太太到底是什麼來歷？竇參將一路升上來，按理不會是個糊塗人，怎麼娶了這麼位太太？」

清娘笑道：「這個我清楚，上個月專門打聽過。」把竇太太娘家的事情抖露個底掉。

楊妡眼裡閃過絲恍然。酒館裡靠賣笑為生的姑娘，使計氣死原配上了位，難怪會是這種做派。

沒幾天是中秋節，楊妡披件緞面斗篷，在琴心樓跟楚昕一道飲酒賞月。

藉著酒意，楚昕吩咐含光取來長劍，縱身自窗口躍出。「妡妡，我給妳舞劍助興。」

他長身玉立，唇角含笑，眸中映著明月的清輝，亮得驚人。

楊妡彎了眉眼，慢吞吞地說：「要不要我備一盅茶，看你是不是能舞得密不透風？」

「好！」楚昕爽快地答應。「這次我才不上妳的當。」說罷，拔劍出鞘，先挽了個劍花，不過一息，手中動作驟然加快，步子也加快，劍光映著月光，人影踏著月影，起挪騰移宛若蛟龍。

楊妧看直了眼，忽而輕喚一聲。「見明！」

楚昕步伐明顯就是一滯，她笑得不可自抑。

一套劍法使完，楚昕將劍入鞘扔給含光，走到楊妧面前，半嗔半惱道：「妳又笑話我。」

月光下，他俊俏的面容更顯精緻，玉雕般泛著柔光，氣息流轉間有淡淡酒香傳來，裹挾著他的味道，讓人心醉。

這樣出色得幾乎無可挑剔的男人，是她的。

「我沒笑話你，我是因為高興才笑。」楊妧仰頭，輕輕咬他的下巴。「見明，我好像醉了，走不動路，你揹我回去。」

「好。」楚昕蹲下，待她俯上去，柔聲叮囑。「妳抱緊了，當心摔著。」

楊妧應著，雙手摟住他脖子，下巴抵在他肩頭，輕聲道：「去年咱倆就是這個時候成親的，轉眼已經一年了。見明，假如咱們兩人沒成親，你會不會娶別人？」

「不會。」楚昕答得篤定。「我沒想過跟別人一起生活。如果不是妳，那我寧可不娶。」

「你傻呀！」楊妧聲音有些哽。「天底下好的女孩子多的是。」

楚昕輕輕「哼」一聲。「她們都長得醜，我瞧不上。」

就只有楊妧，不管是鼻子還是眼，像是為他訂製的一般，完完全全長在他的心坎上。

兩人絮絮說著話，而相隔不遠的竇府，卻是一番愁雲慘霧。

「娘，」竇笑菊沒好氣地說：「我不想再見到那些臭要飯的，跟瘟神似的，走到哪裡都避不開。」

竇太太嘆道：「哎呀祖宗，先後鬧這幾齣，人人都盯著咱家呢，可別給妳爹惹禍了。」

竇笑菊勃然大怒。「這怎麼能怪我？肯定是楊氏指使人幹的，我跟她沒完！」

自從上次被楚家攆出來，只要她出門，必定會有個乞丐湊上前笑嘻嘻地說：「竇姑娘，我誠心誠意地仰慕妳，想侍奉妳。」

竇笑菊怎可能受這種屈辱，吩咐下人將人轟走。乞丐並不糾纏，一邊往後退一邊反駁。「我待妳一片赤誠真心，又有什麼錯，竇姑娘為何輕賤我？」

下人們破口大罵。「一個臭要飯的還惦記著吃天鵝肉？想得美！」

乞丐又笑。「我是臭，竇姑娘也沒好到哪裡去，在別人眼裡還比不上我這個要飯的。」

竇笑菊氣瘋了，讓竇參將把人攆走。可是今兒攆得遠遠的，明兒又冒出來，仍舊在竇府門口打轉。

竇太太出主意把那些人全殺掉，竇參將不幹。「宣府乞丐有三五千人，都成幫成夥的，平白無故地弄死一個，他們能把咱家給燒了。」

竇太太問：「那怎麼辦，不能任由他們這麼敗壞笑菊的名聲……乾脆都抓到牢獄去。」

竇參將「切」一聲。「妳給他們管牢飯？」

這不是十人八人，也不是百八十人，而是好幾千吃了上頓沒下頓的乞丐，眼看冬天就快來了，把他們抓進牢獄，說不定他們還偷著樂呢。

再者，他有什麼理由抓人？乞丐們說的話，都是出自竇太太的嘴，一字不錯。

竇太太徹底沒了主意。

而距離白水街不遠的任府，有人正舉著酒杯獨自小酌。

酒盅晃動，映出一雙精明而又惡毒的眼。

任廣益的嫡長子任平旭淺笑低語。「這種滋味不好受吧？當初我上門求親，妳可是毫不留情地拒絕了，害得我顏面盡失，現在輪到妳好好體驗一下丟人現眼的滋味……宣府雙姝？哈哈，跟個婊子齊名，不知道能不能比得上婊子會伺候人？」

任平旭一口飲盡杯中酒，將酒杯重重頓在桌面上。

竇笑菊等著瞧，我還有大招在後頭——

第一百四十一章

滿宣府都在看竇家的熱鬧，楊妧自然也聽說了，既覺得解氣又覺得可恨。

任廣益娶了趙家姑娘，心眼越發小。議親本就是兩家商議著來，不成也在情理之中。竇家拒親，任家就瞅著機會拚命踩上兩腳。

若是平常的話，任家願意踩誰就踩誰，問題是現在不明真相的人都以為是楚家幹的。楊妧才不想替任家背這個黑鍋。

清娘看熱鬧不怕風大，摩拳擦掌地說：「乾脆點把火，讓兩家打起來。」

楊妧莞爾笑道：「我也想，就怕點火架秧子時濺了火星上身……任家和竇家都不是善茬，咱們還是離遠點好。跟承影他們說，想辦法給竇參將露個口風，再約束咱們府上的人謹言慎行，免得被牽扯進去。」

任平旭行事不太乾淨，留了好大一條尾巴，竇參將能不能順著尾巴揪住這隻小狐狸就看他的本事了。

承影處理這種事極其拿手，佈置好之後帶著幾個人到農戶裡買了好幾頭羊和十幾隻大公雞，在總兵府圈出一塊空地，暫時養在裡面。

每隔七、八天，廚房會燉一隻羊，熬一大鍋羊肉湯。

楊妧特地把羊臉留出來，學著陳趙氏的做法，把羊舌、羊耳等不同部位分別切片裝碟，配兩碗蘸料、一笸籮火燒和幾道小菜送到外書房去。

秋意漸濃，蕭瑟的秋風一日寒過一日，奶白的湯裡沈著薄如蟬翼的羊肉，上面浮一層翠綠的芫荽，再點幾滴秦椒油，看著就讓人食指大動。一碗羊湯下肚，整個身體從內而外都是暖的。

楚昕笑著告訴楚釗。「原先在護國寺附近的羊肉陳，因為得罪了靜雅縣主開不下去了。表妹找到那一家人，在三條胡同開了間小館子，店面不大，生意非常好……顧老三和周延江經常去捧他們的場。」

楚釗挾塊羊舌頭蘸上蒜泥，一口嚥下去，再咬口火燒，喝口湯，點點頭。「楊氏行事比你有分寸。」

這話不單是指羊肉陳，更是指楊妧處理竇家之事的分寸。

楚昕比聽到楚釗誇自己還要高興，興奮地說：「表妹一向都聰明，她還打算在宣府開間綢緞鋪子，正託嚴管事幫著找店面。」

開鋪子？楊氏是想長住宣府，她能待得住？如果真能久待就好了，楚昕有人陪伴，家中僕從有人管束，別的不說，這幾個月的飯食明顯比以前強。

吃過飯，楚釗從書桌的抽屜裡取出只匣子遞給楚昕。「裡面大概兩千兩銀子，有好地角的鋪子可以多買兩間。還有家裡日常花費不少，別讓楊氏拿自己的私房錢貼補。」

楚昕毫不客氣地收下了，趁著休沐，和楊妧一起把店面買了。

店面有兩家，都在同安街上，可惜是斜對面，如果是相連的鋪子可以打通成一家。

楊妧卻非常滿意。「這邊的三間賣布疋，那邊兩間賣荷包香囊、胭脂香粉等東西。京都的種類比宣府齊全，樣子也好看，應該不愁賣。」

楚昕拿著炭筆宣紙記下各處的尺寸，準備做櫃子、架子。

當天夜裡，楊妧給范二奶奶、余新梅等人分別寫了信，讓她們幫忙搜尋哪裡有好看便宜的小物件。

忙忙碌碌中，九月不經意就過去了。

十月初一，楚昕將八十位私衛盡數交給承影帶領，護送楊妧回京操辦楚映的親事。

一別四個月，秦老夫人見到楊妧高興得不行，拉著她的手上下打量好一會兒，嘆道：「沒瘦，但是手不如往常細。」

楊妧偎在秦老夫人身邊撒嬌。「祖母，我特意沒搽手油，就是想讓您知道，我可沒閒著……您可得給我點獎賞。」

說著，把自己做月餅、滷羊臉、買店面等逐樣事情講一遍，又講竇笑菊三番兩次糾纏楚昕。「都怪祖母把表哥教養得這般好，走到哪裡都被人追捧，我心累得不行。祖母，您得補償我。」

張夫人面色沈了沈。

真是個妒婦！給楚昕抬一房姨娘有什麼不好，還是知根知底的武官家的姑娘，以後竇姑娘在宣府照顧楚昕，楊妧回京都料理家事。

雖說府裡的事情大都是莊嬤嬤張羅，可她畢竟是主子，有些事情必須經由她拍板，有些宴請她也不好不去。

上個月顧夫人做壽，她去吃席，回來暉哥兒哭得跟淚人兒似的，她心疼了好半天。如果楊妧在，她就用不著出門應酬了。

可張夫人也只在心裡嘀咕，並不敢說出口，畢竟秦老夫人發過話，如果她敢給楚昕張羅姨娘，那麼老夫人立刻就會給楚釗送兩個貼身使喚的。

秦老夫人瞧見張夫人的神色，並不理會，仍是拉著楊妧的手笑道：「合著是回來討銀子的，行行行，該賞的要賞，該補償的也得補償。首飾什麼的早先就給妳們分了，今年中秋節，貴妃娘娘賞了一匣子南珠，都給妳。」

莊嬤嬤捧出只半尺見方的花梨木匣子。匣子分兩層，上層是黃豆粒大小的珠子，粒粒渾圓飽滿，發出瑩潤的光。下層的要大些，跟蓮子米一般，不但有米白的，還有淡粉色、淡紫色，甚至還有八粒藍黑色的。

「真漂亮。」楊妧抓起一把，又鬆開手，珍珠如落雨般落下來。「我頭一次見這種藍黑色的珠子，不知道鑲金釵好不好看？」

「配金色顯得暗淡，我覺得配銀更適合。」秦老夫人給她出主意。「不如拿到銀樓問問，他們經手的首飾多，更有經驗。」

楊妧欣然答應。「過兩天就去，如果好看的話，就鑲兩對釵、兩對耳墜子，我跟阿映各一對。」

楚映推辭。「妳自己戴，我不缺髮釵，這幾個月又添了十幾樣，匣子都快盛不下了。阿妧，妳來瞧瞧我的首飾。」

「好呀！」楊妧看出楚映似是有話要說的樣子，笑盈盈地問：「妳在哪家打的，是頭面還是單獨的釵簪？要是我瞧中了，妳可不能小氣。」

楚映道：「看中什麼，妳儘管開口。」

臉上雖然帶著笑，笑容卻不達眼底，看著很是勉強。

楊妧心裡納罕，跟在她身後走進清韻閣。

藤黃將四個妝盒一字擺開，楚映指著刻有石榴花的匣子道：「裡面一套紅寶石頭面一套青金石的，都是在同寶泰定的，另外幾個匣子裡是零散的釵簪還有些絹花，以後留著賞人。」

同寶泰的手藝不用說，必然非常精美。果然，紅寶石的頭面華貴富麗，而青金石的典雅細緻，各具特色。

楊妧連連誇讚，正要放回去，只聽楚映道：「阿妧，妳可聽說靜雅縣主的事？她被送到靜業寺清修了。」

楊妧手一抖，紅寶石的頂簪險些落地。她忙抓緊了，放進匣子裡，問道：「為什麼？」

「菊花會那天，她與人在馬車裡廝混被瞧見了。」

楊妧低呼一聲。「怎麼會？」

「靜雅的車停在菊苑旁邊的胡同裡，侍女往車裡送酒菜被周家大爺看到了。侍女還遮遮掩掩地不讓靠近，周大爺好奇之下掀開簾子，靜雅跟兩個進士衣冠不整……好多人都看到了。不只他們兩個，在那之前，靜雅就結交過好幾人。」

靜雅的侍女會武，尋常人近不得馬車，更遑論去掀簾子。周延江是皇家子弟，又有一把力氣，侍女們攔不住他，也不敢真正動手。若是換成別人，說不定就被滅口了。

楊妧沈默數息，嘆道：「靜雅完全是咎由自取，怨不得別人。」

「我不是同情她。」楚映無意識地擰著手裡的帕子，很難啟齒似的，過了會兒，破釜沈舟般開口。「中元節，陸公子約我去護國寺。我因為挑衣裳去得遲了，看到陸公子滿臉通紅地站在靜雅的馬車旁……原先我沒在意，可出了菊花會那件事，我心裡始終梗著刺。」說著，眼淚已經盈滿了眼眶。「阿妧，我不知道還要不要成親。」

這事換成誰，心裡都會不舒服，可楊妧相信陸凡枝。

畢竟前世陸凡枝從奔馳的馬車上跳下來，以至於摔斷了腿，也未曾屈從靜雅。重生歸來，雖然人的際遇改變了，但性情沒變。

就如余新梅仍舊快言快語，錢老夫人還是心思通透，陸知萍還是尖酸刻薄，而陸知海依然是那副看似儒雅，實際上懦弱至極的性子。

沒道理陸凡枝會改變。

楊阮問道：「妳跟陸公子提過此事沒有？」

「沒有。」楚映輕拭下眼角。「中元節見過之後，再沒私下碰過面，都是陸公子到家裡來，在瑞萱堂見的。這話不好當著祖母問，我也開不了口……也怕陸公子覺得我疑心重而動怒。」

楊阮能夠理解楚映的感受，拍板道：「與其妳疑神疑鬼，不如當面問一下，如果陸公子生氣，那乾脆退親好了。天下好男人有的是，總能找到合心意的。約在家裡不太方便，莫如在茶館要間雅席問個清楚。」

楚映咬著下唇。「阿阮，妳陪我去。」

事情宜早不宜晚，楊阮當即讓楚映給陸凡枝寫了張字條，又讓承影在悅來茶館的二樓訂了兩個雅間。

到了茶館，楊阮道：「這種事，我在場不方便。我在隔壁房間等著，讓清娘陪妳進去。」

倘若發生意外，清娘能護住楚映。

清娘拍著胸脯道：「大姑娘放心，我離得遠遠地站著，保准不偷聽你們說話。」

楚映羞紅了臉，當先推門走進雅間。

陸凡枝已經到了。他穿件鴉青色細布長袍，束著靛青色腰帶，頭髮用竹簪綰起，簡單卻不失清雅。

瞧見楚映，陸凡枝黑亮的眸子裡頓時染上一層笑意，可看到清娘，那層笑很快變成驚訝。

陸凡枝認得清娘，是世子夫人身邊服侍的人。清娘跟著過來，意味著世子夫人可能也在這間茶館。

婚期將近，希望不是親事出了差錯。

陸凡枝心裡有點慌，朝楚映拱手行個禮，開門見山地問：「妳給我寫信，可是出了什麼事？」

第一百四十二章

楚映本就不是個會掩藏心事的，憋了這一個月已經是極限了，聽到陸凡枝這般問，立刻答道：「中元節那天，我在護國寺門前見到你跟靜雅縣主了。」

陸凡枝微愣，連忙解釋。「我等妳時，靜雅說天氣炎熱，她車裡擺著冰盆，請我上去喝茶。我與她並不相熟，又是孤男寡女，怎可能答應？誰知她兩個侍女想動手拉人，我斥責她們幾句……沒想到妳看到了。事情過去幾個月了，怎麼現在才問？」

楚映低著頭，支支吾吾地說：「本來沒覺得有什麼，發生了菊花會的事之後想起來覺得不太對勁。」

中元節當日，護國寺門前人來車往，遇到了說幾句話是很平常的事，誰都不會往心裡去。

陸凡枝明白楚映的想法，輕聲道：「咱們已經訂親，我不會負妳……即便沒有訂親，我也不會不顧聲名去尋歪門邪道。阿映，我很高興妳能問我，以後咱們坦誠相待好不好？倘若有事，妳儘管開口，別悶在心裡難受。」

「我不知道怎麼說，又怕你生氣。」楚映紅著臉，聲如蚊蚋。「嫂子讓我直接來問。」

她是國公府的姑娘，生得花容月貌，從小到大錦衣玉食嬌生慣養，可在他面前卻收斂了所有的嬌縱，連心底的疑惑也忍著不問，她應該是極喜歡他的吧？

陸凡枝心軟如水，越發往前靠近半步。「我不會對妳生氣，妳想怎樣就怎樣。」頓一會兒，續道：「妳能在外面待多久？旁邊有家麵館做的爆鱔麵很好吃，我請妳和嫂子吃麵？」

他微垂著頭，聲音低而輕柔，氣息直直地撲在她耳畔。

楚映心跳如擂鼓，臉越發紅漲，連耳垂都透出雲霞的粉色，她吸口氣穩了穩心神，低聲道：「不用，我們要去同寶泰鑲珠子，中午回府用飯。你若有事就去忙吧。」

「好。」陸凡枝輕笑，柔聲道：「那成親以後我帶妳來吃……我回衙去了，妳替我跟嫂子道謝，多謝她開解妳照顧妳。」

楚映點頭應著，等陸凡枝離開，才長長舒一口氣，忙不迭地躥到隔壁對楊妧道：「我問了，他說靜雅請他到車裡喝茶，他沒去。」

楊妧笑著點一下她的腦門。「高興了吧，就一句話的事，堵在心裡一個月，虧不虧？」

楚映抿唇，死倔著「哼」了聲。

前兩天還是一副愁眉苦臉，出門不到兩個時辰，面色立刻陰轉晴，秦老夫人看出不對勁來，用過晌午飯特地留了楊妧說話。

楊妧沒瞞著，把事情來龍去脈講了遍。

秦老夫人渾不在意地說：「我跟錢老夫人都相中的人，還能看走眼了？不過這點做得對，有事就直接說出來……妳明天給五姑娘添妝，我這裡有對金如意，妳一併帶著。」

楊妧道謝接過。

傍晚時分，張夫人和楚映各自打發人送來添妝禮，讓楊妧帶給楊婉。

翌日一早，楊妧先去四條胡同把帶給關氏的物品放下，然後接著關氏、楊嬋和楊懷宣三人往頭條胡同去。

關氏見楊妧氣色不錯，又因穿了件鮮亮玫紅色緞面褙子，更顯出面頰紅潤，情知她生活過得順利，只略略問候幾句楚昕便感嘆道：「到底齊大非偶，因為五丫頭的嫁妝，這段日子不知爭執過多少回。」

陸家的聘禮多是字畫瓷器，東西不實用，可價錢擺在這兒。楊婉怕臉面不好看，就想為自己多要點嫁妝，而楊家經濟一般，還有兩個孫子尚未娶妻，不可能砸鍋賣鐵地把家底全給楊婉陪送過去，所以楊婉時不時地跟秦氏鬧。

而陸知萍得知嫁妝不多，當著楊家人的面含沙射影地提過兩次，秦氏對陸家也頗有意見，還曾起過退親的念頭。

總而言之，親事進展得頗為不順。

關氏道：「如果許配個門戶相當的，三、四百兩銀子就很體面了，何至於全家都勒緊褲腰帶省銀子……阿妧妳可得記著，妳那些嫁妝可都是姑爺置辦的，就是看這一點也得盡心盡力地伺候公婆照顧姑爺。」

「我記著呢！」楊妧小聲嘀咕。「娘怎麼不說說，楚家還得了我這麼個好媳婦呢？」

關氏瞪著她笑。

沒多大會兒，馬車在頭條胡同停下。

楊妧抬眸打量了一下屋舍。房子不小，卻挺舊，圍牆破了好幾處，大門的漆面也掉了，好在因為辦喜事，貼著嶄新的大紅色雙喜字，多少掩蓋了木頭的斑駁。

繞過影壁，便見地面挨挨擠擠地擺著一地楊木箱籠，趙氏正頤指氣使地吩咐抬嫁妝的漢子。「抬的時候留點神，別碰著磕著，都花銀子做的。」

漢子憨厚地笑。「太太放心，這箱籠我一人都能搬動，磕不著。」

趙氏很得意，揚起下巴對楊妧道：「總共六十六抬嫁妝，雖然不如妳的多，可都是真金白銀置辦的。」

二伯母柳氏抿了抿唇。

楊妧打量漢子兩眼。那人看上去實誠，其實精明得很。說箱籠一人能搬動，不就暗指著裡面沒多少東西？

關氏和楊懷安留在外院幫忙照看發嫁妝，楊妧領著楊嬋走進二門，迎面看到了大堂姊楊嬿。

楊嬿正值桃李年華，去年剛生育一子，身材不若少女時窈窕，臉頰也略顯豐腴，卻透出無法掩飾的成熟風韻，較之青澀少女更加動人。

楊嬿老遠便漾出熱情的笑。「是四妹妹吧？好幾年不見，都快認不出妳了。」急走幾步，握住楊妧的手上下打量一番，視線在她髮間鑲著金剛石的蝴蝶簪上停了數息，笑道：「真是女大十八變，越長越漂亮。印象裡四妹妹還梳著雙丫髻，一邊戴一朵絹花，轉眼間都嫁人了。」

楊嫿腕間戴一只翡翠鐲子。鐲子成色極好，碧綠油亮的，曾經是秦氏的嫁妝，楊嫿出嫁，秦氏便給了她。

楊妧認得這只鐲子。

前世，在書房的羅漢榻上，楊嫿白皙的手臂蛇一般纏在陸知海肩頭，腕間鐲子綠得刺目。

她不動聲色地掙脫楊嫿的手，笑道：「三、四年不見，大姊倒是一點沒變，還是那麼會說話。」

「哪裡？被孩子拖累著，憔悴了許多。還是四妹妹和五妹妹有福氣，家裡使奴喚婢的，不用親自餵養孩子。對了，妳大姊夫今年過了童生試，明年秋闈要是能過，我們要來京都住一些時日，屆時免不了叨擾你們。」

前世也是，楊嫿和陳彥明進京備考。楊家人多屋舍少，楊妧主動邀請兩人到長興侯府居住，還特意撥了個會做魯菜的廚子過去伺候。

她誠心誠意待楊嫿，沒想到楊嫿卻勾搭上陸知海，真是諷刺。

這一世，她絕對不會再做這種傻事。

可她仍舊笑著，滿口答應。「大姊儘管來，姊夫若能高中，咱們闔家臉上都跟著榮耀……對了，五妹妹在哪裡，家裡婆婆和小姑託我帶了添妝。」

楊嫿指指西廂房。「祖母也在，我陪妳進去。」

西廂房裡不但秦氏在，楊妱和三堂姊楊媚也在。楊媚長得像柳氏，圓臉，天生帶著三分笑意，看著非常喜慶。

前後兩世，楊妧跟二房相處的時日都不多，對楊媚也沒什麼印象，寒暄過幾句，便示意青菱呈上禮物。「金如意是老夫人送的，婆婆給了塊玉珮，這支釵是我小姑的禮。小姑下月出閣，被婆婆拘著不讓出門，否則也想過來湊個熱鬧。」

楊婉看眼金釵，又掂起金如意試了試，臉上露出明顯的歡喜。「真是破費了，妳帶了什麼給我？」

楊妧奇道：「四月份不就給了妳？是對石榴花簪頭的金簪，祖母當時也在的。」

「是嗎？」楊婉淡淡地說：「我還以為妳忘了。」

「怎麼可能忘記？我的首飾都入了冊，從哪兒來的、到哪兒去了，記得一清二楚。」

楊妲在旁插嘴。「國公府家大業大，有的是銀子，妳多給五妹妹添點能怎麼樣？」

多添次妝確實不能怎樣，但也沒有這麼正大光明討要的。

楊妧無語，笑盈盈地問：「二姊姊成親，我託大哥捎了首飾，不知道二姊姊打算用什麼回禮？」

楊姮道：「妳還缺這點回禮？真是越有錢越小氣。對吧？三妹妹。」

楊媚只是笑，並不言語。

楊妧拿出事先準備好的二百兩銀票，沒給楊婉，而是遞給了秦氏。「祖母，這陣子家裡花銷大，多少添補些。國公府還有一堆事情，我就不多耽擱了。」

秦氏狠狠地瞪楊姮兩眼，伸手接過銀票慈愛地說：「妳忙就先回吧，明兒早點過來。」

楊妧含笑婉拒。「家裡人多，明天我不來添亂了。」

「幹麼不來？」楊婉急了。「妳不來，別人還以為咱們姊妹間有嫌隙。」

主要是，門口停著國公府的車駕可以鎮鎮長興侯府來迎親的人。楊家雖然只是小官吏，但在勛貴圈也並非籍籍無名。

楊妧淺淺笑道：「我另外有事。」到外院喊了關氏一起，仍舊先回四條胡同。

范二奶奶在楊家門口坐著。

楊妧盯著她明顯隆起的肚子目瞪口呆。「妳這幾個月了？是公子還是千金？」

「快七個月了。」范二奶奶笑著說：「妳剛走沒幾天就診出喜脈，大夫說八成還是個兒子。」

「恭喜恭喜。」楊妧歉然地說：「實在不好意思，還讓妳跟著忙活。」

「我這胎懷得輕鬆，能吃能睡什麼都不耽誤，妳這點事根本不算什麼，順手就辦了。」

范二奶奶精神極好，看上去的確不像受累的樣子。

楊妧這才放心，攙扶著她往屋裡走。

范二奶奶道：「我已經跟家裡三弟打過招呼，這邊需要的布疋，按照六成的數量運到宣府一份。先賣兩個月看看哪種布料銷路好，以後再行調整。布疋的價格跟我們一樣，運費要稍微貴一些。」

楊妧連聲道：「這是自然，宣府路途遠，而且不太方便。」

「妳說的荷包、手帕、扇子等雜物，我三弟會順便幫妳置辦些。京都這邊也有兩家鋪子，貨品也不錯，都在象牙胡同，店鋪掌櫃跟我家二爺相熟，妳有空去看看。」

楊妧一一記在心裡。「太感謝了，幫了我大忙。」

「咱倆還見外？當初妳也沒少照顧我的生意。」范二奶奶笑嗔一句，把手裡一個包裹卷遞給她。「修哥兒小時穿過的兩件衣裳，晚上歇息時塞在枕頭底下。」

據說這樣更容易生男孩，如果塞姑娘家的衣裳在枕頭底下，那麼生出女兒的可能更大。

楊妧再度道謝，將包裹卷遞給青菱。

翌日，她果然沒去頭條胡同，而是去了余閣老府裡看望錢老夫人。

楚昕和楚映的親事都是錢老夫人保的媒，先先後後跑了好幾趟，楊妧回京都，肯定要去道謝。

再然後去忠勤伯府看了余新梅，到定國公府拜訪明心蘭，又去象牙胡同那兩間雜貨鋪子看了看。

連著奔波好幾天，楊妧有些熬不住，吃晚飯時舉著筷子直打盹。

秦老夫人心疼得不行，沈著臉斥責青菱。「以後好生看著妳家夫人，哪兒都不許去，府裡這麼多人，就找不出一個能擔得起事的？」又告訴楚映。「妳也別煩妳嫂子，她從回家就沒有過閒著的時候，讓她好好歇兩天養養精神。」

楊妧笑道：「我沒覺得累，就是有點犯睏。今兒早點睡，阿映明天找我說話吧，明天不出去跑了，妳幫我合計一下鋪子裡的東西該怎麼擺。」

回到覽勝閣，楊妧簡單梳洗過，本想給楚昕寫封信，可實在熬不住倦意，爬上床睡下了。

清娘悄聲跟青菱嘀咕。「我覺得夫人不太對勁。上個月的換洗來沒來？」

「來了，夫人月事每月會遲兩天，八月是二十八來的，九月……」青菱猛地想起來。

「九月應該是在路上，我估摸著可能趕路累著了，就沒在意。」

而現在已經是十月二十三了……

第一百四十三章

青菱緊張地問：「會不會是有了身子？」

「有可能。」清娘撩起門簾，探頭往裡屋瞧了瞧，見楊妧睡得正香，復又放下簾子。

「明早我給夫人把把脈。」

「那我幹點什麼？」青菱興奮地搓著手，在屋裡轉兩圈，突然停住。「我找足細布出來做小衣裳吧，還有尿芥子。張夫人生二少爺時，正房院足足裁了兩大摞尿芥子。」

清娘「嗤」一聲。「是不是喜脈還未可知，就算真的懷上，到來年入夏才能生，有的是時間做衣裳。再說黑燈瞎火的，折騰什麼？」

「我這不是高興嗎？」青菱咧著嘴，又問：「如果真懷了，夫人肯定要留在京裡待產，宣府那邊的鋪子還開不開了？夫人忙活這些日子，銀子流水似地往外花，不開鋪子可惜了。」

清娘乜斜著她。「為什麼不開？打發個人過去主事就行了。要是讓妳去，妳能不能頂起來？」

「我能……不過我得照顧夫人，鋪子沒有夫人重要。」

清娘笑道：「咱們說再多也沒用，得夫人拿主意。」

隔天，楊妧剛睜開眼，清娘就進去抓起她的右手，食指定尺中指定關，無名指摁在寸部，凝神試了數息，唇角彎起。「恭喜夫人，果然是喜脈。」

「真的假的？」楊妧尚未反應過來。

「當然是真的，滑脈最容易診，妳自己也能試，感覺如盤走珠就是了。」

青菱就在門外等著，聽聞消息，連忙進來道喜。「我去瑞萱堂走一趟，老夫人得知定然高興。」

「等等。」楊妧忙出聲攔阻。「先別往外聲張，我想想再說。」抬頭問清娘。「妳可診得確實？」

清娘扭頭不搭理她。

青菱道：「一準兒是真的，夫人八月來了換洗，上個月沒來。范二奶奶送的小衣裳真管用，這才幾天就懷上了，如果是個小少爺就更好了。」

清娘糾正她。「懷孩子跟范二奶奶可半點沒關係。」

楊妧下意識地把手放在小腹上。這裡孕育著一個孩子，她跟楚昕的孩子。

就在昨晚，她還夢見楚昕了，楚昕搖著她盪鞦韆，蕩著蕩著好似就飛到了白雲上，又是在棉花堆上。而她彷彿也變成了棉花，渾身軟綿綿的，被楚昕擁在懷裡。

她很想念他。

如果告訴秦老夫人有孕的事，她必然會被留在府裡。可她想回宣府，想天天見到楚昕，想與他同榻相伴抵足而眠。

楊妧輕舒口氣。「這事只有咱們三人知道即可，不得外傳。等回到宣府，我再給老夫人寫信。」

「可是……」青菱瞠目結舌。「夫人臨產怎麼辦？在京裡可傳喚太醫，宣府那邊……」

楊妧微笑。「沒關係，又不是沒生過，宣府的婦人不照樣生兒育女？反正離生產還早得很，咱們訪聽個手藝好的穩婆備著，再者還有清娘。」

「我沒生過孩子。」清娘悶聲悶氣地說。

我生過！楊妧默默地接了句。

懷胎十月沒什麼可擔心的，頭三個月不能太勞累，後三個月要多走動，免得胎兒太大；而孕中期除了行動不太便利，再沒什麼緊要的。至於生產，備兩個有經驗的穩婆，再請個千金科的郎中坐鎮，應該平安無虞。

前世她都順利地生下了寧姐兒，這一世，她抄過無數本經書，佛祖怎麼也得保佑她才是。

青菱見她主意打定，沒再相勸，倒是往正房院跑得勤了，有意無意地跟紫藤、紫蘇等人打聽伺候孕婦需要注意的事項。

過兩天，楚昕寄了信回來。

蠅頭大的小楷足足寫了四頁紙，寫他找匠人粉刷了鋪面，門窗都重新漆過，還按照她交代的尺寸吩咐了木匠打櫃子。

因櫃子多，要兩個月才能做完，架子倒是簡單，只剩下打磨上漆了，言辭之間好一頓替自己表功。信末卻抱怨床鋪沒人曬，睡得不舒服，廚房裡滷的羊臉不如先前味道好。

楊妧才不信，她把柳葉和柳絮留在宣府照看，那兩人不可能不經心。楚昕這是變著法兒撒嬌唄。

想到他那雙黑亮的眼眸，楊妧心底軟得像水，不吝言辭地誇讚他辦事牢靠，又把新畫的櫃子樣式描給他，仍舊吩咐木匠去做。信末告訴他暫且忍兩天，待楚映三日回門之後，她仍舊回宣府陪他。

等到瑞萱堂吃飯時，楊妧把楚昕的信帶給秦老夫人過目。「父親跟表哥整日忙碌，府裡沒有人管，下人總歸不經心。而且新買的鋪子也不放心交給別人，我想盯幾個月，挑了老成穩重的人再放手。阿映回了門，我仍到宣府可好？」

楚昕給秦老夫人寫信總是說自己吃得好穿得暖，並不曾有抱怨之詞。看過楊妧的信，秦老夫人心疼大孫子，沒再攔阻，只道：「這次多帶東西，多帶些人伺候。」

楊妧乘機道：「祖母眼光好，幫我挑幾個能幹的，我還要兩個帳頭清楚的管事打理鋪子。」

秦老夫人滿口答應，吩咐莊嬤嬤拿了花名冊來，親自對著名字挑人，經過反覆考量，挑了兩個婆子、四個丫鬟、四個小子，外加兩戶願意全家跟著移居到宣府的。

清娘本以為大家不願意抛家舍業地去宣府，沒想到被選中的人都很高興。

青菱解釋道：「這府裡必然要交在世子爺手上，去了宣府成為世子爺的人，以後少不了好處，兒孫的前程也不用愁。就像含光、承影還有臨川他們，在府裡都是香餑餑，好幾位管事嬤嬤打聽他們有沒有相好的姑娘。」

楊妧來了好奇心，挑著眉毛問：「他們有沒有？我看承影跟妳挺合得來，妳覺得他怎麼樣？」

清娘插話。「除了年紀大點沒別的毛病。」

「年紀大懂得體貼人，也沒什麼不好。」話出口，青菱的臉立刻紅了。

楊妧「哈哈」笑。「這會兒知道了，承影有相好的姑娘。誰得了這個巧宗往瑞萱堂跑一趟，讓老夫人也歡喜一下。」

秦老夫人果然很高興，喚人將青菱和承影叫了去。「府裡忙著大姑娘的親事，騰不出手給你們操辦，等到了宣府，讓世子去張羅。」

承影跪在地上磕頭。「有老祖宗做主，我已感激不盡，不敢勞動世子爺。」

「有什麼不敢的，你跟著世子鞍前馬後地辛苦這些年，讓他辛苦這一回也是應當。青菱是個好孩子，人長得秀氣，處事也大方，嫁給你，你可不能欺負她。」

承影再磕頭。「不敢不敢。」

秦老夫人讓莊嬤嬤取了根金釵和兩張五十兩的銀票交給青菱。「給妳的添妝，妳也去找妳主子操辦。嫁了人，不但要把家裡爺們照顧好，更得好好當差，主子想不到的，妳得想到了；主子想到的，妳得想到前頭裡。」

青菱諾諾應是。

轉眼間，府裡其餘下人都知道了，紛紛給青菱道喜。青菱收了好大一堆禮，逐樣攤在炕桌上。有金銀首飾、針線活計，還有零散的銀錠子，林林總總怕是有六、七十兩銀子。

楊妧道：「府裡就沒有愚鈍的，個個是人精兒。老夫人這番話，分明是拿妳當管事娘子提點。」

青菱撲搧著大眼睛，熱切地問：「夫人，您看我能行嗎？」

楊妧笑道：「我這邊一堆事，妳不替我管著，我還能靠誰？妳把在同寶泰鑲的那些釵簪拿來。」

前陣子除去鑲了灰藍色的珠子外，還鑲了兩對淡紫色珠釵、兩對淡粉色珠釵，和四對米白色的。淡紫色的給了關氏和范二奶奶各一對，淡粉色的給了余新梅和明心蘭。

楊妧拿出一對米白色的交給青菱。「這對給妳，其餘的等青荇、柳葉她們成親，給她們添妝。總兵府的住處，妳可有打算？琴心樓後邊有三間雜物房，地方挺寬敞，回頭收拾出來可好？」

青菱道：「我是可以，承影是個大老爺們，住內院不太合適，我們住群房就好。」

群房要穿過演武場，在總兵府的最北邊，府裡的侍衛和護院住在那裡，對青菱來說非常不方便。

楊妧思量會兒，開口道：「我不想妳住那麼遠，要不住聞松院吧，等閒人不往那邊去。」

聞松院是處一進三開間的小院落，離西角門比較近，難得的是屋前屋後，房左房右都有空地，開春之後可以再蓋幾間，方便柳葉和柳絮成親居住。

兩人商定住處，楊妧又給楚昕寫了一封信，讓嚴管家使喚人收拾房屋。

再過兩天是楚映發嫁妝的日子，也是交好的小姊妹來添妝的日子，不管楊姮還是楊婉都沒來，倒是關氏和范二奶奶打發人送了禮。

楊妧毫不意外，也沒往心裡去，在外院跟莊嬤嬤兩人指揮著抬嫁妝。發完嫁妝，正好趕到清韻閣吃席。余新梅、何文秀、孫六娘以及高五娘等人都到了，明心蘭已經有五個月的身孕，挺著肚子也來了。

席間上了桃花釀和梨花白，余新梅吆喝著讓大家不醉不歸，楊妧笑道：「心蘭不能喝，別讓她一個人看著眼饞，我陪她喝茶。」

余新梅著意地打量她幾眼。「姑且容妳這回，下次可得陪我喝個痛快。我最近酒量大漲，真的，半斤酒不在話下。」

明心蘭揶揄道：「陪顧三爺喝酒練出來的吧？」

「陪他的時候少。」余新梅落落大方地說：「主要是我婆婆愛喝，大嫂酒量淺，二嫂有孕在身，只能我陪著。」

高五娘很是羨慕。她婆婆規矩重，對幾位兒媳婦管束比較嚴，不但沒有跟婆婆對飲的時候，而且每餐飯都得站在旁邊侍候。

楊妧微笑著看著面前鬥酒的姑娘媳婦們，心底一片滿足。重活這一世，真好！明心蘭仍舊過得逍遙，余新梅找到了幸福，楚映要成親了，而自己肚子裡正孕育著她和楚昕的孩子，再過幾個月就能診出男孩還是女孩了。

不管怎樣，楚昕都會喜歡，而他也會是個好父親吧？

楚映的親事進行得非常順利。吉時定在酉正三刻，陸凡枝未正時分就到了，穿一身繡著鴛鴦戲水的大紅喜服，英武而不失儒雅。

瑞萱堂廊下掛著大紅燈籠，樹梢上繫著紅綢帶，窗櫺上貼著雙喜，楚暉也穿大紅色錦袍，扯著楚映的大紅羅裙喊：「姊姊抱。」

稚氣的聲音逗得滿堂大笑，秦老夫人笑得眼淚都出來了，攥著帕子摁眼窩。

楚映回門之後，楊妧整頓好車馬開始啟程。

較之上次，這次的人多東西多，除了各人行李還有三車貨物，一車米麵菜蔬，共十幾輛車，浩浩蕩蕩地上了路。

楊妧的車是特製的，格外寬敞舒服，青菱怕她冷，還帶了只小暖爐。

楊妧睡的時候多，醒了就掀開車簾看看外面。

越往北秋意越濃，道路兩旁樹木光禿禿的，葉子都掉光了。田野間也空蕩蕩的，幾乎看不到人影。

楊妧正要放下車簾，無意中瞧見跟隨在車旁的陳文臉上有種不尋常的緊張。陳武也是，左手緊緊抓著韁繩，右手已經放在劍柄上，若是情形不對，立刻便能拔劍廝殺。

而遠處，漸漸顯出一片揚塵，有紛雜的馬蹄聲「噠噠」傳來。

楊妧不由提起了心。

這裡距宣府約莫四、五十里，按說瓦剌人不可能神不知鬼不覺地深入內地，難道是路匪？可他們走的是大路，沒聽說有匪患。

不過十幾息，那群人已經行至面前——

第一百四十四章

楊妧悄悄把小弩握在手裡，神情緊張地盯著車簾。青菱學著楊妧的樣子移到了另一側車門旁。

馬車徐徐停下，車簾倏地被撩起，一道身影迅疾地躥上馬車，楊妧當即摁下機關，那人身手極快，一把撈住箭矢。「妧妧。」

這聲音不是楚昕又會是誰？

「見明，」楊妧低呼一聲，忙問道：「你怎麼來了，傷到沒有？」

楚昕不答，俯身過來吻住她的唇，順勢拿走了手中小弩。

「有人在……」楊妧推拒，卻被他箍得緊，掙扎間發現青菱不知何時已不在車裡，楊妧頓時軟了身子，微仰著頭，溫順地承接，熱切地回應。

這久違了的強壯懷抱，這久違了的熾熱氣息，教人沈醉。

良久，兩人才自纏綿中分開。

楊妧深吸兩口氣，嗔道：「都快被你嚇死了。你可傷到？」

「沒事，這不好端端的？」楚昕拿起小弩擺弄兩下，很快明白其中關竅，讚一聲。「倒是精巧，可惜力道不夠，回去我試試準頭怎麼樣。」

楊妧微笑地看著他。「你怎麼知道我今天到？」

楚昕放下小弩，把楊妧抱到自己腿上，微低了頭，在她耳畔呢喃。「我算著日子，按腳程三天準能到，從前天我就過來迎……妳怎麼走了五天？」

「遇到集市耽誤了半天，又在延慶逛鋪子來著。」楊妧「吃吃」地笑，抬手拂上他的護甲。

護甲用玄鐵製成，觸手冰涼，他的臉卻熱，下巴有短短的鬍碴，扎在手心癢癢的。

楊妧情不自禁地將臉頰蹭上去。「見明，我想你了。」

她臉龐溫軟滑膩如上好的羊脂玉，漂亮的杏仁眼裡霧氣氤氳，而因親吻過，比春日桃花都要嬌豔的雙唇正半張著，似是低訴，似是邀請。

楚昕心頭情潮湧動，手指點在她唇上。「我也是，很想妳……把他們幾人帶回軍營，我就回家陪妳，好不好？」聲音低柔，略帶了慵懶的啞，像是羽毛輕拂過心房，酥酥癢癢的。

楊妧明白他話裡的意味，也真真切切地感受到他身體的變化，唇角不自主地彎起，笑應一聲。「好。」

心裡很是期待，等到回家，楚昕得知他有了孩子，會是高興還是沮喪？

車隊緩緩進了城門，用不了多久就會到總兵府。

楊妧理理鬢髮，問道：「髮簪歪不歪，哪裡不整齊？」

楚昕認真地打量番，把她幾縷碎髮抿在耳後，將釵簪扶正，又把她中衣領口緊了緊，笑道：「好了，下車時披上斗篷，什麼都看不出來。」

衣衫確實很整齊，可她水波瀲灩的雙眸，格外豔麗的雙唇卻掩飾不住曾有的親密。

楚昕無聲微笑。這是他的媳婦，是他明媒正娶的妻，兩人許多日子不見，親熱會兒又怎樣？

待車停下，楚昕先跳下地，回身去抱楊妧，不等她站穩，便將她斗篷上的風帽嚴嚴實實地兜下來，低聲道：「妳進屋好好歇著，我很快回來。」

楊妧攥住他的手，用力握了下，跨進門檻。

承影已打發人回來知會過，柳葉把熱水點心都準備得周全妥當，楊妧泡個澡，換了衣裳，舒舒服服地歪在羅漢榻上喝茶。

柳葉立在旁邊回稟這些時日的情況。「世子爺通常在外院待到人定時分才回，他在屋的時候，我們都不得進去打擾，平時也不許進裡間，一應換洗衣裳都是世子爺放在外間盆裡。被褥也是世子爺抱出來讓曬的，還讓把夫人的衣裳拿出去曬過兩次，別的再沒什麼，倒是討要過一回明紙，我手裡只有三五張，都給了世子爺……」

正囉嗦著，柳葉發現楊妧不知何時已闔上雙眼，忙噤了聲，躡手躡腳地尋了床毯子給她搭在身上。

楊妧這覺睡得香，及至醒來，天已全黑。

屋裡一燈如豆，靜靜地散發著光芒。楚昕正坐在燈前，手裡拿根炭筆，不知在寫些什麼。

他已梳洗過，穿了件鴉青色的細葛布道袍，墨髮沒有束起，而是隨意地披散在肩頭，精緻的眉眼被燈光映著，溫柔中帶幾分不羈，格外動人。

察覺到楊妧的眼神，楚昕側頭瞧過來，清亮的眸子裡頓時漾出溫暄的笑。「妧妧，醒了？」

楊妧懶洋洋地說：「什麼時辰了，你幾時回來的？」

楚昕扶她坐起身。「現在天黑得早，差一刻酉正。我申初回來的，妳已經睡下了。路上累壞了吧，餓不餓？」

「有點。」楊妧抬手摸一下他的頭髮，只髮梢略有濕意，其餘地方都乾了，遂不在意，笑問：「你在寫什麼？」

「這些天讀《六韜》，跟父親請教後有些心得。」楚昕收起紙箋，揚聲喚人擺飯。

楊妧著實餓了，加之見到楚昕心裡歡喜，竟把一整碗飯全吃完了。

飯後，兩人在院子裡走兩圈消了食，楚昕復又拿起紙箋，跟她解釋。「懷安衛西北有萬全右衛和萬全左衛，懷安衛離宣府近，一旦失守，瓦剌人會長驅直入。」

紙箋上畫著幾個衛所的大概方位圖，還有大大小小的圓點。

楚昕興致勃勃地指點著。「我想在懷安衛和萬全左衛之間設兩個千戶所，五個百戶所，萬全左衛和萬全右衛之間也設幾個千戶所，如此可守望相助，互為屏障。」

楊妧聽不太懂，卻喜歡看他說話的樣子，跟京都時那種驕矜桀驁不同，現在的他意氣風發，充滿了自信。

楚昕被她瞧得不太自在，側頭道：「妧妧，妳這樣看我，我就想親妳。」把紙箋放到床頭矮几上，順手放下帳簾。

燭光透過薑黃色的帳簾，朦朧而柔和，楚昕雙眸裡像攏了萬千星子，亮得驚人。

他俯身吻上她額頭，緊跟著滑至鼻尖，接著往下停在她唇角，輕輕啃咬著她的唇，灼熱的氣息在她唇齒間流轉，而手熟稔地去解她羅裙的帶子。

「見明，」楊妧握住他的手，烏漆漆的眼眸凝在他臉上。「我有了身孕。」

楚昕身子僵了下，傻傻地愣在那裡。

楊妧輕笑。「先前清娘幫我診過，說是喜脈，走到延慶又請了郎中看，大概懷上一個多月了。」

「啊？」楚昕倏地跳下床，赤著上身在屋子轉兩圈，又爬上床，對牢楊妧，顫著聲問：「妧妧，妳是說，我要當爹了？」

楊妧重重點頭。「嗯，你要當爹了。」

楚昕抓起長袍胡亂往身上披。「我去告訴父親，請他取個名字。」

「你傻呀！」楊妧哭笑不得。「父親說不定歇下了，等明兒去說。再者，現下還不知是男是女，郎中說四、五個月時就能診出男女，到時候取名字也來得及。」

楚昕「嘿嘿」樂，輕輕摸著楊妧平坦的肚子。「什麼時候生下來？」

楊妧笑答。「十月懷胎，九月有的孩子，差不多明年七月生。」

「七月好，各種蔬菜瓜果多。」楚昕側身瞧著楊妧瑩瑩泛著光華的臉，突然反應過來。

「那我怎麼辦？從現在到明年七月，都不能碰妳？」

楊妧挑眉。「你說呢？我也沒辦法，要不你看哪個丫鬟順眼，把她抬成姨娘？」

「不要！」楚昕漲紅了臉，展臂將楊妧緊緊實實地摟在懷裡，輕輕嗅著她髮間清淺的茉莉花香。「反正只要妳能忍，我就能忍得住。」

楊妧抿了嘴笑。

楚釗得知楊妧有孕，難得進了內院，對楊妧道：「宣府寒苦，冬天除了蘿蔔白菜，再無其他菜蔬。再者這個季節戰事多，前兩年瓦剌人都沒佔到便宜，說不定什麼時候就集結大軍南下，我跟見明怕顧不上家裡。不如妳回京都養胎，老夫人照顧妳母親生養了三胎，有經驗，傳喚太醫也方便……過上五、六年，孩子長大了，想來可以再來。」

「父親，」楊妧恭敬地喚一聲。「我不需要人照顧，如果真有戰事，青劍和清娘會護住我，我也能護住自己。宣府上萬戶百姓，有上萬名婦人，她們怎樣生兒育女，我也能。反正……我不想跟表哥分開。」

她穿件八成新的青碧色繡折枝梅夾襖，繫了條月白色夾棉裙子，髮間插一對珠釵，耳垂上掛著珍珠耳墜子。珍珠的光芒映著她臉頰瑩潤柔和，看起來溫順乖巧，一雙眼眸卻沈靜，帶著股絕不妥協的倔強。

楚釗轉頭看向楚昕。「見明，你是怎麼想的？後天你去懷安衛，不可能天天往回跑。」

楊妧跟著瞧過去，眸中的倔強消失不見，取而代之的卻是全心全意的依戀和難捨難分的繾綣。

楚昕輕輕握住她的手。「我把陳文兄弟和林風、趙全撥給表妹，再加上青劍和承影，足能護得表妹無恙。來年開春，我會訪聽兩個老成的穩婆接到家裡照看。」

言外之意，他要將楊妧留在身邊。

楚釗視線掃過兩人交握的手上，沈聲道：「既然如此，見明把府裡的護衛重新安排一下，每兩刻鐘巡查一遍，三個時辰換崗。」

「是！」楚昕痛快地應著。

楊妧歪頭笑了笑，細長的珍珠耳墜隨之晃動，平添了幾分靈動。

「多謝父親。」楊妧語調輕鬆歡快。「還有件事情要稟告父親，來之前祖母作主把我身邊的大丫鬟青菱許給承影，定下來十二那天辦喜事。表哥要去宣府，能不能請父親賞他們個體面，暫代長輩之職。」

就是新人拜堂時，他坐在主位上受幾個頭。

楚釗點頭應下。

楊妧笑道：「還有一事，我打算把聞松院撥給他們住，還想加蓋幾間房屋——」

「這些事妳作主，不用請示我。」楚釗打斷她的話。「回頭我讓嚴管事把帳本和往年的俸祿銀子送進來，外院另有一筆帳，嚴管事管著，內宅交給妳，或者妳找個可靠的下人掌管。」

楊妧不便推辭，同時也有點好奇楚釗的俸銀。

楚釗是一等國公，每年祿米三千多石，戶部專門派人兌換成銀子送到國公府。他作為總兵還有份薪俸，但是宣府這邊沒有鋪子貼補花費，單靠俸祿能供得起闔家這麼多人嚼用嗎？

沒隔兩天，嚴管事捧著只海棠木匣子和一摞帳本進了內宅。

第一百四十五章

匣子裡除了十幾張銀票，其餘都是金銀首飾，珠寶玉石，琳琅滿目。

楊妧拿起只銀項圈掂了掂，挺沈手，可成色不太好，雜質很多，上面刻著說不出名字的紋路。

嚴管事道：「都是打仗得來的，國公爺的意思是變賣了家用，或者融了另打都使得，只是宣府沒有手藝好的匠人，一直就這麼放著。」

這些是異族首飾，在宣府用不太扎眼，要是帶回京都恐惹人眼目。

楊妧明白，當兵打仗就是提著腦袋升官發財，升官的人數有限，並非人人都能當官，可發財卻不拘是誰都可以。

瓦剌人來搶萬晉人的財物，同樣萬晉人也搶他們的，就跟打穀草一樣，有來有往，端看哪方實力更強，能護住己方百姓，且掠殺對方士兵。

陸知海的曾祖父就是武將出身，據說金銀財寶都是幾車幾車地往回拉，長興侯府的家財都是那時候積攢下來的，一直到陸知海那代都在吃老本。

楊妧把帳目對完，聞松院已經收拾妥當了。

家具器物是府裡原有的，被擦拭得乾乾淨淨，床上的鋪蓋用具則是從喜鋪新買的。

柳葉帶著幾個小丫鬟剪了許多雙喜字，貼得屋子一片喜慶。嚴管事買了兩掛鞭炮，承影將穿著大紅喜服的青菱從正房院揹到了聞松院。

青菱歇了六天，再回來，原先的雙環髻變成了婦人的圓髻，她也成了楊妧身邊的管事娘子。

承影的本名姓沈，大家稱她為沈娘子。

再過兩天，雪紛紛揚揚地飄落下來，連著幾天都沒化。

楊妧坐在琴心樓喝茶，窗外的紫藤葉子早已落盡，只留下灰黃的藤蔓，那幾棵松樹卻仍蒼翠，松針上覆著層積雪，像是開著一朵朵白花，清雅深幽。

而木匠終於把鋪子要用的架子和櫃子打好了。

清娘不叫楊妧出門，她帶侍衛將架子安置好，又帶幾個婆子掃地擦灰，把從京都帶來的貨物擺上去。

跟來的那兩戶，一戶姓常，另一戶姓林，都是先前京都鋪子裡的二掌櫃，楊妧挑了他們來做掌櫃。

冬月二十八，兩間鋪子同時掛上匾額開了業，賣布疋的店鋪叫做「衣錦閣」，賣雜貨的鋪子叫做「百納福」。

趁著天好，楊妧去同安街瞧了眼。

百納福生意極紅火，梳篦、絹花還有胭脂香粉等小物賣得非常好。相較之下，衣錦閣卻不盡人意，偌大的店鋪空蕩蕩的，沒幾個人在。

常掌櫃毫不在意，將鋪子交給夥計，他則順著同安街一路溜達過去，再溜達回來，臘八那天給楊妧遞了字條進去，字條上寫著各家鋪子賣得最好的幾種布和大致賣出去的數量。

除了尋常的杭綢、府綢、潞綢、三梭布以及細棉布之外，雲錦和蜀錦也赫然在內，可見宣府富裕人家並不少。

楊妧微笑。

金陵范家那邊的布還沒到，衣錦閣只能靠京都運過來的三十幾疋布充門面，生意冷清是必然的。常掌櫃不怨不艾，反而趁這個機會把行情摸了摸，果然是個有數的。

衣錦閣開得晚了，通常大戶人家從冬月就開始準備過年衣裳，進了臘月要忙年，哪有工夫做衣裳？胭脂水粉卻要到年根買最合適，這個時候貨品最全，而且掌櫃急著結算回本，價格上會多少讓點利。

臘月十六，街上的店鋪相繼關張歇業，林、常兩位掌櫃把這半個月的帳本呈了上來。

百納福除去本錢和掌櫃、夥計們的工錢之外，淨賺紋銀四十二兩。

而衣錦閣統共賣出去三十兩銀子的貨，剛夠發工錢。

楊妧完全不擔心生意的不景氣，而是根據常掌櫃寫的單子給范家三爺寫了封信，只等正月驛站通了便送到金陵去。

因楊妧有孕，忙年的事青菱絲毫不讓她沾手，跟柳葉和柳絮三人把府裡諸事分派得井井有條。

年貨一樣樣置辦進來，雞鴨買了十籠，豬羊也買了好幾頭，都圈養在空地上。

清早天還沒亮，就能聽到公雞「喔喔」打鳴的聲音。

青菱滿臉無奈地說：「都是清娘吩咐人買的，那幾處閒置的院子裡不是有水缸嗎？全都養了魚。地窖裡的白菜和蘿蔔也塞得滿滿當當，還有好幾扇肋排掛在房檐下，凍得邦邦硬。」

清娘笑道：「反正放不壞，早晚能吃到肚子裡。今兒我還想再買些乾豆角和醬菜。」

「好嫂子，」青菱扯著她的手。「醬菜罈子都擺了半邊地，乾菜也掛了兩架子，杜婆子剛才還唸叨妳不會過日子，年根東西貴，卻還買這麼多。」

「大不了用我的私房銀子買，我還發愁銀子沒處花呢。」清娘捏一把青菱的臉龐。「別皺眉，皺眉顯老相，最近妳這面皮越來越細膩了。」說罷笑呵呵地走了。

青菱紅著臉跺腳。「夫人，您聽聽她說的什麼話。」

「隨她去吧，」楊妧笑盈盈地說：「家裡人多，多備點菜也不妨礙，免得到時只能乾嚥飯。清娘倒是說對了，妳這氣色真的非常好，白裡透紅的。」

「夫人真是的，您也跟著打趣我。」青菱甩著帕子出了門，繼續忙活她的事。

楊妧「哈哈」大笑，把長案上的花樣子一張張整理好。正月裡空閒，她打算多做幾身衣衫掛在衣錦閣門前招徠客人。

小年那天，又落了場大雪，把整個府邸妝點得銀裝素裹，白茫茫一片。

街上冷冷清清的，所有的鋪子都關了門，清娘再想買東西也無從去買，只得老老實實待在家裡，攏一個紅泥小爐，在爐蓋上放一把帶殼花生。

沒多時，便漾出馥郁的香味。

清娘拿鑷子將花生翻個面，等另外一邊也呈現出暗褐色，剝開一個嘗了嘗。「還不太脆，但也差不多了，再烤怕要糊。」翻動幾下，把花生收進笸箕，遞給楊妧。「還燙著，稍等會兒再吃。」

連著烤了半笸箕，又倒出半罈酒在酒壺裡，放少許薑絲和幾塊冰糖，晃一晃，架在小爐上。

酒香氤氳而出，混雜著烤花生的香味，讓人垂涎三尺。

清娘給柳葉、柳絮等人各斟半杯，餘下的自己盡數喝了，心滿意足地說：「我回去打個盹兒，午飯不用喊我。晚飯時，我若是醒來就吃，不醒也別擾我睡覺。」

柳葉等人笑著應好。

楊妧心裡納罕。她認識清娘六、七年了，從沒見過她這般懶散的樣子，會不會有事發生？

聯想到前幾天她囤的那麼多東西，楊妧隱約有種不好的預感，吩咐青菱將承影叫了來。

承影道：「就是今年的雪較往年大，尤其興和、張北和沙城一帶，雪近半尺深，房屋壓塌了不少……瓦剌人熬不住，恐怕會犯邊。國公爺正打算到柴溝堡和虞臺嶺那邊巡查布防。宣府這邊應該無事，衛僉事、成僉事和竇參將等人每天都會親自率兵沿著城門十里視察。」

楊妧點點頭。「你去吧，告訴府裡的人也謹慎些。」

「夫人儘管放心。」承影笑道：「上個月世子爺就做了萬全之策，若有人膽敢不識好歹，定讓他們有來無回。」拱手告退。

夜色漸濃，一彎殘月清冷地掛在天際，月光照在積雪上，倒比平時還明亮。

北風呼嘯，捲動梧桐樹的枝椏，在窗戶紙上映出張牙舞爪的黑影。

清娘撩起門簾，端兩碗熱氣騰騰的餛飩進來。「剛做好的蝦油餛飩，夫人趁熱吃。」一碗遞給楊妧，另一碗擺在自己面前，倒兩匙秦椒油進去，攪動幾下，笑道：「吃慣了秦椒，不放點辣油覺得沒滋味。」

楊妧從自己碗裡撥出一半餛飩給她。「我不餓，用不了這許多。妳沒吃晚飯，多吃點。」

近些天，她胃口漸長，廚房在人定時分會送來消夜，要麼是餛飩，要麼是湯麵，熱熱呼呼的吃下去，渾身都暖和。

清娘風捲殘雲般吃完，陪楊妧說會兒閒話，將碗碟收下去，順著夾道走出竹林。

陳文反穿著一件羊皮襖坐在樹杈上，陳武則蹲在牆角陰影裡。他們三人負責值上半夜，子時青劍會帶著林風和趙全替換他們。

清娘轉了一圈沒發現異樣，仍舊回了東廂房，屏住氣息坐在羅漢榻上靜靜守著。

一晃眼到了除夕。

從中午天色就開始發沈，像倒扣著的鍋底似的，半下午的時候便開始飄雪花，卻是下得不大，落地即化。

灰濛濛的天色擋不住過年的喜慶，掌燈時分，各家各戶都掛出鮮豔的紅燈籠，空氣中瀰漫著飯菜濃郁的香味。

臨近子時，鞭炮聲次第響起，承影也在樹杈上掛兩串，除去舊歲，迎接新春。

熱鬧的鞭炮聲中，任府那處暗沈沈的西跨院有了動靜。

一個明顯帶著異族腔調的口音道：「已經子時了，該列隊出發了。」

「且慢。」任平旭低聲勸阻。「現在都還醒著，再過半個時辰就該睡下了。大家忙年忙了半個月，睡熟了動手更方便。」

先前的異族人笑道：「中原人講究多，就是過年，要準備半個月……那就再等會兒。按照計劃先去總兵府，楚氏父子都不在城裡，正好趁虛而入一網打盡。」

任平旭搖頭。「楚釗父子雖不在，可侍衛們都沒走，足有上百人之多，一時半會兒未必能得手；倘若鬧出動靜，別處就有了防備。依我之見，不如先去竇府，竇參將近些時日都宿在軍營，他家中護院只二十餘人，一刻鐘足可以拿下……竇家還有個十七歲的大姑娘，生得絕美，素有宣府雙姝之稱，薩烏頭領可以嘗個鮮。」

「宣府雙姝？」薩烏眸光一亮。「是叫笑菊的那位？」

「正是。」任平旭打著「哈哈」。「沒想到竇姑娘的豔名都傳到北地了。」

薩烏搖頭，面帶鄙夷。「只臉蛋長得漂亮頂何用？你們中原姑娘肩不能扛手不能提，無趣之極，我不感興趣。」

「笑菊姑娘可不一樣。」任平旭擠眉弄眼地笑。「她自幼被竇參將當成男孩養，騎馬射箭都會，據說還會拳法，比起平常的姑娘肯定有滋味得多。」

薩烏大笑。「那我還真有點期待了。現在該出發了吧。」

「頭領請跟我來。」任平旭當先走出西跨院，薩烏帶著四、五十名精幹的瓦剌壯漢列隊跟在他身後。

此時鞭炮聲已停，勞累的人們都沈沈地進入了夢鄉，街道上空無一人，不知誰家屋檐下搖晃的燈籠透出昏暗的光影。

薩烏一行健步如飛，約莫兩刻鐘，已經來到竇府門前……

第一百四十六章

楊妧作了個夢。

夢裡好像又回到前世，夕陽將西天暈染得火一般紅，她坐著馬車經過趙良延府邸門口，有個高大的身影穿玄色裋褐玄色甲冑，拖著長劍疲憊地從裡面走出來，身後留下一串暗紅的血腳印。

楊妧想下車，卻怎麼都找不到車門，她急得用力拍打著窗戶，那人抬頭，露出滿臉絡腮鬍子——赫然是竇參將！

怎麼會是竇參將呢，楚昕到哪裡去了？

「見明！」楊妧一個激靈醒來，迷迷濛濛地看清是自己的房間，長長舒口氣。

旁邊有個身影低喚。「夫人。」是清娘的聲音。

楊妧餘悸未散，定定神應道：「我沒事，剛才作了個噩夢……現在什麼時辰了？」

「大概寅初。」清娘走近輕聲安慰。「夢都是反的，當不得真。離天亮還早得很，夫人再睡會兒。」

楊妧坐起身，倚著靠枕。「妳點了燈幫我找件中衣吧，出了一身汗，後背濕漉漉的。門外的燈籠怎麼滅了，被風吹的？」

清娘未答，摸著黑從衣櫃裡尋了衣裳。

楊妧窸窸窣窣地換了衣裳，正要躺下再睡，窗戶紙驟然明亮起來，有紅色的光影閃動跳躍，隱約又有刀劍碰撞和吶喊聲傳來。

清娘輕描淡寫地說：「府裡進了幾個小蟊賊，承影已帶人去抓了，夫人儘管放心睡。」

楊妧怎可能再睡，動作迅速地穿上棉襖，站在窗前側耳細聽。

呼呼的北風中，刀槍劍戟聲越來越近，有人「嗚哩哇啦」地喊著什麼，聽口音不像是萬晉朝的話。十有八九是瓦剌人，趁除夕夜前來偷襲。

最近城門搜查極其嚴格，他們怎麼進來的？若是硬闖，早該被守城的士兵發現了，不可能讓他們摸進總兵府。

可現在並非糾結這個問題的時候，楊妧離開窗口，藉著窗外火光從床頭矮几的抽屜裡尋到小弩，緊緊攥在手裡。

清娘唇角彎了下。她挺怕楊妧驚恐之下大喊大叫的，這樣會引來敵兵不說，也會干擾到他們的部署。

沒想到緊急關頭，楊妧還挺沈著，不愧是何文雋慧眼瞧中的姑娘。

清娘拔劍在手，挪到窗邊，輕聲道：「夫人到博古架後面站著，青劍和林風他們守在院子裡，應該無虞。萬一他們抵擋不住，咱們就要動手，柳葉和柳絮在外間準備……殺死一個夠本，殺死兩個還賺了。」並沒有說讓她藏起來或者趁亂逃走的話。

楊妧本來手還是抖著，突然間便鎮定下來。死就死，有什麼可怕的？她又不是沒死過。
外頭的火光似乎更亮了，有煙味從窗縫鑽進來，想必是哪裡走了水。
好在除了這處正房和下人們住的群房之外，其他居所都沒人住，空屋子燒了也罷，只要人在就好。
而呼喝聲也近了，聽起來非常興奮。
不過數息，叫嚷聲便戛然而止，接著傳來重物倒地的悶哼聲。一陣嘈雜後，復又歸於平靜。
公雞高亢的鳴叫聲打破了這片寧靜，窗戶紙一點點透出魚肚的白色，天快要亮了。
清娘扶楊妧在椅子上坐下。「我出去看看。」沒多久便回來。「應該沒事了，打死的打死，活捉的活捉，承影在帶人四下巡查有沒有漏網的。」
楊妧活動著酸軟的手腕，問道：「咱們的人可有傷亡？」
話音剛落，只見門簾晃動，青菱哭喊著闖進來，一頭撲到楊妧膝前。「夫人，您怎麼樣，沒事吧？」
她穿銀紅色折枝梅緞面夾襖，披著楊妧賞給她的大紅羽緞斗篷，髮間插著金釵銀簪滿頭珠翠，異常華麗，可臉上卻橫七豎八抹了好幾道髒污。
青菱從沒這樣打扮過。楊妧一看就明白，她是做好了為自己死的打算，眼淚倏地盈了滿眶。「我沒事，讓妳受苦了。」

「沒苦，」青菱抹著眼淚。「就是有點怕。瓦剌人長得跟毛熊似的又高又壯，我怕跑得慢了不能把他們引走……也怕被他們抓住。」

楊妧輕輕拍著她後背，哽咽道：「沒事了，沒事了……多謝妳，青菱。」

承影在門外稟告。「來偷襲的是哈木部落的薩烏，打死三十七人，留了四個活口，稍後會押送到軍裡審問。咱們這邊死了五人，十一人受傷，觀水閣和琴心樓被燒了。」

果然有人傷亡。

楊妧道：「趕緊請郎中診治，那幾位亡故的，打聽一下來自哪裡，家中可還有人，派人把棺槨護送回去。」

「夫人，」清娘小聲勸道：「正值寒冬，各處驛站都不通，等打聽到信，怕是得一、兩個月之後，不如先入土為安，其餘事宜以後再跟他們的家人商議。」

她跟何文雋鎮守山海關的時候，死亡的士兵都是就地掩埋，最多留幾件衣裳或者幾樣物事送回去立個衣冠塚。戰死的士兵無數，可家中來尋骸骨的幾乎沒有，山海關外，埋葬的白骨一層壓著一層。

楊妧默了片刻開口道：「你們看著辦。把府裡的紅燈籠都換了，去尋幾副好棺木，他們遠離家鄉的爹娘親人跟隨世子來打仗，不能寒了他們的心。受傷的侍衛每人一百兩銀子，亡故的，若能尋到家裡人，每人寄二百兩回去。」

承影領命離開。

柳葉和柳絮送來早飯，楊妧沒胃口吃，勉力喝了碗紅棗粥就推說飽了。

正月初一，應該是鞭炮齊鳴，人們走親訪友拜年賀喜的日子，可這天的宣府鎮卻出奇安靜，就連零星的爆竹聲都沒有。

楊妧到各處園子看了看，琴心樓只門窗稍有損壞，其餘地方都還好，靠近群房那邊的觀水閣卻很嚴重，差不多只剩下個空架子。

萬幸觀水閣前面是月湖，周遭空曠，否則怕會帶累別的建築。

清娘道：「凡是入府搶劫的，通常都會先點把火，等府裡亂起來好行事。」

就如總兵府起火，護院們頭一個想到的定然是不能讓楊妧出事，免不了會遣人到正房院察看，瓦剌人就可以乘機跟過來。

一圈走下來，楊妧有些累，睏意又泛上來，回屋歇下了。

等再醒來，天已擦黑，桌上換了白燭，廊檐下也換成了白燈籠。

清娘陪楊妧用過晚飯，絮絮地告訴她外頭的事情。「瓦剌那邊共來了五十一人，先到竇參將府上把三位主子拿了，有十人押著他們出城，其餘的到了咱們府上。」

楊妧心頭一顫。「竇姑娘也被抓了？」

「嗯，那群人對竇府地形很熟悉，聽小廝說他們翻牆之後先奔著竇姑娘的閨房去的，連外裳沒穿就被拎出去了，然後抓了竇太太和竇少爺。可憐竇少爺才三歲，就穿件薄綢衫子。」

這麼冷的天，是會凍出人命的吧？

楊妧聽得毛骨悚然，可又忍不住想知道瓦剌人到底要幹什麼。

清娘道：「他們要挾竇參將，一顆人頭換兩千石糧食，只要湊足六千石米糧，就把人還回來。竇參將還猶豫著，竇太太破口大罵竇參將沒良心，說她生養了兩個孩子，他連兩千石糧食都捨不得，哭喊著非要竇參將開糧倉。」

六千石米糧，說起來不多，可兩兵對峙的時節，糧食送出去就相當於給他們遞刀，是叛國的罪名。

一面是妻子兒女，另一面是國家大義。這種事情，換作是誰，都不可能立刻做出抉擇。

清娘抿了抿唇，繼續道：「竇參將張弓射死了竇太太，竇少爺是凍死的……竇姑娘……竇姑娘也是個傻的，落在那些人手裡能有得好？反正都是一個死，不如清清白白地死個痛快，何至於被凌辱至死。」

楊妧驚愕得說不出話。

她不喜歡竇家人，竇太太出身低，眼中只有利益沒有見識，把好好一個將軍家的嫡長女養成傻子，換成其他官員家的小姐，哪個會跪在地上哀求著給人當妾？而竇笑菊一點體面都不講，根本不知羞恥為何物。

可聽到她們死掉，楊妧心裡像壓了塊大石般，沈重得幾乎喘不過氣。

因下午睡太多走了睏，也因為被這驚人的消息駭著，楊妧翻來覆去好長時間才慢慢闔上眼。

睡意迷濛中，似乎有人在擁抱她，細細地親吻她的臉。那種感覺如此真切，楊妧幾乎能感受到他雙臂強勁的力量和他身體灼熱的溫度。

及至醒來，已經日上三竿，身邊卻是空蕩蕩的。

火盆旁邊放著一雙麂皮靴子，翻毛厚底，因是剛洗刷過，鞋面略有些濕，而地上一圈水漬。

這靴子分明是楚昕的。

他去懷安衛之前，楊妧親手幫他刷得乾乾淨淨。

楊妧急著喚清娘。「世子爺回來了，對不對？他幾時回來的，現在人呢？」

清娘道：「快四更天回來的。大清早說去軍裡審問那四個瓦剌人，吩咐別吵醒您。世子爺說夜裡會回來吃飯，讓多燉肉菜，他陪侍衛們喝頓酒……給那幾人踐行。」

楚昕回來了！

楊妧頓覺眼窩發熱，忙掩飾般垂了眸。「那就燉一鍋蘿蔔大骨，蒸兩副豬頭，再濃濃地熬一鍋羊肉湯，地窖裡有秋露白和沙棘果酒，都搬過去算了。」

清娘笑道：「他們才不喝這個，年前就備了十幾罈燒刀子。飯菜也不用這邊做，只把凍的肉拎過去，再趕兩隻活羊就夠了。夫人別覺得他們無情，戰場上士兵死了，沒有吃素的例，反而更要大口吃喝，吃得飽飽的，為兄弟們報仇。」

第一百四十七章

夜色漸深，北風更加肆虐，將廊下掛著的白燈籠吹得搖曳不止。

燉肉的香味穿過松柏林層層瀰散過來，濃香而馥郁，裹挾著一股嗆人的酒氣。

楊妧站在廊下，披件灰鼠皮斗篷，默默地看著演武場上空閃動的火光。

承影他們是在演武場旁邊壘灶架鍋生的火。

過不多時，火光漸漸暗淡，一管陶塤徐徐響起，接著跟上兩支竹蕭。不知是誰敲響了碗筷，低低唱起。「豈曰無衣？與子同袍。王於興師，修我戈矛，與子同仇。」

先是零星兩、三個人在唱，陸續有人加進來，聲音慷慨豪邁。「豈曰無衣？與子同裳。王於興師，修我甲兵，與子偕行。」

是《秦風》中的〈無衣〉，在淒冷苦寒的夜裡，雄壯卻又蒼涼。

歌聲傳到府外，越來越多的人跟著唱起來，有男子有婦人，甚至還有兒童稚嫩的聲音。

楊妧聽著，一股酸澀的熱意直衝到眼窩，視線一片模糊。

唯有歌聲不停地回響，一遍一遍。

青菱輕聲勸道：「時辰已經不早，夫人站太久了，世子那邊一時半會兒怕不能散。」

楊妧點點頭，回屋擦把臉，先自歇息。

半夜醒來，感覺身邊多了個人，她睜開眼，屋裡光線暗淡，那人面容影影綽綽的，一雙黑眸卻明亮，熠熠發光。

「吵醒妳了？」楚昕俯身，親吻她的唇。

嘴裡一股茶香，混雜著酒氣。

楊妧仰起下巴回應他，吻輕柔而纏綿，無關情慾，只有濃得化不開的繾綣與依戀。

楚昕低聲道：「妧妧，是我不好，讓妳受驚了。」

楊妧搖頭，隨即想到是夜裡，開口道：「我沒害怕，承影和清娘他們把我護得很好……你審問完了？」

「用了刑，他們沒招，夜裡衛僉事接著審，明早我去替換他。」

「那你早點睡，昨天也沒怎麼闔眼。」楊妧輕聲喚道：「見明，睡吧。」

楚昕展臂將她摟在懷裡。這久違了的懷抱，久違了的熟悉的氣息。

楊妧往他身邊蹭得更緊了些，慢慢地闔上眼。

似乎只是一瞬，就感覺楚昕驟然坐起身，門外傳來含光急促的聲音。「世子爺，竇參將衝到任府，宰殺了任家滿門。」

楚昕喝問道：「怎麼回事？」

「從小年前兩天一直到除夕，任平旭乘車進出城門好幾回，據說那些瓦刺人就住在任家。」

一問一答的工夫，楚昕已經穿好衣衫，俯身拍一下楊妧。「我去看看，妳接著睡。」大步走出門外。

楊妧愣了會兒才反應過來，突然就想起前兩天作的那個夢，再睡不著，抖抖索索地穿上夾棉褙子，外面套件鑲兔毛的夾棉比甲，揚聲喚清娘。「我想去任府看看。」

清娘看一眼灰濛濛的天色，轉身去吩咐人備車。柳葉取了羊皮靴子和灰鼠皮斗篷過來，伺候楊妧穿上，又從火盆裡挾兩塊旺炭籠在手爐裡。

冬日的清晨，幾乎是一天最冷，也是最安靜的時候。街上空蕩蕩的，只有呼嘯的北風和馬蹄踏在路面單調的聲響。

約莫一刻鐘，街道盡頭出現了明亮的火把，光影裡，楚昕正和兩人在說著什麼。

一位是四十多歲的將領，另一位穿著玄色裋褐玄色甲冑的赫然就是竇參將。

走得近了，楊妧看到他手中長劍，劍身斑斑駁駁沾著暗紅色的血漬，劍刃也似乎有些捲。而在他的身後通往任府門口的路上，全是凝固的血，一直蔓延至任府。

楚昕看到她，忙問道：「妳怎麼來了？」

「來看看，這就回去。」楊妧輕聲回答。「你要不要替竇參將寫個辯摺，盡早送到京裡？請東平侯或者忠勤伯代交上去，東平侯戍邊三十餘年，落下滿身傷病，由此及彼，聖上或許會體諒一二。忠勤伯是聖上伴讀。」

楚昕道：「通敵叛國當誅殺九族，任氏滿門死不足惜。」

「可眼下並無真憑實據，只憑推測未必能定任廣益的罪。」衛僉事掃一眼披著斗篷、帽檐拉得極低的楊妧。「不如就按世子夫人所言，先上辯摺，好歹拖延些時日，等那幾人口供出來。」

竇參將冷「哼」一聲。「大丈夫敢做就敢當，即便千刀萬剮，我也絕不皺一下眉頭！」

前世楚昕就被判凌遲之刑。楊妧不由哆嗦了下。

楚昕察覺到，輕輕握住她的手。「我先送妳回府，待會兒接著去軍裡審問。」對衛僉事和竇參將點下頭，與楊妧一道上了馬車。兩人手指交握，卻都沒有說話。

行至府門前，楚昕先跳下車，隨後扶楊妧下來。

那一瞬，太陽突然衝破雲層跳出來，萬千金芒斜照而下，楚昕身上如同籠了層金光，明亮得讓人不敢直視。這應該是個好兆頭吧？

前世，楚昕獨挑趙家滿門，形隻影單地走在夕陽的餘暉裡。這一世，竇參將雖然憤而屠殺任府上下，卻有衛僉事和楚昕替他出謀劃策，又是朝陽初升。

楊妧心中驟然輕鬆起來，輕聲對楚昕道：「晚上你回家吃飯嗎？我讓人做點好吃的。」

楚昕應了聲好。

一上午，楊妧都在思量任家的事。

空穴來風，任廣益是否真的與瓦剌人勾結？他的妻子是趙良延的堂妹，那麼前世，趙良延之所以針對鎮國公府，除了因為張夫人娘家得罪他，會不會也有這個原因？

楚釗死了，趙良延乘機安插上自己的人。或者哪怕不安插親信，別人未必有楚釗的威望令眾將領信服。可聖上後來任命誰為宣府鎮總兵呢？

楊妧半點都想不起來了。事實上，前世的她根本不關心這些事情，宣府也罷，遼東也罷，跟她毫無關係，還不如京都米價上漲讓她更為在意。

前世的事情已經無法求證，更重要的是應對當下。

楊妧叫了承影來。「你跟世子爺送個信兒，把任家往來書信查一下，看有沒有蛛絲馬跡。」

承影道：「衛僉事帶人在搜查，目前沒發現跟瓦剌有勾結。」

「其他信也查查，尤其是京都寄的。任廣益不是跟趙良延是親戚嗎？仔細查查趙良延的來信。」

承影領命告退。

傍晚，楚昕垂頭喪氣地回來。

刑訊時，有兩人熬不住咬舌自盡。再一日，撞牆身亡了一個，又過兩天，最後的一個俘虜在半夜三更咬破了腕間血脈，血盡而亡。

衛僉事下令將這四人的屍首掛在城頭上，任憑風吹日曬。宣府鎮的城門加強了警戒，守衛日夜巡邏，只許出不許進。而楚釗終於從萬全右衛趕回了宣府鎮。

就在那一天，衛僉事在一幅字畫裡找到了趙良延寫給任廣益的密信。

密信的內容，楊妧沒有打聽，只知道楚釗起草了摺子，派了親衛一路換馬不換人的往京都趕。

七日停靈後，殉職的侍衛終於入土為安，楊妧吩咐人又換回了紅燈籠。

正月十五上元節，朝廷尚未開印，一列錦衣衛潛入趙府，男丁斬立決，女眷流放至湘西，永世不得入京。

楚映給楊妧寫信。「……趙家不知犯了什麼事，女眷判了流徙，他家小女兒剛十二，前幾天還說出了正月要議親，真正無辜可憐。」

楊妧不覺得可憐。

趙良延的幼女名叫趙未冉，前世因為趙未晞得寵，元煦帝親自指婚將她許配給莊閣老的嫡次孫莊謙益。

莊謙益生得相貌堂堂且滿腹經綸。趙未冉不知得了多少人羨慕，大家都誇她有福氣。前世她倚仗趙家錦衣玉食，就是命好，沒人覺得不應該。現在她受趙家連累，就變得可憐了？哪有這樣的道理。

趙未晞卻真正好命，去年及笄之後，滿心不情願地嫁了人，卻因「罪不及出嫁女」而保全了一條性命。

第一百四十八章

出了正月，宣府先後又下過兩場雪，天氣絲毫不曾轉暖，好像更冷了似的。

楚釗回來後，楚昕仍舊去懷安衛戍守。

楊妧像個粽子般每天裹得嚴嚴實實地縮在東廂房，偶爾趁著天好，才到外面溜達些許時候。

因為路途不便，加上城門關卡嚴格，米麵菜蔬運不進來，城內糧食短缺得厲害，一石白米的價格比年前翻了將近兩翻。

楊妧讓承影清點了庫房中的米麵，留出足夠兩個月的分量，其餘的在北門設了草棚，早晚兩頓施粥。

有總兵府帶頭，其餘大戶人家也各自拿出米，或是自己搭粥棚，或是送到總兵府這邊，請楚家代為施捨。

常掌櫃做了個木牌子，把施捨糧食的府邸寫在上面，百姓看得清楚，人人心裡有了桿秤，一些先前抬高糧價的鋪子紛紛把價格降了下來。

掌櫃都是精明人，抬價贏的是一時之利，要想長久，總歸是要有個好口碑。

三月中旬，天氣終於暖了，柳梢泛出嫩黃的新芽，迎春花也綻開金黃的花朵，各地運貨的馬車先後進了城。

范三爺從金陵運來的十車各式布疋也到了。

楊妧脫下厚棉襖，才發現自己的腰身明顯粗了許多，肚子也隆起不少。

京都也送了貨過來，莊嬤嬤跟著來了，還有個姓成的穩婆。成穩婆給張夫人接生過楚暉，非常有經驗。

秦老夫人許她一百兩銀子，如果楊妧平安生產，還會有重賞。所以成穩婆二話不說，提著包裹就跟來了。

楊妧不知道該說什麼好，一個勁兒嘟囔。「莊嬤嬤是祖母的左膀右臂，您過來宣府，祖母那邊怎麼辦，她身體可還好？夜裡能不能安睡？」

莊嬤嬤笑著說：「現在是荔枝總管著，她臘月裡配了人，就是外院董管事的長子。另外還有紅棗、石榴、文竹她們，莊子上又送來十幾個十歲左右的小丫頭，老夫人讓好好調教著，回頭給夫人使喚。」

柳葉跟柳絮就是秦老夫人調教的，非常得力。

莊嬤嬤續道：「有小少爺在身邊鬧著，老夫人天天不得閒，睡得比往常好。又聽說夫人有孕，老夫人恨不得跟了來，只是考慮著府裡大大小小的事，實在脫不開身。」

楊妧淚盈於睫。「是我不孝。」

「夫人說哪裡的話？老夫人說夫人替楚家開枝散葉，就是最大的孝心……只是，夫人主意太大了些，現下已經六個月的身孕，怕是去年在府裡就知道了吧？」

楊妧心虛般嘟起嘴。「等回府我再跟祖母請罪。」

莊嬤嬤笑嘆。「老夫人哪裡是怪罪妳，是擔心妳頭一胎心裡慌亂，身邊也沒個經過事的。」

有莊嬤嬤跟成穩婆在，楊妧底氣壯了不少。

嚴管事先後請來兩位郎中給楊妧診脈，都說是位哥兒。

楊妧找出幾疋細棉布打算給將來的孩子裁小衣，莊嬤嬤眼花早就動不得針線，可也不閒著，跟成穩婆把棉布一條條剪成尿芥子，洗乾淨晾在太陽地裡，等曬乾再疊得整整齊齊地備用。

桃花尚未開罷，杏花又團團簇簇地掛在了枝頭，紫藤也綻出紫色的小花，密密麻麻地綴在藤蔓上，遠遠望去如雲霞似朝霧。

農戶們扛著犁頭下地耕種，清娘也吩咐人在府裡開了一小塊地，打算種茄子黃瓜等菜蔬。

楚昕風塵僕僕地從懷安衛趕回來，看到楊妧明顯隆起的小腹嚇了一跳。

楊妧偎在他胸前低訴。「莊嬤嬤嫌我肚子小，每天變著法做好吃的，恨不得往我嘴裡塞。你試試還能抱得動我不？」

「能。」楚昕彎腰，小心翼翼地抱起她，放到床上。

楊妧調養得好，臉頰白裡透粉，粉裡透紅，比枝頭的杏花都要嬌豔。身上也長了肉，肌膚滑膩柔嫩，猶勝過桌上的細瓷。

楚昕呼吸驟然變得急促，黑亮的眸子裡像有一團火焰，熊熊燃燒，越燒越旺。

楊妧抬眸迎視著他，看到了火焰深處小小的自己，雙唇微張著，眸子水波盈盈，似是無言的邀請。

楚昕垂了頭，尚未乾透的長髮隨之垂下來，有幾縷落在楊妧臉頰上。她不覺得癢，心跳卻不受控制般亂了。

「妧妧，」楚昕輕喚。「能不能？」

楊妧不答，手指慢慢挪到他腰間。衣帶倏而散亂，露出他精瘦而結實的身體，楚昕身體顫了下，俯身吻住了她的唇。

紅燭靜靜燃著，帳簾低低垂著，方寸之間，他的長髮纏著她的長髮，他的氣息混雜著她的氣息。

楚昕得了飽足，眸光越發清亮，目不轉睛地盯著她。

楊妧抬手捂住他雙眼，聲音略略帶些啞。「不許看，再看以後我不幫你了。」

「那我幫妳。」楚昕低笑，習慣性地摟著她，輕輕拍著她肩頭。「妧妧，得妳為妻，何其幸運！」

楊妧彎起眉眼。「我也是。」

一夜好睡，翌日楊妧睜開眼，楚昕已經起了，正站在梧桐樹下跟成穩婆說話。

他穿鴉青色直裰，腰間束著同色布帶，陽光透過繁茂的枝椏灑下來，他眉目沈靜，隱隱透一絲冷。

成穩婆明顯有些慌張，手指無措地捏著衣襟。

不知什麼時候開始，楚昕身上那股顯而易見的驕矜與張揚已然褪去，取而代之的是沈穩與冷厲，就像前世他在金吾衛當差一般，有著不容忽視的端肅。

察覺到楊妧的目光，楚昕回過頭，那層說不清道不明的冷瞬時消散，眉間盡是溫煦。

他大步走進屋。

楊妧問道：「成嬤嬤怎麼了，可是冒犯了你？」

楚昕小心地扶住她腰身。「沒事，我向她請教飲食起居需要注意什麼。」

楊妧打趣他。「看這架勢，還以為你在審問犯人。」

吃過飯，楚昕帶她在府裡四處走動，燒壞的觀水閣全拆了，拆下的磚木用來建造聞松院，琴心樓的門窗已經換過，又重新刷了漆。

臺階兩旁栽了一溜月季花，還未綻出花苞，枝葉卻是青蔥碧綠，透出勃勃生機。

楚昕柔聲道：「穩婆說，越是有了身子越要多活動，這樣才容易生產……以後我每天早晚陪妳出來散步。」

楊妧笑問：「你能天天在家？」

楚昕傲然道：「我晚點去，早些回，誰還敢說什麼？前幾個月那麼辛苦，大家心裡都有數，誰敢多言，今年冬月，也隨我到懷安衛待一陣子。」

楊妧悄悄握緊了他的手。

時間一晃到了六月，宣府鎮的冬天比京都冷，夏天卻半點不比京都涼快，尤其楊妧身子沈重，稍動彈就是一身汗，可又不能坐著不動。

天兒長了，吃過晚飯天色仍是亮的。

月湖裡開了半池蓮花，楚昕探著身子，伸長胳膊折兩支含苞待放的，用瓷碗供起來，隔天就會綻開，染得滿室清香。

成穩婆看著楊妧蹣跚的體態跟莊嬤嬤嘀咕。「夫人的肚子下去了，說不定這兩天就會生。」

當天夜裡，楊妧突然感覺肚子發緊，一陣陣地往裡縮。

她知道自己要生了。

頭一胎生得慢，前世她生寧姐兒，凌晨開始發動，一直到未正才生，這次肯定也快不了。

楊妧不欲擾著楚昕睡覺，只默默忍著。

開始還好，隔上兩、三刻鐘會疼一下，很快就會消失。可疼痛的間隔越來越短，疼的時間卻越來越長，肚皮緊繃繃的，好像要抻得裂開一般。

又熬了些時候，窗紗上顯出魚肚的白色，外面傳來丫鬟們細碎的腳步聲。
楊妧實在忍不住，手捧著肚子低低「哼」了兩聲。
楚昕立刻醒來，問道：「怎麼了，哪裡不舒服？」
她咬牙捱過這陣的疼，小臉煞白地說：「見明，我怕是要生了……」

第一百四十九章

只數息，楚昕已經穿好衣衫，走到門口定定神，吩咐柳葉。「讓成穩婆趕緊過來，夫人快生了。」

柳葉一驚，旋即鎮定下來，從容不迫地指派一個小丫鬟請穩婆，另一個到聞松院告訴承影請郎中，還有一個讓廚房準備湯水。

莊嬤嬤已經叮囑她們許多遍，只要夫人發動，不管什麼時辰，立刻做這三件事。

沒多大工夫，成穩婆呼哧帶喘地過來，嘴邊還沾著兩粒金黃色的小米。她正吃早飯，還沒吃飽，就被小丫鬟催著放下筷子。

成穩婆進屋問了問楊妧陣痛的時間，估摸著上午許是生不了。

可楚昕在旁邊，單只靜靜地站著，渾身自然而然散發出來的冷意就讓人心頭忐忑，成穩婆也不敢走，盡心盡力地寬慰著楊妧，告訴她怎麼緩解陣痛。

莊嬤嬤帶人去收拾西廂房。原本晾好的尿芥子、洗乾淨的油布以及剛磨的剪刀等物都放在西廂房，這會兒是把油布鋪在床上，上面再鋪層棉布床單。

大大小小的布條則放到床頭矮几上，牆角木架子上掛兩串盛開的梔子花，屋子裡便瀰散出清甜的花香。

再過兩刻鐘，承影半拖半拽著郎中趕過來。

郎中漲紅了臉拚命掙扎。「我還得坐堂，昨天約定了兩人要到醫館看病。府上生孩子要找穩婆，再者一時半會兒也生不出來，幾時需要我，派人到醫館喊一聲即可，平白耽誤這許多工夫。」

承影毫不客氣地將他摁在梧桐樹下的石凳上。「等著。」

楊妧隔著窗子聽到，忍著痛吩咐清娘。「何大哥曾給我幾本醫書，拿去給郎中打發時間……乾坐著最是無聊。」

清娘找出來遞給郎中，郎中翻看兩頁，目光驟然直了，對著清娘長揖到地。「請問這位娘子，可否允老朽抄錄一二？」

楚昕不耐煩地說：「拿紙筆給他。」郎中抄書是為救人，他跟楊妧當然不會藏私。

清娘取來文房四寶，又在石桌上擺一塊平整的木板以便抄寫。郎中感謝不已，不再嘮叨著回醫館坐診。

這空檔，太陽已經升得高了，廚房燉了雞，馥郁的香氣充斥著每個角落。

柳絮端來三碗麵笑道：「夫人早起吃得少，現下怕是餓了。」

麵用雞湯下的，上面浮著青翠的菜葉，碼著金黃的蛋絲，又零星點綴了幾粒枸杞，看著非常漂亮。

楊妧笑著讓成穩婆。「大清早把妳請過來，忙了這許多時候，快趁熱吃碗麵。」

成穩婆著實餓了，便沒客氣，接過一碗端在手裡道：「夫人也吃點，吃飽了才有力氣。」

楊妧原本沒什麼胃口，聽到此話，側了身子去拿碗。

楚昕將靠枕掖在她身後，柔聲道：「妳別起身，我餵妳。」半蹲在床頭，手裡托著碗一筷子一筷子挾給她吃。

楊妧勉力用了半碗，陣痛又再度襲來。這一次卻是比先前更疼些，她深吸口氣，用力抓緊了床單，額頭沁出一片細汗。

楚昕心如刀絞。他知道女人生孩子疼，卻不知道會疼到這般地步，一邊用帕子擦著楊妧腦門上的汗珠，冷聲問成穩婆。「到底什麼時候能生，還要疼多久？」

成穩婆一口麵噎在嗓子眼裡，忙伸長脖子嚥下去，小心翼翼地回答。「看情形還得一個多時辰。」

楚昕臉色黑得像鍋底一般。「不能疼得輕些？」

成穩婆搖頭。「骨縫開了孩子還能出來，往後只會越來越疼。」

楊妧握住楚昕的手，露出個可憐兮兮的笑。「我沒事，要不你去別處轉轉？」

「我陪著妳，」楚昕柔聲道：「妳再吃些麵。」

楊妧又吃兩口。「我飽了，你快吃吧，待會兒麵要糊了。」

楚昕將剩下的連湯帶水都吃了，又吃了整整一大碗。

成穩婆淨了手，掀開薄毯伸進去試了試。「快四指了，夫人下次疼過就挪到西廂房吧。」

產房是陰晦之地，據說對男人不利，大戶人家都會另外準備間僻靜的屋子供孕婦生產和坐月子。

楚昕聞言，張臂把楊妡抱到了西廂房。

楊妡望著頭頂帳簾上抱著紅鯉魚的白胖嬰孩，不由微笑。「林四太太的孩子生下來七斤三兩，是個白胖閨女，前次來信還說結親。」

林四太太就是明心蘭。

「那可不成。」楚昕握著楊妡的手，低聲細語。「咱倆的孩子肯定好看，如果她家閨女俊俏還可以商量，要是長得醜……咱家不要醜媳婦。」

「你打算得也太長遠了。」楊妡想打趣幾句，話音才落，又一陣疼痛襲來。她猛地抓緊了楚昕的手，在他掌心留下深深的指甲印。

楊妡不是嬌氣的人，也從不曾當著他的面喊疼，可見是痛得狠了。

楚昕的心緊緊地揪起來，恨不得自己代替她去遭這份罪，可又無計可施，只能不停地幫她擦汗。「妡妡，妡妡，我在這兒，妳不用忍著，妳打我咬我。」

時間好像凝固了似的，一寸一寸過得格外慢，格外煎熬。不知道過了多久，成穩婆終於道：「差不多了，世子爺請迴避一下。」

「我不走，」楚昕冷聲道：「我就在這裡看著。」

成穩婆為難地看向莊嬤嬤。

莊嬤嬤勸道：「大爺在這裡，成嫂子畏手畏腳的，待會兒生出來既得顧及夫人，又得顧及孩子，多有不便。」

楊妧鬆開楚昕的手。「在院子裡等著也是一樣……你別走遠了。」

楚昕「嗯」一聲，行至門口，下意識地回頭，正對上楊妧的視線，那雙好看的杏仁眼裡全是依戀與不捨，像是無依無靠的孩子面對即將出遠門的爹娘，孤苦無助。

楚昕心頭重重一撞，咬唇走了出去。

外面陽光正盛，樹上的鳴蟬肆無忌憚地叫著，才剛剛午正。

楚釗不知何時回來了，偉岸的身軀如雕像般站在梧桐樹下。

「爹。」楚昕走上前，甫開口，只覺得鼻頭發酸眼眶發澀，再說不出話來，忙掩飾般扭過頭。

楚釗了然，輕輕拍一下他肩頭。「見明，為人娘親不容易。楊氏不易，你娘也不易。」所以，儘管張夫人行事不妥，眼界不高，可她忍痛受苦替他生兒育女，楚釗就不會辜負她。

父子兩人無言地相對而立。

西廂房傳來成穩婆中氣十足的聲音。「羊水破了，再陣痛的時候，夫人用點力……來，使勁、使勁，再使勁。」

楚昕屏息，聽到了楊妧時斷時續的呻吟。

成穩婆卻一聲比一聲急促，一聲比一聲高亢。「看到頭了，再用力，馬上出來了！」

楊妧有氣無力地說：「我沒力氣了……」

「沒勁也得生，參湯呢？快餵夫人喝兩口。」成穩婆不知支使著誰。「讓廚房送熱水，蠟燭點起來。」

柳葉撩簾出來，撒丫子往廚房跑。

不大會兒，杜婆子抬著桶熱水過來，莊嬤嬤沒讓杜婆子進屋，伸手提了進去。

成穩婆又開始喊，聲音嚴厲，帶著股咬牙切齒的意味。「用力！用力！」

只聽楊妧淒厲地尖叫一聲「見明」，再也沒了聲息。

楚昕臉色驟變，急步朝西廂房走過去，尚未到門口，不知道是誰「啪」地嚴上了門。

屋裡傳來嬰兒響亮的哭喊聲。「哇——哇——」

成穩婆道：「好了，哭了，趕快擦一擦包起來，就用那塊細棉布，這個天兒不用包毯子，上秤秤一下。」

楚昕心頭一鬆，兩腿酸軟得再走不動，無力地蹲在了地上。

柳葉端了盆血水出來，瞧見地上的楚昕，銅盆差點脫手，連忙道喜。「恭喜世子爺，是位小少爺。」

楚昕站起身問：「夫人怎麼樣？」

柳葉笑答。「好著呢，正在清理，再等會兒世子爺就可以進了。」

那盆血水暗沈沈的，怎可能好著？楚昕著急，卻又不敢硬闖，苦苦等了些時候，莊嬤嬤抱著襁褓出來。「大爺快看看小少爺，六斤六兩，可精神著呢，剛才那大嗓門，勁頭可足。」側身避開光線給楚昕瞧。

嬰孩一團粉紅，臉上皺皺巴巴的，實在看不出哪裡精神。楚昕略略掃一眼，趁著大家圍上來看孩子，撩簾進了西廂房。

青菱剛把床上沾血的床單和油布撤下來換上新的，楊妧神情萎頓地縮在毯子裡，滿頭滿臉正是汗濕，像是剛從水裡撈出來一般。

楚昕一個箭步躥過去，半跪在床邊。「妧妧，妳怎麼樣？」

楊妧眸中浮起氤氳的霧氣，很快凝成淚珠，在眼眶裡打轉。

成穩婆笑道：「夫人算是很快了，才四、五個時辰。」將手裡冒著熱氣的銅盆端在床邊。「辛苦世子爺給夫人擦把汗，衣裳也得換件乾的，免得著涼。」說著將那些污穢之物捲起來一併拿到門外。

屋子裡只剩下楚昕跟楊妧兩人。

楚昕擰了帕子，輕輕覆在楊妧臉上，柔聲道：「妧妧受苦了。」

帕子略有些燙，溫熱的水汽從張開的毛孔透到體內，楊妧舒服地嘆息。「沒覺得苦，先前疼得厲害，快疼死了……就想見到你。」

「我在呢，一直在門口。」楚昕俯身吻她的唇。「我沒走開，一直在。」

楊妧低低「嗯」了聲。

待楊妧換過衣裳收拾索利，楚昕餵她吃了飯，成穩婆將襁褓遞給楚昕。「讓孩子多跟夫人親近親近，下奶快。我接生二十多年，經我手的孩子起碼上百個，就屬小少爺長得也漂亮。瞧這眼睛烏溜溜的，多精神。」

楚昕猶豫著手不敢接，楊妧接過抱在了懷裡，不由微笑。

剛出生的孩子都是閉著眼沒完沒了地睡覺，他可好，兩隻眼珠兒跟黑曜石般亮晶晶的，不知道在看哪裡，果然是很有精神。

這是她跟楚昕的孩子。

楊妧心軟如水，手指輕輕點一下嬰孩柔嫩的臉龐，將襁褓往楚昕手裡塞。「左手臂彎托住頭，右手托著身子，對，就這樣。」

楚昕兩手僵直，抱一會兒就叫苦。「妧妧，我抱不動了，胳膊發麻。」

楊妧嗔道：「你能開兩石五的重弓，孩子還不到七斤，竟然抱不動？你放鬆點，別綳著。」

「放鬆不了，不敢鬆。」楚昕笨手笨腳地將襁褓放到床上，長長舒一口氣。「他太軟了，真的抱不動。」

楊妧彎起眉眼，瞧著嬰孩慢慢闔上雙眸，不由也跟著打了個呵欠。

楚昕柔聲道：「妳也睡會兒。」

楊妧伸手去尋他的，楚昕反握住她。「我陪著妳，不走。」

不知不覺已是日影西移。

因為楊妧一早說過要自己哺乳，廚房裡又燉了大骨湯。

青菱端著托盤往西廂房走，剛撩開簾子，發現一家三口睡得正香。

楊妧和小嬰兒躺在床上，楚昕跪坐在地上，臉覆在床邊，一手握著楊妧，另一手環著襁褓，做出個保護的姿勢。

青菱忙輕手輕腳地退了出去。

楚昕慢慢睜開眼，看著面前一大一小兩張面孔，唇角不自主地彎起，勾勒出連他都不曾察覺的溫柔笑意。

第一百五十章

有成穩婆幫著通奶，第二天下午，楊妧的奶水就下了。

母子兩人除了吃就是睡，其餘諸事不管。

楚昕告了七天假，天天待在西廂房目不轉睛瞧著兩人，生怕一錯眼不見了。

楚釗翻著書精心擬出幾個名字，連同生辰八字令人快馬加鞭地送回京都。

秦老夫人得知楊妧平安生子，喜極而泣，跪在菩薩像前絮絮叨叨拜了好一陣子，隔天一早便進宮去見楚貴妃。

楚貴妃當即請欽天監監正測算名字，挑出三個跟八字相合的。

秦老夫人和楚貴妃兩人合計著，覺得「澤」字不錯，「恆」字也挺好，「泰」字寓意極好，難以取捨。

元煦帝得知，御筆選定了「恆」字。「恆者，久也，可取字久安。」

秦老夫人大喜，忙跪地謝恩。

楊妧看完荔枝執筆寫的信，不由無奈。

男子通常行過冠禮或者取得功名之後，才由師長或者德高望重之人為其取字。楚昕就是十九年生辰，因為得了百戶的官職，楚釗給他取字「見明」，沒想到自己孩子尚未足月，已經有了字。

這點比他爹爹強多了。

楚昕熟練地給兒子換了尿布，渾不在意地說：「青出於藍而勝於藍，兒子就是要比老子強。對吧，恆哥兒。」

小嬰孩睜著圓溜溜的眼珠，毫無表情。

楊妧奶水足，嬰孩長得快，這些時日小臉蛋已經有了肉，圓鼓鼓的，極為可愛。肌膚也褪去開始的紅，而是呈現出粉嫩的白。尤其吃飽喝足睜著眼的時候，那雙明眸像是白瓷盤裡滾動著的紫葡萄，看著讓人的心都化了。

莊嬤嬤替楊妧抱屈。「瞧小少爺的鼻子、眉眼，處處都隨世子爺，竟是找不出像夫人的地方，虧得夫人辛辛苦苦地懷胎十月。」

成穩婆仔細打量著睡得安詳的小嬰孩。「氣度像，這周身的氣度跟夫人一樣。」

楊妧笑得幾乎噴飯。就這屁大點的小孩，哪裡來的氣度？

七月十八，楚恆做了滿月，成穩婆跟著商隊回京都。楊妧給了她一百兩銀子的謝儀，還有支金釵送給她兒媳婦。

回到京都，秦老夫人又厚厚地賞了成穩婆，成穩婆面子裡子都賺得足足的，逢人就誇國公府厚道。

八月初，楚釗照例回京面聖，回來時，帶了滿滿一匣子項圈、手鐲和玉珮，都是知交好友送的滿月禮。

一同跟來的還有郡王府大少爺周延江。

進了內宅，周延江站在院子裡大聲吆喝。「楊四、楊四！」

楚昕斥一句。「楊四是你能叫的？客氣點，該叫舅母明白嗎？」

周延江梗著脖子。「你從哪兒論出個舅母？」

楚昕身穿半舊鴉青色圓領袍，氣定神閒地說：「顧老三是你三舅，對不對？我跟他按兄弟論。阿妧跟你三舅母是手帕交，難道你不該喊我一聲舅？」

周延江啞口無言，瞪著眼珠子道：「我不服，我要跟楊四說話。」

楊妧隔著窗子聽到，換了件青碧色襖子出東廂房。

周延江怔怔地看著她，忽然開口。「楊四，妳怎麼越長越抽抽？以前沒覺得妳這麼矮。」

原先周延江比楊妧高點有限，兩年不見，楊妧長了大概一寸，周延江卻比先前竄出一個多頭，骨架寬了，肩膀也厚實，站在面前像座大山般魁梧，唯有膚色沒變，仍舊黝黑。

楊妧瞪他兩眼，惱道：「你怎麼越長越黑，要是夜裡走丟了，還真尋不到你。你怎麼想起到宣府來了？」

周延江「嘿嘿」一笑。「聽國公爺說妳當了娘親，我來看看妳，順便從軍。」

敢情特地為楊妧而來？楚昕頓時沈了臉。

周延江壓根兒沒在意，仍舊傻呵呵地笑。「楚霸王待妳好不好，有沒有欺負妳？不過妳胖了這麼多，看樣子過得很不錯。」

因為哺乳，莊嬤嬤和廚房的杜婆子用了十分的心思在飲食上，楊妧儘管脂粉未施釵環未戴，臉頰卻是白裡透著粉，散發出瑩潤的光澤。

楊妧無語。周延江還是一如既往地不會說話，她只是稍微豐腴了些，並沒有胖很多，好不好？

念在周延江一片好心，楊妧當然不會跟他計較，盈盈笑道：「世子確實待我很好，周大爺想住在府裡還是軍裡，我讓人給你收拾一間屋子？」

「不用。」周延江大手一揮。「國公爺說頭兩年世子大都住軍營裡，我也住軍營……隔三差五妳管我吃頓飽飯就行，要有魚有肉，再來罈酒。」

「這個沒問題。」楊妧爽快地答應了，耳聽得東廂房傳來哭鬧聲，猜想是楚恆餓了，便道：「我去看下孩子，讓世子陪你四處轉轉。中午在家裡吃，有現成的酒菜。」

周延江從懷裡掏出兩只荷包。「我給外甥的見面禮，還有一個是我娘給的。」

楊妧道謝接過，回了屋子。

楚昕收起臉上慍色，笑道：「走，我陪你轉轉。」抬手搭向周延江左肩。

周延江只覺得肩頭一沈，面上卻不露，用力將楚昕的手扒拉開。「轉轉就轉轉。」

兩人直奔演武場，楚昕指著牆上掛著的一排弓。「隨便挑把順手的，三局兩勝，若是你輸了，以後看到阿妧，老老實實喊舅母。」

「要你輸了呢？」周延江瞪眼。

楚昕倨傲地揚起下巴。「我不會輸。」

楊妧哄著楚恆再度睡下，青菱把菜單呈上來。「早上燉了大骨湯，有現成的醬骨頭，燒了一隻雞，再切碟羊臉肉，蒸兩條鯉魚，杜嬤嬤再配四道青菜。」

楊妧正端量，楚昕唇角噙著笑意，滿頭細汗進來，接過菜單掃兩眼。「把蒸魚去了，周大爺不耐煩挑刺。羊臉肉多切點，切一大盤子，蘸水要兩碟。」

青菱領命離開。

楊妧瞧回來的楚昕肩頭和後背已透出汗漬，從衣櫃裡尋出衫子伺候他穿上，問道：「你笑什麼？」

楚昕抿抿唇。「往後見到周延江，讓他老老實實地喚舅母。哼，這小子口無遮攔，該讓他長個教訓。」

楊妧猜到幾分，笑問：「剛才去演武場了？」

「嗯，比了箭法，三局兩勝。他準頭不錯，虧在定力不足上，見我先贏一局，亂了手腳……也難怪，才剛十六，再磨兩年性子就好了。」

楊妧頓時想起她乍乍見到楚昕那年，他也是十六歲，囂張頑劣、得瑟擻得像隻漂亮的小公雞。不經意間，五年過去，他已褪去年少時的張狂，從頑石打磨成耀眼的美玉。

楊妧情不自禁地抬手勾住他脖頸，楚昕就勢箍住她腰身，低頭尋到她的唇，密密貼合著，輾轉廝磨，氣息灼熱而急促。「夜裡，可以嗎？」

楊妧猶豫不已。

楚恆已經五十二天，按日子來算是可以的，可她有點怕。

楚昕輕笑。「那就再等一陣子，妳得記著，以後要加倍補償我……就在我生辰那天，不需妳送禮，咱們關起房門把那本壓箱冊子上的姿勢逐樣演練一番，練不熟不許出門。」

那本冊子共十六頁，難不成……楊妧漲紅了臉，斥道：「不知羞恥！」

楚昕「哈哈」大笑。「食色，性也，有什麼可羞恥的？」親暱地在她臉頰蹭了蹭。「我去外院吃飯，回來再陪妳說話。」

秋風漸起，北雁南飛，彷彿一夜間，院子裡的樹葉已然落盡。

楚昕期盼已久的生辰終於到了。

天還矇矇亮，楊妧起身，窸窸窣窣地穿好衣裳，先將楚恆的被子掖了掖，回過身去瞧楚昕。

楚昕難得仍在睡，烏黑的長髮鋪了半枕，有幾縷散在臉頰上，楊妧抬手拂開，目光落在他微抿的唇上，輕輕覆了上去。

怕擾著他睡眠，不敢深吻，只敢蜻蜓點水般淺嘗，很快便移開，躡手躡腳地下床，穿了繡鞋走出門。

就在她關上房門的那一瞬間，楚昕悄悄睜開眼，黑眸清亮如水，漾著層層歡喜，而唇角也無意識地彎起，勾勒出一個美好的弧度。

楊妧竟然又偷親他，這已經不是三回兩回了。

等夜裡，他要仔細地把這筆帳算一算，找補回來……

第一百五十一章

秋風蕭瑟，院子裡的枯草上落了層白霜，彷彿灑著滿地薄雪。紫藤架上殘留了數片黃葉，被風吹動，簌簌作響。

楚昕將楊妡的風帽往下壓了壓，繫緊披風帶子，手趁勢在她臉頰捏了下，滑到她唇邊。

楊妡嗔惱地張口咬他，腮旁已是一片緋紅。

楚昕輕笑著捉到她的手，緊緊攏在掌心。去懷安衛之前，他想再巡查一遍府裡的防守，正好陪著楊妡四處轉轉。

產後已近半年，楊妡只在正房院和琴心樓附近走動，沒想到府裡樣貌大變。

聞松院蓋了四座一進三間的院落，間距不算大，卻很整齊。楚昕指著最前面糊著桑皮紙的那座。「承影兩口子住那裡，其餘幾間留給含光，還有妳身邊的大丫頭。」

住在府裡既方便他們伺候，也是給他們的體面。

順著聞松院旁邊的石子小路行不多遠，是暢合樓和月靜齋。繞過月靜齋後面的竹林，便聽到雞鴨歡快的鳴叫聲。

原先的空地用竹籬笆圍起好大一片，裡面搭著雞舍，樹樁上拴著五、六隻羊，圈裡養著三頭大肥豬，好一派六畜興旺的景象。

楊妧瞠目結舌。

清娘說過院子裡養了豬羊等家畜，還以為只臨時養了三五頭而已，沒想到會有這麼多，這也太麻煩了。

專門餵豬的婆子笑嘻嘻地說：「不麻煩，豬崽不挑食，米糠、高粱還有廚房剁下來的菜幫菜葉子，什麼都吃。雞也好養，草裡有蟲子，每天早晚再撒兩把高粱米。別看這七、八隻雞，每天能生五顆蛋呢！」

正說著話，只聽雞舍那邊傳來嘹亮的「嘍嘍噠」的聲音，婆子驕傲地說：「這不，又生蛋了。」

楊妧莞爾一笑，想到竹林南側的月靜齋。

月靜齋原本是當作書房，這二十年一直空置著。假如國公爺正看著書，耳邊傳來親衛歡喜的喊聲。「雞生蛋了，雞生蛋了。」想想就覺得可笑。

楚昕瞧見她腮旁梨渦，隱約猜出幾分，低笑道：「二皇子園子裡養了一對鹿、兩對鶴，清雅是夠清雅，可不如咱們這個好吃……過年時候把豬宰了，好生熱鬧一番。」

楊妧笑應道：「好，你哪天回來，咱就哪天宰豬。」

兩人繼續往前，再走約莫一刻鐘，楚昕指著八尺高的牆頭。「上面加了鐵蒺藜和碎瓷片，底下把暗溝清理了，若再有人敢翻牆，溝裡倒上桐油，點上火能燒一片。」

旁邊小小的石頭房子裡，貯存著桐油，每天會有侍衛定時巡邏。

楊妧想起去年除夕，不由抿起唇角。在京都安逸的日子過習慣了，根本想不到在邊陲，過年都不安生。

去歲如此，那麼之前的那些年，楚釗獨自在宣府，除夕夜都是怎麼過的？

楚昕默一默，答道：「前年我在懷安衛，父親在軍裡當值。再之前，父親大都在巡防或者值守。嚴管事說，府裡每年貼上新對聯，放兩掛鞭炮就算是過年……還是妳在，要熱鬧得多。」伸手握住楊妧的手，沿著院牆繞了大半個府邸，仍舊回到正房院。

一趟轉下來，楊妧走得熱了，額角沁出一層細汗，粉嫩的臉頰上暈出健康的紅潤，比五月枝頭上的石榴花更加嬌豔。

楚昕眸光熾熱如火，可眼角瞥見莊嬤嬤正抱著恆哥兒走來，只得壓下眸中翻湧的情潮。

恆哥兒馬上要六個月，食量大了許多，除去母乳外，還要加半個蛋黃和半碗小米粥。

時近正午，他應該是餓了。

果然，恆哥兒見到楊妧，黑葡萄般的眼珠兒頓時璀璨起來，「啊啊」叫著，不斷向楊妧揮動著小手。

小臉帶著顯而易見的歡喜，精緻的眉眼像極了楚昕的相貌。

楊妧笑著將他接過來，恆哥兒立刻低著頭往她懷裡鑽，終於得到食物，一手扯著腳丫子，另一手揪著楊妧衣衫，吃幾口，抬頭衝楊妧貼心貼肺地笑一笑，接著再吃。

楊妧心頭軟成一窪水，待他飽足，親暱地點著他的鼻尖。「吃飯也三心二意，以後不許拽小腳丫，嫌不嫌臭呀？」

恆哥兒直以為楊妧逗他玩，笑得歡暢。

莊嬤嬤誇讚道：「小少爺今兒長了本事，撥浪鼓離他一尺遠，能自己伸手抓到了。」

「咦，是會爬了嗎？」

莊嬤嬤笑道：「眼下還不會，說不定過兩天就會了。大爺就是半歲多會爬的，七個月已經爬得飛快了，跟前根本不敢離人，二爺是七個半月才學會了爬，走得也不如大爺早。」

因為有了楚恆，兩歲多的楚暉便長了一輩，被稱作二爺。

說笑著，廚房送來午飯，楊妧餵了恆哥兒半碗菜粥，莊嬤嬤仍舊抱去西廂房玩。

楊妧身邊除了清娘和青菱外，其他的都是姑娘家，而清娘兩人又不曾生育過，莊嬤嬤便主動請纓照顧恆哥兒。

楊妧特別指派穩重仔細的柳絮和兩個小丫頭杏花和梅花給莊嬤嬤打下手。

早兩個月，莊嬤嬤將西廂房用不到的家具都搬出去，騰出來好大一塊地方盤了座土炕，通到外頭茶水間。這邊生火燒著熱水，炕上就被烘得熱呼呼的，非常舒服。

眼見著屋裡沒有了別人，楚昕的心思就像水裡漂浮的葫蘆，再摁不下去。他急搓搓地抱著楊妧走進內室。

門被掩上，帳簾隨之垂下，方寸間只餘兩人，氣息糾纏著氣息。

窗外有小丫鬟細碎的談笑聲，隔著窗子，聽不太真切，楊妧推拒著。「光天化日，要是有人進來……」

話不曾說完，已被封在口中，楚昕溫柔地親吻她。「妳的丫鬟都很有眼色，幾時不經召喚進過屋子？」

那是因為他見到屋裡有別人，就會拉長臉好不好？

尤其這兩年，他威嚴漸盛，不必開口，單只周身散發出來的冷意便叫人不寒而慄，誰又敢在他身邊打轉？

正思量著，只聽楚昕在她耳邊呢喃。「專心，不許走神，我吃東西時，從來就不三心二意。」

楊妡尚未反應過來，就感覺楚昕已經撩開她的中衣，俯下來。

一股久違了的酥癢自腳跟直衝上腦海，楊妡深吸口氣，不由自主地咬了下唇……

日影一點點西移，香爐裡的薰香一寸寸矮下去，屋裡的氣息時而徐時而急，終於平復。有種旖旎的味道不著痕跡地瀰散開來。

帳簾裡傳出窸窸窣窣穿衣服的聲音，楚昕微翹了唇角，帶著滿頭細汗出來，粗粗地攏兩下頭髮，整了整衣衫走出門。

沒多會兒，端一盆熱水回來，絞了帕子遞進帳簾。

楊妡累得幾乎散了架，咕噥道：「懶得動。」

「那我幫妳擦。」楚昕好脾氣地探進頭，柔聲哄著。「妡妡聽話，等會換件小衣，身上全是汗，很快就好。」

楊妧閉著眼，任他為所欲為，待聽到「很快就好」這幾個字，撇下嘴。「騙子！口口聲聲說馬上就好……」

楚昕眉眼愈加溫柔，聲音軟得幾乎能滴出水了。「都怪我，我是騙子，我沒有定力……妧妧太誘人，像是火種，捱得近了就要著火……我真的控制不住。」

這人……越說越沒分寸。

「不許再說，」楊妧嬌斥一聲。「你出去，不想看到你。」聲音喑啞，說不出的慵懶。

楚昕眸光又變得深沈，可思及楊妧的身體，重重搖了搖頭，從櫃子裡找出肚兜和小衣。「妳換了衣裳，我陪妳躺會兒。」

楊妧白他兩眼，扯過衣裳，手腳索利地穿好，整個人鑽進被子。

楚昕失笑，將她的頭扒拉出來，目光掃見她肩頭的紅紫，不由懊惱，剛才著實有些放縱。

曠了七、八個月，乍乍捱著她的身，一發便不可收拾。楊妧又縱容他，只要他求，她再無不應。

楚昕心頭酸軟不已，張臂將她攬在懷裡，柔聲問道：「妧妧，妳為什麼對我這麼好？」

楊妧沒好氣地說：「上輩子欠了你。」

話出口，想到前世的點點滴滴，心裡也有些酸，抬眸撞上楚昕深情的目光，手指扣上了他的，輕聲道：「見明，我喜歡你。」

楚昕抿唇微笑。「是我先喜歡妳的。」

送走楚昕，楊妧到同安街的店鋪轉了轉。

兩家店鋪的生意都不錯，尤其范家當上皇商後，衣錦閣的生意一日千里，紅火得不行。金陵范三爺不但沒有乘機提價，反而又讓出半分利。理由是范家今年財運好都是仰仗各地店鋪照拂生意，特地回饋老主顧。

常掌櫃感慨不已。「難怪范家生意做得大，話說得別人愛聽，面子給得足足的，若沒有其他變故，范家布疋肯定不愁賣。」

百納福的林掌櫃也找到了開源節流的路子。布料在儲存和搬運時，不免會蹭髒邊邊角角，衣錦閣出售時會把邊角都裁下來，林掌櫃拿了碎布頭，請繡娘按照他畫的式樣做成荷包香囊。如此算下來，成本只有繡娘的工錢，比從別處進貨便宜不少。

從同安街回來，青菱呈上一封信，是四條胡同寄過來的。

頭一頁是楊懷宣的字跡，信上說曹莊頭遣人送了糧米，今年收成比往年好，八十畝地除去工錢、種子以及留出來自家吃的糧食，還有五十三兩銀子的進項。

飯館生意也極好，今年純利已經有百二十兩銀子，陳家占四成，楊家占六成。陳大衣食不愁，也準備送他的二兒子進學堂讀書。

家裡一切都很順利，讓楊妧不用牽掛。

楊妧笑著翻開第二頁。

這頁是關氏的筆跡，寫楊婉婚後日子過得不太順心，前幾天又回娘家哭訴，說婆婆沒有主見，凡事不拿主意，可別人拿定主意，她又抱怨這兒不對那兒不對。大姑姊陸知萍明明嫁了人，可娘家稍有點風吹草動，立刻就趕回來，叉著腰指手畫腳。而陸知海不但不替楊婉解釋周全，還幫著陸知萍一道指責她。

楊婉自小嬌慣，頭幾個月覺得自己是新婦，強忍著不發作，後來便跟陸知萍對著吵。陸知海在外面吟詩作詞，清雅無比，可回到家，十次有五次看到妻子跟大姊吵架，而娘親在旁邊哭天抹淚，漸漸地便不回家，在挹芳閣長包了一間房，夜夜笙歌。

楊婉想和離。

秦氏也看出陸家空有個爵位，論前程還不如楊家，至少楊溥跟楊懷安都有差事，而楊懷平也通過了童生試，打算繼續進學。

趙氏卻死活不同意和離，說楊家幾輩子沒得過誥命，好不容易出了個侯夫人，讓楊婉死也要死在陸家。

秦氏因此跟趙氏生出嫌隙，看她百般不順心。

另外還有件事，楊嬿的夫婿陳彥明通過了秋試，兩人打算正月進京準備春闈，想住到頭條胡同。

這樣頭條胡同便有些擠，秦氏隱約透露出想搬到四條胡同的意思。關氏特地問問楊妧的看法。

楊妧提筆給關氏回信，如果秦氏想去，就接她過去住一段時日，秦氏不會久住。畢竟楊溥是長子，楊懷安是長孫，如果秦氏依附三房過日子，別人恐怕有閒言碎語。

秦氏不可能讓長房擔上個不孝的名聲。

再者，頭條胡同的房子每年要付租金，趙氏還指望秦氏往外掏銀子，怎麼可能讓秦氏在四條胡同住下？

至於楊嬧，楊妧半個字沒提。反正她不在京都，楊嬧住在哪裡跟她沒有絲毫關係，倒是細細地問起楊嬋的衣食和楊懷宣的學業。

信寄出去沒幾天，就到了臘月。

府裡逐樣事情完全由青菱總管處理，楊妧則把全副精力用來陪伴楚恆。

楚恆不負眾望，果真六個月的時候就學會了爬。因為西廂房燒著炕，楚恆不必穿太多，身子更輕便些，每天來來回回從炕頭爬到炕尾，忙得不亦樂乎。

小年前一天，楚昕跟周延江回府，楊妧吩咐人殺豬宰羊大吃了一頓。

楚昕只住了兩晚，又匆匆趕往懷安衛。

竇參將主動請纓去萬安左衛協防，楚釗便留在宣府。

在鞭炮的喧鬧聲裡，又一年的除夕到了，過完除夕，就是元煦十七年。

楊妧躺在床上，聽著呼嘯的北風拍打著糊窗紙，怎麼也想不起前世的此時發生了什麼大事。

原先那些她以為永遠不可能忘記的往事在不知不覺中模糊，可有些事情卻越發清楚。

那年在瑞萱堂，楚昕跳著腳說：「我跟妳不共戴天。」

那年在霜醉院，楚昕紅著臉將一支髮簪推到她面前。「妳要是敢扔，我跟妳沒完。」

那年在竹林裡，楚昕認真地在竹竿上做記號。「妳長到這麼高，咱們就成親。」

那年在護國寺後山，楚昕在她額頭輕輕落下一吻，她尚能鎮定自若，楚昕已經羞得滿面赧然……

想起青蔥歲月裡的青澀少年，黑暗裡，楊妧無聲地彎起了唇角。

這一覺睡得格外香，夢裡都是甜蜜的味道和纏綿的氣息，翌日，莊嬤嬤早早將楚恆抱過來。

楚恆穿著寶藍色雲錦棉襖，戴頂大紅色緞面軟帽，亮麗的顏色襯著那張精緻的小臉冰雕玉琢般可愛。

瞧見楊妧，他歡喜地咧開嘴，露出四顆奶白奶白的小牙齒。

莊嬤嬤把著他的手，教他給楊妧拜年。楊妧用紅絡子綁了枚大錢，給他繫在手腕上。

楚恆覺得好奇，伸出肉嘟嘟的小手揪著亮閃閃的大錢想扯下來，可他使足力氣，連著拽了好幾下都未能如願，白嫩的臉頰漲得通紅，淚珠在眼眶裡打轉，硬是不往下落。

楊妧於心不忍，將絡子解下來，楚恆立刻往嘴裡塞，楊妧眼疾手快，連忙奪下來。「這個可不能吃。」

眼看就要到嘴的東西沒了，楚恆癟著嘴，「哇」地哭了。

莊嬤嬤笑道：「哥兒真是委屈了，費半天勁才到手。哥兒莫慌哭，嬤嬤給你個好玩的。」從笸籮裡翻出個銀鈴鐺，搖兩下。「好不好聽？」

楚恆眼淚沒乾又笑了，揚著手搆鈴鐺。

歡聲笑語中，楚釗大步走進院子。他穿甲冑，戴著盔帽，陽光照在玄色鐵片上，發出清冷的光芒。

楚釗在家裡從未穿過戎裝。楊妧心頭一緊，給楚恆包上大毛斗篷，抱到院子給楚釗拜年。

楚釗遞給她兩個封紅。「一個是妳的，一個給恆哥兒。瓦剌軍包圍了萬安左衛，我現下去軍裡……你們不必驚慌，若是事態緊急，正屋供桌後面有地道通向府外，可暫且藏身。」

簡簡單單幾句話說完，掉頭就走。

楊妧定定神，將楚恆交給莊嬤嬤，喚了承影來。自從上次楚昕帶楊妧看過府裡布防，承影等人有問必答。

此時承影也不隱瞞，據實以告。「瓦剌人集結了幾個遊牧部落，大概八萬人，前天夜裡開始攻打萬安左衛。昨天一早，世子爺和周大爺帶兵趕去增援，衛僉事到懷安衛協防，國公爺會留在宣府坐鎮……瓦剌人去歲秋糧歉收，今冬又起過內訌，我感覺他們撐不了幾天就會撤兵。」

看著他篤定的樣子，楊妧便沒多話，仍舊回到東廂房。

兩只封紅，給楊妧的是對筆錠如意的銀錁子，給楚恆的則是隻駝鹿角的扳指，用紅線繫著。

楚恆扔下銀鈴鐺，一把將扳指搶在手裡，無師自通地套在大拇指上。

清娘高興極了，誇讚道：「好小子，以後肯定跟世子爺一樣有手好箭法……比世子爺箭法還要高明。」

楚恆咧嘴「啊啊」喊著，像是聽懂了似的。

有過去年的經驗，楊妧並不驚慌，只是白天約束了下人少到外面走動，晚上則早早落鑰鎖門。

宣府的百姓倒很淡然，鞭炮聲、嬉笑聲持續不斷，一派喜樂。

過完上元節，承影回稟說瓦剌人圍守七日，終於退兵，萬安左衛安然無恙。

楚釗派人往朝廷遞送了捷報。

楊妧問起楚昕，楚釗只簡單地答了句。「見明跟延江仍在萬安左衛，還要耽擱些時日才能回來。」

這一耽擱就是兩個多月。

柳葉已經舒展出修長的柳條，桃花灼灼地綻放在枝頭，楚恆脫下冬天臃腫的襖子，換上了輕便的春裝，能夠扶著柳絮的手戰戰兢兢地學著邁步了。

楚昕仍未回來，而楊妡又收到了關氏的家書。

楊嫿夫妻在頭條胡同待了幾日，覺得人多噪雜各種不便，趙氏讓楊婉將兩人接到長興侯府居住。

陳彥明在外面跟士子們賦詩聯句，楊嫿再度神不知鬼不覺地與陸知海滾到了一起。事情敗露，陳彥明一紙休書扔到楊嫿頭上。

趙氏不再像前世對待楊妡那般上門指著楊婉的鼻子罵，反而極其乾脆地把楊嫿送回楊家老宅。

原本事情到此，陸楊兩家各自按住不提也就罷了。

偏生陸知萍回娘家，扠著腰桿罵楊婉既沒本事攏住陸知海的心，又沒有手段管束府裡下人，還含沙射影地編排楊家教養不好，不知羞恥。

楊婉早就受夠了陸知萍的指手畫腳，頓時發作起來。兩人先是對罵，後來摔茶盅摔盤子，陸夫人本想偏幫自家閨女，可看到楊婉一副豁出去的架勢，不敢多言語，乾脆兩眼一閉裝暈過去。

經過這一戰，楊婉如願和離了，但經過陸知萍的宣揚，楊家的名聲卻一落千丈，陸家也沒好到哪裡去，算是兩敗俱傷。

令人可惜的是楊懷安，秦氏正張羅替他說親，本來有幾戶主動示好的人家，都沒了動靜。

信末，關氏不無惋惜地說：「那位秦娘子性情極溫婉，長得也漂亮，真是可惜。妳大堂兄原本想活動著留京，現在看來還是外放避避風頭為好……得虧妳不在京都，這些事情牽連不到妳頭上，否則即便三房已經跟長房分了家，說出去還是同一個楊字。」

楊妧深以為是。

這一地雞毛蒜皮的家務事，單看關氏的信都讓她覺得窒息了。假如真在京都，她即便不想摻和，也擋不住別人找上門。

過完端午節，楚恆不用人扶就能走得很穩當了，每天邁著小短腿歡快地在園子裡捉蟲子折花草。

期間，楚釗跟楊妧解釋，楚昕跟周延江追著土拉特部落殘餘北去，正月在張北一帶活動，三月傳過一次信回來，是在賽汗山附近，這兩個月音訊全無。

他先後派出四批人到賽汗山，只尋到過一點蛛絲馬跡，而再往北就是瓦剌腹地，他不能讓將士們以身犯險。

楚釗認為楚昕定是安然無恙，否則瓦剌人必定會抬著屍身或者押著楚昕前來談判。

楊妧咬緊下唇，默了片刻才開口。「父親說得對，表哥是有福報之人，他跟護國寺幾位和尚甚是投契，定會得佛祖護佑。」

話雖如此，楊妧還是一天天消瘦下來。

白天，她笑意盈盈地逗恆哥兒玩，面色自若地安排著府裡各項事宜。夜裡，則點了蠟燭抄《金剛經》，一直抄到將近夜半才歇下。

不知不覺已是六月。

楊妧趁早上天氣涼爽，帶清娘去同安街。

范三爺每隔兩個月往宣府發一次貨，直接送到衣錦閣，前幾天剛送了夏天的布料過來。楊妧要去查點一下數目，順便拿幾疋面料輕薄的給恆哥兒做小衣。

剛進衣錦閣，一股涼意迎面而來，讓人神清氣爽，牆角擺了兩個冰盆，絲絲往外冒著白氣，有七、八位婦人正挑選布料。

常掌櫃神情殷勤地給婦人介紹。「……金陵范家妳們肯定都知道，是欽點的皇商，皇上和宮裡的娘娘都穿用范家布料。您幾位瞧瞧這玉生煙，真正是步步生煙，往年可沒有縹色和煙霞色。我們東家跟范家是知交，范家剛染出這兩種顏色立刻運了過來。在宣府，我們可是獨一份，不信您往別家鋪子瞧，若是別家也有這種布料，我雙倍銀子賠給您。」

縹色像淡青，卻比淡青嬌嫩，隱隱帶著點綠，正適合夏季穿用。而煙霞色捲在一起像酡紅，若是抻開，那股紅彷彿被風吹淡，呈現出一種輕柔飄渺的粉，非常漂亮。

被常掌櫃鼓動著，幾位婦人都選了這兩種顏色並其他幾種布料，心滿意足地離開。

楊妧莞爾。

常掌櫃捋著羊角鬍迎過來，笑著招呼。「夫人見笑，生意人除了貨品要好，嘴皮子也得勤快，多說幾句好聽話，客人銀子掏得痛快，咱們也高興。」抬手指著長案上的布。「都是前幾天剛收到的貨，極好賣，才三、四天的工夫已經賣出去上百疋了。早知道應該請范三爺多運些過來，可惜夏天的布料是來不及了。八月底發貨時，我想多要幾車，像各色綢布緞面，都不愁賣。」

「您看著做主便是。」楊妧應聲好，指著縹色的綃紗道：「我要一疋，再有素絹、絲麻和細棉布也各要一疋，不拘什麼顏色，孩子貼身穿著舒服即可。」

常掌櫃聽著，一一吩咐夥計找出來。

楊妧略略跟常掌櫃談了幾句，見夥計已經將布疋搬到車上，也跟著走出鋪子。

在鋪子裡待久了，乍然站到太陽下，只覺得熱浪直撲面門，楊妧緊走幾步正要上車，忽聽馬蹄聲響，一匹棗紅馬捲著塵土從西邊疾馳而來。

第一百五十二章

馬馳得極快，行在鬧市裡如過無人之境，轉瞬來到楊妧跟前。馬背上的人縱身躍下，不等楊妧反應過來，已經展開長臂將她抱進車裡。

楊妧驚慌地盯著面前這人，膚色黝黑，頭髮凌亂，下巴鬍碴足有一寸多長，眼窩深深地凹陷著，眸光卻十分亮，像是燃燒著一把火。

「妧妧，」楚昕啞聲低喚。「妧妧別怕，是我。」伸手觸一下她嫩滑的臉頰，隨即縮回去，無措地在衣衫上蹭了蹭。

楊妧這才注意到他的手，粗糙得像是老樹皮，指腹皴裂著口子，指甲被磨得又禿又短，身上的裋褐破亂得連乞丐都不如。

這是國公府裡那個小公雞般漂亮且驕傲的世子？是她英武偉岸卻又不失俊俏的夫君？

楊妧既心酸又覺氣惱，用力咬了唇，抬眸瞧著他。「你還知道回來？」

「是我錯了，我應該告訴妳一聲，可是……妧妧，回家妳怎麼罰我都可以，只別不理我。」

楊妧「哼」一聲。「傷著沒有？」

「沒有、沒有，真的毫髮無傷，就是蹭破點皮。」楚昕心虛地往車邊縮，目光卻貪婪地落在楊妧臉上。

她穿了件顏色極淡的淺丁香杭綢襖子，搭配緋紅色繡折枝梅的馬面裙，墨髮梳成簡單的圓髻，鬢角戴一對小巧的珠花。

這件襖子楚昕見過，成親那年楊妧裁的，原本穿在身上很合適，現在卻有些空蕩蕩，軟軟地貼在她身上，使得那抹纖細的腰肢盈盈不堪一握，比他離家前瘦了許多。

楚昕心頭重重地撞了下，伸手捉住楊妧的手，緊緊包在掌心。「妧妧，是我錯了，不該以身犯險讓妳擔心。」

楊妧不語，只任由他握著。

沒多大工夫，馬車徐徐停在總兵府門前。

楚昕想鬆手去掀車簾，楊妧卻握得緊，不肯鬆開，那雙大大的杏仁眼裡蘊著些許濕意，彷彿細雨中的江南風景，繾綣纏綿。

楚昕眼眶酸澀得難受。

他用力握一下她，輕聲道：「妧妧，咱們先回家。」

跳下車，回身又將楊妧抱下來。

楚釗站在府門等著，瞧見兩人緊扣在一起的雙手，默默嘆口氣，溫聲道：「好生歇兩天，緩過來之後，我另外有事跟你商量。」

楚昕點頭應著。

在人前，楊妧尚能維持著鎮定，回到屋裡便撐不住，抿了唇，四下打量著尋雞毛撢子。

楚昕腿腳靈便，先一步拿在手裡，笑著遞給她。「妳打吧。」

楊妧高高舉起雞毛撢子，遲遲沒有落下，眼淚卻順著臉頰不間斷地往下淌，無聲無息地落在襖子上，很快湮出一小片痕跡。

楚昕張臂將她摟在懷裡，吻像雨點般落在她額頭、眼角，而後下移，貼在她唇上。

楊妧環住他腰身，哭得泣不成聲。

半晌，楚昕鬆開她，柔聲道：「我身上髒，先去洗洗。」

楊妧抽噎著應了。「要不要我幫你洗頭？」

「我先洗，等會兒叫妳。」楚昕笑笑，手指撫上她臉頰。「中午做什麼飯，想吃炸醬麵了。」

楊妧擦擦淚珠。「那就吃麵。」

趁著楚昕洗浴的工夫，楊妧把他的換洗衣裳找出來，又往廚房瞧了瞧。

廚房裡原本燉著雞，聽說要吃炸醬麵，杜嬤嬤立刻淨了手在和麵。

楊妧道：「把雞絲撕出一盤子，放點黃花菜，冷水來不及，用溫水泡發……再備一葷一素兩道菜就好。」

杜嬤嬤問道：「素菜好辦，現成的菜心和茄子。葷菜要費工夫，用鍋裡的雞肉燉菇子可好？等下午再去肉鋪轉一趟，買些骨頭、大肉回來。」

六月天，買太多肉放不住，都是現買現吃。

楊妧應聲好，仍舊回到東廂房，到內室隔著屏風聽了聽，不見動靜。她繞進去，就見楚昕闔著眼斜靠在木盆邊，手裡攥條帕子，已經睡了過去。

好在水仍是溫著。

楊妧心酸不已，輕手輕腳地過去，剛要給他解開束髮的綢帶，楚昕倏地睜開眼，手指如電已攥上楊妧手腕，見是她，眸中冷意恍若冰雪瞬間消融，隨即湧上一股不安。「妳手疼不疼，我瞧瞧？」

楊妧腕間一道紅印，因她肌膚白淨，顯得格外驚心。楚昕眸裡浮起濃重的歉意。「是我不好。」

「沒事，又不疼。」楊妧笑著催促他。「快坐好，我給你洗頭。你多久沒睡覺了？」

楚昕仔細看了看她的手腕，這才轉過身，徐徐回答。「記不清了，可能七、八天或者十天？」

離宣府越近，大家心裡越興奮，若非馬匹受不了，他們壓根兒不想休息，恨不得插上翅膀飛回來。

正月裡，周延江逞一時之勇非要追著土拉特打，楚昕雖覺不妥，可攔阻不下，只能硬著頭皮跟上。

土拉特一路逃，他們一路追，追到賽汗山時，土拉特兩千多人的隊伍只剩下兩、三百人。

他們因為地形不熟，也吃盡了苦頭。最凶險的那次，他們遇到另外一個部族，被土拉特和圖姆汗前後夾擊。

那個夜晚，沒有月亮也沒有雲彩，他們疲倦地躺在地上，看著墨藍色天空繁密的星辰，等待天亮的最後一搏。

周延江說他不怕死，反正兩眼一閉什麼都不知道，可他還沒娶媳婦呢！顧夫人答應等他立下功業，就給他說門好親事，挑個相貌漂亮知書達禮的媳婦。

楚昕也想到楊妡。

在護國寺後山，她說：「要是你不在了，我肯定不會守望門寡，我立刻找人嫁了。」還有次是成親之後，她被夢魘住，再三叮囑他。「你是最珍貴最重要的，不管發生什麼，都不值得你以身犯險。」

他要活著，無論怎樣都要活著，活著才可能跟楊妡廝守。

楚昕放下飯碗便睡去。

這次倒是睡得沈，連楊妡給他修指甲，給他掀開衣裳上藥都沒察覺。睡到晚上迷迷糊糊地睜開眼，喚了聲「妡妡」，見楊妡在他身邊，頭一歪又闔上眼。

懵懂之中，聽到女人輕柔的聲音。「爹爹尚未起身，娘要等爹爹吃完飯才能陪恆哥兒。

恆哥兒跟柳絮一起，折兩朵最漂亮的花兒給娘看看，好不好？」

楚昕睜開眼，瞧見頭頂米白色繡竹葉的帳簾，身側是疊得整整齊齊的寶藍色長袍，袍襟上是一叢小小的鳶尾花。

窗扇洞開，夏日暖風徐徐而入，吹著帳簾輕輕晃動，也帶來了月季花的清香。

女人的聲音像玉石相撞，細碎卻清脆。「要不恆哥兒去捉隻蝴蝶或者陪娘一起等爹爹？爹爹打仗剛回來，很辛苦，怕是還要再睡會兒。」

這是他的家，是他跟楊妧的屋子。她就在窗外，哄著他們的孩子。

楚昕唇角彎起連他都未曾察覺的溫柔笑意，手腳俐落地穿好衣衫走出門。

楊妧坐在梧桐樹下的石凳上，她的面前站著個明顯不太開心的小娃娃。

聽到腳步聲，母子倆同時轉過頭。

楚昕急走兩步半蹲在楊妧身邊，溫聲問道：「恆哥兒想去園子裡玩？」

楚恆身量不足三尺高，穿月白色銀條紗襖子靛藍色綢面褲子，手裡拎只小小的竹簍，烏溜溜黑漆漆的瞳仁裡滿是好奇，完全不怯生。

楊妧撫著楚恆後背。「這是爹爹，你給爹爹請安。」

楚恆還不會說話，卻能聽懂話音，聞言放下竹簍，兩隻肉乎乎的小手合在胸前有模有樣地揖了下。

楚昕心軟如水，張臂抱起楚恆，高高舉在頭頂上。楚恆半點不害怕，反而笑得歡暢，眉眼彎起，像極了楚昕孩提時的模樣。

父子倆玩過片刻，楚恆已對楚昕生出依戀之心，小手揪住楚昕的衣襟不放，就連吃飯，楚恆也在桌旁等著，大眼睛一瞬不瞬地盯住楚昕打量，生怕一眨眼，父親就會消失不見。

清娘直嘆。「到底是親爺倆，父子天性。」

飯後，楚恆不再纏楊妧，而是牽著楚昕的手，挖會兒土，折幾支花，又讓楚昕舉高高，摘了兩顆已經變黃的杏子。

那幾株杏樹開花非常漂亮，果子卻不好吃，楚恆咬一口，「哇」地苦了臉。楊妧忙讓他吐出來，斜眼瞧著楚昕嗔道：「都怪你，那樹上的杏子根本沒法吃。」

楊妧今天穿得也是素淨，月白色素絹襖子，淡綠色撒花羅裙，裙襬零星灑著幾朵粉色小花，烏黑亮澤的髮髻旁戴著昨天那對珠花。氣色卻明顯比昨天好，臉頰白淨透著紅潤，杏仁眼裡亮晶晶地閃著光。

雖然在嗔惱，可腮旁梨渦時深時淺漾出由衷的笑意。

楚昕目光一絲絲變得火熱，他彎下腰身，俯在楊妧耳畔道：「怪我，我給妳賠不是。」灼熱的氣息直撲過來，很快在她臉上暈染出淺淺紅暈。

楊妧低「哼」一聲。「你該給恆哥兒賠不是。」

「我上午陪他玩，算是將功補過，中午陪妳歇晌……我這鬍碴長了，妳幫我剃掉。」楚昕摸著下巴，聲音越發放得低，又帶了些啞。「以免扎得妳疼，好不好？」尾音略略上揚，其中意味不言而喻。

楊妧抬眸，正對上他的目光，那雙眼眸幽黑深邃，彷彿一汪深潭，而潭底情潮湧動，熱切得毫不掩飾。

楚昕伸手遮住她的眼，輕聲道：「別這樣看著我，我怕忍不住親吻妳。」

「討厭！」楊妧面紅耳赤，猛然打落他的手，抱起正蹲在地上奮力挖土的楚恆。「這會兒熱了，咱們回去喝口水。」

楚昕無聲地笑，急走兩步追上他們，伸手將楚恆接到自己懷裡。

這次賠禮，楚昕用足了誠意，不但細心而且耐心。

楊妧筋疲力盡地躺在床上，渾身如同散了架子一般，腮旁嬌豔的紅暈卻彰顯出內心的滿足。

這久違了的歡愛彷彿田野裡習習吹來的微風，又彷彿湖面上層層盪漾的漣漪，舒服得讓她不知身之所在。

一覺醒來，天色已全黑，案桌上一燈如豆，發出瑩瑩光輝。

楚昕坐在燈前凝神看著手裡書冊，濃眉蹙著，雙唇緊抿，有種岳峙淵渟的氣度，而身上家常的細布道袍讓淡定中又多了幾分隨意，像是魏晉時期的潑墨山水畫。

楊妧看得出神。

楚昕猛然回過頭，楊妧做賊般趕緊收回目光，楚昕卻已起身走來，唇角噙一絲笑。「又偷看我？」聲音醇厚低柔。

先前靜止的山水畫驟然生動起來，似乎能聽到泉水叮咚，禽鳥低鳴，以及太陽曬過青草地那種獨有的清香。

楊妧心頭怦怦亂跳，卻強作鎮靜地反駁。「我是正大光明地看。自己的夫君，難道不能看？」

「自然能。」楚昕笑意更甚，眸光猶如夏夜星子。他伸手扶她靠在迎枕上，聲音溫柔帶幾分戲謔。「該餓了吧，等吃過飯再讓妳仔細看，餓著肚子沒力氣。」

楊妧狠狠瞪他兩眼，穿好衣裳起身，將頭髮結成三股辮鬆鬆地綰在腦後。

廚房送來飯。楚昕給楊妧盛一碗飯，給自己盛了半碗，笑著解釋。「先前帶恆哥兒陪父親吃過，父親誇妳把恆哥兒教得很好，還給了把沒開刃的短匕，抓周時候用。父親還說這陣子妳操持家務辛苦，給我三天假……我想這幾天都在屋裡陪妳可好？」

楊妧嗔道：「我才不用你陪，後天恆哥兒滿周歲，得把抓周的東西備好。」

「這個交給我操辦。」楚昕爽快地把差事接了過去。

接下來兩天，楚昕盡心盡力地陪伴服侍楊妧，楊妧累得渾身酸軟，楚昕卻精神抖擻意氣風發，眉梢眼底盡是春色。

抓周是在演武場，地上鋪了油布，再鋪張薄毯，上面擺著各樣器具玩物。

因為楚昕主動要求張羅，楊妧沒多過問，牽著楚恆的手走到近前才看清擺放的東西。

有木刻的刀劍，有泥塑的陣盤，有兵書陣法，再有兩樣紙筆和楚釗送的那柄鑲嵌了寶石的短匕。

楊妧見過好幾個孩童抓周，都是不拘書籍筆墨、秤桿算盤還有什麼金元寶象牙笏都可以擺上去，而楚昕……敢情楚恆將來只能舞刀弄槍？

清娘卻很興奮，把木刀遞給楚恆。「小少爺，這個好。」

楚恆無動於衷地掃兩眼，沒接，拿起短匕摸摸上面的瑪瑙石，放下了，又四下打量番，把木劍抓起來挾在腋下，另一手攥本兵書，走到楚昕身前，咧開嘴獻寶般遞給他。

圍觀的侍衛們一陣歡呼。「小少爺文韜武略樣樣不凡，長大肯定掛帥印！」

楚釗默默捋著短髯，閃亮的眸光已經透露出心裡的歡喜。

楚昕張開雙手高高地舉起楚恆，笑道：「好小子，以後祖父教你兵書，爹教你劍法。」

楚恆笑得歡暢。楊妧輕輕點一下楚恆腦門。「小沒良心的。」

往常楚恆喜歡纏著她，這幾天她因為身體乏累，沒想到，臭小子竟然貼向楚昕了。

可楚家子孫歷代都要戍邊衛國，不管楚恆抓到什麼，習武是必然的，這下也是皆大歡喜吧！

楊妧給秦老夫人寫信詳細描述楚恆抓周的情況，又提起含光的親事，請老夫人幫忙物色一個處事穩重品行好的姑娘。

原本楊妧打算在柳葉、柳絮等人裡面挑，可含光想找個歲數大點，他不在家的時候能夠擔起事情，柳絮和柳葉她們都十五、六歲，年紀小了些。

含光是楚昕身旁得力的人，秦老夫人眼光老辣，讓她做主最合適不過。

半個月之後，秦老夫人回了信，說紅棗跟石榴都已許了人，府裡十八、九歲及二十出頭的只有青藕和紫蘇還算出挑，可張夫人離不開紫蘇，青藕的娘老子不願女兒跟到宣府去。

而文竹雖然剛十七，可她在瑞萱堂伺候了六、七年，經過的事情可不少，加上性子開朗言語活潑，跟含光正合適。若是含光願意，老夫人就替文竹置辦副嫁妝。

信上又說楚映也懷了孩子，已經四個月了，總惦記著找人說話，也想瞧瞧恆哥兒相貌是隨楚昕還是楊妧。

話裡話外透露出讓楊妧回去。

楚昕跟楚釗商量之後，對楊妧道：「現下軍裡太平，天氣也不太熱，我替父親面聖，正好陪妳回京。」

楊妧應聲好，給秦老夫人回了信，馬上收拾了行李出發。

說起來，楊妧還是頭一次和楚昕一起出門，路途依舊先前的路途，景色也是原本的景色，可有親近的人在身邊，那種感覺全然不同。

再加上有個楚恆鬧騰著，單調的路途憑空增加了許多熱鬧。

進城的時候是午後，陽光正熾。

秦老夫人剛歇完晌覺，按理說應該精神不錯，可她臉上卻帶著明顯的疲態，頭髮也白了許多，比起兩年前楊妧離開時老了好幾歲。

看到楚昕，秦老夫人只是紅了眼圈，可等瞧見跟楚昕相貌一般無二的楚恆，老夫人再忍不住，俯身將楚恆抱在膝頭，淚水簌簌而下。

第一百五十三章

楊妧很能體會秦老夫人的心情，陪她落會兒淚，尋個空子找了荔枝問道：「老夫人看著比往年憔悴，林醫正怎麼說，脈象可好？」

荔枝梳著婦人髮髻，顯得老成了許多，話仍是不緊不慢的。「去年都還好，這半年夜裡總睡不安生，點了安神香也沒用。林醫正給了瓶安神丸，讓實在睡不著的時候吃上一丸，但也不能天天吃，間隔三五天吃一次……世子夫人回來就好了。」

楊妧聽出她話裡有話，壓低聲音問：「怎麼回事？」

荔枝抿抿唇，略帶不忿地說：「三月裡，國公夫人出門赴宴，路上遇到了張家二太太，也不知說了什麼，這兩個月，隔幾天就打發人送東西。老夫人說張家過得淒惶，夫人願意貼補且由著她，左不過夫人手裡銀錢有限，幾時貼補完了也就消了心思。可上個月大姑奶奶懷了身子，夫人過府去瞧，說姑爺眼下沒人伺候，不如將張二姑娘接了來，也免得姑爺在外面尋花問柳……」

張二姑娘就是張珮，比楊姮還大兩、三個月。

自從秦老夫人將張家人趕走之後，楊妧再沒打聽她的消息，沒想到仍舊待字閨中，想必是被家裡各種不著調的事情連累了。

但依她的條件，如果真心想嫁，尋個家世普通的老實人也不難。張夫人是被豬油蒙了心，還是覺得楚映的日子過得太舒服，竟然打起這種主意。

可想而知，秦老夫人會是如何生氣。

楊妧都恨得牙根癢。

荔枝接著道：「老夫人把國公夫人禁了足，又吩咐正房院不管是誰，不管因著何事，一概不許出二門。只是大姑奶奶被氣著，懷相不太好，連著吃了好幾天保胎藥。前日老夫人又請周醫正往梯子胡同去了趟，說是見好，但平日要多加注意，切不可勞累，更不能著急上火。」

楊妧聽罷，長長吸口氣，臉上掛出個笑容仍舊進了屋。

秦老夫人獻寶般擺了滿炕的金葫蘆、玉佛手、桃木雕成的猴子，湘妃竹刻的長壽龜等各樣玩件，楚恆彷彿置身於寶庫中，小手撥拉來撥拉去。

楊妧看得目瞪口呆，推一把楚昕，嗔道：「都是祖母收藏的金貴物件，不當心打破了可怎麼好，你也不攔著點？」

秦老夫人渾不在意地說：「東西就是給孩子玩的，打破就破了，再去淘弄新的。恆哥兒慢慢挑，喜歡哪樣就拿走。」

楚昕道：「他哪裡知道喜歡什麼，還是先收起來，等長大了再說。這會兒給他柄木劍就高興得很。」說著哄了楚恆放下手裡玩件，讓丫鬟收好。

楊妧便說起抓周的經過。「見明最會糊弄人，不說放官印虎符，至少擺本《春秋》、《論語》。他倒好，孔孟之道什麼的都沒有，十八般武器卻樣樣不落。」

楚昕微笑著聽她數落自己，眸底盡是溫柔。

秦老夫人看在眼裡，笑容不由自主地漾出來。

幾年不見，楚昕膚色黑了，不如往年細嫩白淨，性子卻沈穩謙和了許多，說話鏗鏘有力擲地有聲，讓人無法忽視。這樣的他定然能支撐起楚家家業，不墜祖宗聲名。

更重要的是，他眉眼間寫滿了順心如意，這都是因為娶了個好媳婦。

思及前世楚昕孤僻桀驁的性子，秦老夫人看向楊妧的目光充滿了慈愛和感激。

她跟著斥責楚昕。「家裡的事情還是讓四丫頭做主，你多聽從她的意見，別自作主張。」

楊妧瞟眼楚昕，得意地「哼」了聲。

楚昕迎著她的視線，唇角彎成美好的弧度。「祖母給妳撐腰，以後我唯妳馬首是瞻。」話語中別有意味。

楊妧俏臉一紅，忙掩飾般低下頭。

前兩天歇在客棧，楚昕便說讓她掌舵，而他任她為所欲為。

那種前所未有的感覺……她一時忘形咬在楚昕肩頭，適才換衣時，那圈齒印還非常明顯。

敘了會話，秦老夫人道：「一路奔波，你們怕是累了，往前頭給你娘請個安就回去歇著。晚飯好了，我打發人去喊你們。」

去正房院的路上，楊妧簡短地把荔枝的話提了提，楚昕沈默片刻，低聲道：「待會問了安，妳帶恆哥兒先回屋，我跟娘多聊會兒。」

楊妧是兒媳婦，又不怎麼被張夫人待見，最好還是避開，免得平白沾一身腥。而楚昕是親兒子，言談即便不太好聽，張夫人也不會見怪。

楊妧應聲好，抬眸瞧見楚昕髮間不知何時落了片草屑，遂抬手摘了去。

楚昕展眉微笑，順勢捉住她的手，緊緊地攏在掌心，直走到正房院門口才鬆開。

進門又是一番契闊。

張夫人相貌仍舊美麗動人，只稍微有些憔悴，眉眼間怨氣十足。倒是三歲的楚暉天真爛漫，穿件寶藍色緞面直裰，肌膚雪白，瞳仁烏黑，非常可愛。

反觀楚恆，因為在外面跑動多，不若楚暉白淨。兩人站在一處，眉眼足有五、六成像，不似叔姪，更像兄弟。

楊妧笑道：「恆哥兒長大可以跟二叔一道進學習武，要多向二叔請教。」

張夫人面上露出一絲得意。「暉哥兒能背好幾首唐詩，三字經也能背好長一段。」

楊妧附和著誇讚幾句，便依楚昕所言，早早告退。直到暮色四合，瑞萱堂擺了飯，才又見到張夫人。

她重新梳過頭，臉上也塗了脂粉，卻掩藏不住眼底的紅腫，看起來像是哭過。

楊妧探詢般看向楚昕，楚昕彎起唇角朝她笑了笑。

有楚暉和楚恆兩個小孩子在，這場家宴充滿了童趣與溫馨。

菜餚精緻豐盛不說，還有罈甘甜醇厚的桃花釀。

秦老夫人上了年紀喝不太多，張夫人沒心情，只淺淺喝了一盅，楊妧跟楚昕為了湊趣，一盅接一盅地喝。

楚昕跟喝甜水似的，半點異樣都沒有，楊妧卻兩腮生暈，眸裡柔波瀲灩。

秦老夫人看出她有了醉意，笑著催促楚昕。「讓恆哥兒在這兒再玩會兒，你帶四丫頭回去歇著，夜裡可不許鬧她。」

楚恆平常大多跟柳絮睡，並不纏楊妧。

楚昕叮囑柳絮幾句，牽了楊妧的手往外走。

月亮如銀盤，灑下遍地清輝，鏡湖邊上的柳枝被風吹拂，攪動著湖面漾起細小的波紋，彷彿閃耀著無數光點。

過了鏡湖不多遠就是霜醉居。

這條路楚昕再熟悉不過。曾經好長一段時間，他早早進內院，躲在柳樹後面朝霜醉居張望，等瞧見楊妧身影便急匆匆地迎上前假作偶遇。

想起那些時日，楚昕心中柔情滿溢，不自主地彎起唇角看向楊妧。

月色下，楊妧的面頰瑩潤如玉，一雙黑眸映著皎皎月色，亮得驚人。

楚昕停步，柔聲道：「妧妧，我揹妳回去。」

矮了身子待楊妧俯上去，才慢慢走著，一邊道：「外祖母過世前，告訴娘，如果遇到為難的事情去找兩位舅舅。舅舅和舅母也都滿口答應會盡心照看娘，所以娘把舅舅家裡看得格外重……我已經仔細跟娘談過，她知道事情做得不妥當，以後不會再跟二舅母往來。」

楊妧自不會對婆母說三道四，只默默聽著楚昕低聲細語，感受著他寬厚的肩膀、有力的手臂還有自單薄衣衫下絲絲縷縷傳來的暖意。

她不怕婆婆苛責小姑難纏，更不怕瑣碎的家務事。前世長興侯府跟亂麻似的，她都游刃有餘，何況楚家向來有章法，凡事按照前例忖度即可。

她所求不過是值得。楚昕愛她寵她，那麼她也願意拿出十足的誠意幫他釐清這些瑣事。

月亮似乎升得更高了，將兩人的影子縮成小小的一團，匯在腳前。

楚昕步履穩重，聲音卻越發低柔。「明天我進宮面聖，如果回來得早，咱們便去四條胡同瞧瞧岳母；要是過晌才回，那就後天去。下午咱們去同寶泰鑲簪子，順便給小嬋添幾樣首飾戴，再給懷宣買些紙筆。轉眼間，小嬋長成大姑娘了。」

「可不是，」楊妧俯在他耳畔，唇角彎起。「已經十一歲了。」

去年楊嬋就不跟范宜修他們一起讀書，而是被關氏拘在家裡學針線，只是仍然不開口。關氏懷疑楊嬋會出聲，因為有天楊嬋夢魘，「啊啊」喊了好幾聲，雖然啞，卻很響亮。

但楊嬋不肯說話，別人也沒辦法。

好在她一筆簪花小楷寫得又快又好，與人溝通倒是無礙，而且出落得非常漂亮，就連秦氏跟趙氏也不再嫌棄她。

接下來幾日，楊妧馬不停蹄，先去四條胡同看望關氏和范二奶奶，又去梯子胡同開解楚映，再到余閣老家拜訪錢老夫人。

楚昕總是陪著，或者在外院喝茶，或者乾脆就在門外等，半點不耐都沒有。

跑了七、八天，楊妧便撐不住，眼底有了明顯的青色。

楚昕去找顧常寶。「阿妧車馬勞頓，還沒歇過來，又連著各家拜訪，累得都瘦了。余大娘子閒在家裡沒事，不如讓她辦場宴請好了，想見的人都請過來，免得阿妧四處奔波。」

「那不成，」顧常寶梗著脖子道：「你媳婦你心疼，我的媳婦我還心疼呢。阿梅天天在家伺候臭小子，哪裡閒著了？」

余新梅是臘月生的孩子，也是位少爺，才剛八個月。

這兩年，顧常寶祿米的差事做得順風順水，手頭銀錢足，心情也舒暢，整個人胖了一圈，像是剛出鍋的包子，皮膚白而細嫩，臉上自帶三分笑意，跟楚昕站在一處，越發顯出楚昕面龐凝肅。

楚昕面無表情地說：「我已經決定了，明後兩天你準備一下，大後天我們到你家赴宴。」

顧常寶氣得跳腳。「真不要臉，沒有你這麼霸道的！」

余新梅卻體恤楊妧辛苦，欣然答應，請示顧夫人之後，忙不迭地喚丫鬟進來寫帖子，又趕著送了出去。

她所請的不過是明心蘭、孫六娘、何文秀等六、七人，大家往年相處得都挺融洽，得知楊妧回來，俱都答應了。

已是八月，天氣漸涼，顧家花園裡的桂花樹綻出米黃色的蓓蕾，空氣裡瀰散著清甜的香氣。

余新梅把席面擺在湖邊的金桂軒，迎面是開闊的湖水，旁邊則是兩樹桂花，幾多清雅。

大家都帶了孩子來。

明心蘭是一兒一女，女兒一歲半，兒子剛過了百天，被包在襁褓裡。孫六娘家的也是姑娘，比余新梅的兒子大兩個月，雖然還站不太穩，卻已經會喚「爹爹」、「娘」了。只有何文秀因為成親時日短，尚未有孕。

何文秀嫁的是太常寺少卿的嫡次子孟越，正是前世楊婉的夫君。

對何文秀來說，應該算是低嫁，但孟越為人大度且謙和，連楊婉那般暴躁的性子都能包容，跟何文秀相處會更加和睦。

這時，孫六娘跟余新梅討論起孩子長了幾顆牙，明心蘭低聲細語地告訴何文秀怎樣更容易有孕。楊妧捧一杯清茶，看著自己這幫已經嫁了人的朋友，悄悄地彎起了唇。

這一世，明心蘭日子依舊過得舒適，余新梅卻不必應對那個軟飯硬吃的男人，何文秀雖然未能嫁進皇家，可誰能說她的日子比前世差？

而她自己……在湖的另一側，楊柳堆如煙的地方，楚昕是不是在垂釣？

他說顧家湖裡養了烏鱧，味道鮮美而且刺少，他要多釣幾條帶回家清蒸給恆哥兒吃，也不知釣上來沒有？

這時，下人們把飯菜擺了出來。

因為有好幾個幼童，廚房裡特地蒸了蛋羹，是將剛釣上來的烏鱧剔除魚刺，只把細嫩的魚肉剁成魚茸，混著蛋液蒸，出鍋之前淋幾滴醬油，再灑少許菜心末。

不但孩子們有，大人這桌也每人有一碗。

楊妧看著蛋羹金黃，菜心青翠，拿起羹匙正要挖，忽然聞到股說不出的腥氣，胃裡一陣翻湧。她急忙放下碗，走到門外深吸口氣。

桂花的清香多少緩解了胃裡的噁心。

余新梅看在眼裡，跟出來問道：「看妳臉色不好，怎麼了，哪裡不舒服？」

楊妧笑著搖頭。「沒事，這幾天吃太多，聞到腥味有點膩。」

「妳不是最愛吃魚？」余新梅若有所思地看著她。「妳會不會有了？按說恆哥兒已經滿了周歲，妳也該再生一個了。」

第一百五十四章

回到覽勝閣，楊妧先讓清娘試了脈，有七、八成的可能是喜脈。

楚昕坐在窗前，目光深沈地望著窗外樹木。

初秋時節，枝葉仍是蔥翠，被夕陽的餘暉映著，像是鍍了層金邊，絢爛中透一絲說不出的蒼涼。

楊妧默默地遞上一盞茶，楚昕抿一口放在長案上，順手將楊妧攬至身前，結結實實地抱緊了，柔聲道：「這幾天是不是累了？」

「有點。」楊妧看著他雙眸，抬手撫著他下巴的髫碴，輕輕點了點。「不高興？」

楚昕將臉埋在她掌心，悶聲道：「先前欠的還沒補上，又得熬好幾個月。」話語裡帶幾分不滿，像是扭著身子要糖卻被大人拒絕的孩子。

分明先前跟忠勤伯及顧家二爺告別時，他還是談笑自若雲淡風輕，現在又變成另一副模樣。

楊妧很喜歡這種只有在她面前才表露出來的孩子氣的任性，彎了唇低聲哄他。「那今天夜裡……我聽你的？」

「真的？」楚昕猛然抬眸，眸光亮如星子，又有幾分不確定。「行嗎？」

楊妧白他兩眼。「若是沒有把脈，難不成還會鬧著？」眉眼微垂，腮邊暈出淺淺的霞色，聲音低若蚊蚋。「你不能太放肆。」

楚昕笑著在她臉頰蹭兩下。「我曉得輕重，不會亂來。」

這幾個月，兩人久別重逢，終於有機會將諸般姿勢一一演練，越發食髓知味。而楊妧礙著楚恆每早要過來，總是心存謹慎，現在她應允願意縱著他，楚昕當然不會放棄這個機會。

一夜曉枝滴甘霖，花蕊承雨露，隔天，楚昕仍舊早早起來，先打了兩趟拳，沖過涼，披著半濕的頭髮走進屋。

楊妧剛起身，正坐在妝檯前讓柳葉梳頭。

她今天穿了件茜紅色滿池嬌褙子，鮮亮的顏色襯著白淨的臉頰明媚嬌豔，頭髮綰成頗為奇特的十字，正中簪著把赤金雕著百花勝錦的梳篦，兩邊各垂一串赤金梅花花串。

柳葉見楚昕進來，識趣地退了出去。

楚昕上前，抬手撥兩下花串。花串晃動，在楊妧鬢邊蕩起小小的弧度，平添幾許靈動。

楊妧白他兩眼。「別鬧，這是京都新近時興起來的髮式，特地讓柳葉跟孫六娘的丫鬟學的，好不好看？」

「好看。」楚昕毫不猶豫地回答，目光掃向她櫻紅的雙唇，臉上自然而然地帶出溫柔笑意，聲音略帶了些啞。「怎麼梳成這個形狀的？妳告訴我，下次我幫妳梳。」

「就你？」楊妧很清楚他笑容裡的意味，站起身道：「再不走，祖母怕要等急了。」

楚昕笑著捉住她的手。

秦老夫人捧著碗餵楚恆吃爛糊麵，隔著半開的窗欞瞧見並肩走進來的兩人，低聲道：「又不是新婚夫妻，成親這些年了還整天膩歪？」

話雖如此，眸底卻含著笑。這世間還有什麼事情能比長孫過得幸福更令人高興？

楊妧進門請了安，接過秦老夫人手裡的碗。「祖母，我來餵。您夜裡睡得可安生，恆哥兒有沒有吵著您？」

「沒有，只半夜裡起來撒了夜尿，接著又睡下了，半點沒吵鬧，我還擔心他認床。」秦老夫人慈愛地看著楚恆，又看眼楚昕，越看心裡越歡喜。「都說小子隨娘，依我看卻未必，恆哥兒模樣更像爹。」

楊妧笑著補充。「何止模樣，性子也隨見明。順心的時候還好，不如意的時候……」她可沒忘記，當年楚昕急赤白臉跳腳的樣子。

楚昕好脾氣地笑。「這次生個女兒，像妳的。」側頭對秦老夫人道：「昨天讓清娘試脈，說可能是喜脈，吃過飯請周醫正再來診一下。」

「別等飯後，現在就打發人去請。」秦老夫人立時急了，催著小丫鬟到二門傳信，又讓人趕緊擺飯，生怕餓著楊妧。

吃過早飯，莊嬤嬤陪著周醫正走進來。

周醫正年歲已高，又經常出入楚家，彼此都熟識，楊妧便未迴避，只用一方素絹帕子輕輕蒙在腕間。

周醫正伸手搭上她的腕，稍凝神，笑道：「脈跳如滾珠，此為孕動之相，恭喜老夫人，恭喜世子、世子夫人。」

秦老夫人不忙歡喜，接著問：「我這孫兒媳婦身體怎樣，用不用開個養胎的方子？」

「不用。」周醫正捋著鬍子。「世子夫人面色紅潤、雙目有神，脈象也極好，用不著另外開方子，只小心調養便是。」

秦老夫人這才笑起來，吩咐楚昕道：「大清早煩勞先生跑一趟，快請到外面喝杯茶。」

待楚昕陪周醫正離開，對楊妧道：「四丫頭，妳肚子裡懷著孩子，還得照看恆哥兒，我不放心妳一個人待在宣府。這回聽祖母的，就留在京都。」

楊妧不假思索地答應。「好。」

昨晚情動之後平復時，她跟楚昕已經商議過。

秦老夫人這兩年精力明顯不濟，而張夫人腦子又是一團漿糊，容易聽人挑唆，若是府裡長久沒人壓得住，下人們恐怕也會偷懶耍滑。

這一年，楊妧養著胎，順便扶持自己的人手接管家中各處緊要地方。

秦老夫人不意她應得這般痛快，略思量，心裡便明白，笑著道：「家總歸要交到妳手裡，想做什麼事就去做，我給妳撐著腰。昕哥兒那頭，我讓文竹和青菱照看著，萬不能被那些無恥宵小之輩鑽了空子。」

楊妧抿唇微笑。「祖母，我信得過見明。」

「這就對了。」秦老夫人欣慰地說：「兩口子最忌諱互相猜疑。昕哥兒眼光高，又是一根筋，認準的人肯定不會辜負，妳儘管放心。」

楊妧豈有不放心的，待楚昕回來，帶著楚恆一道到園子裡走動。

行至綠筠園附近，柳絮抱著楚恆盪鞦韆，楚昕拉著楊妧鑽到旁邊竹林裡。

燦爛的陽光從頭頂直鋪下來，在兩人臉上映出斑駁的光影。

楚昕忽然停住步子，笑道：「就是這裡，站直了。」

楊妧側眸，瞧見身旁竹竿上兩道明顯的刻痕，靠過去問道：「超過了沒有？」

「沒有。」楚昕伸手比量著，指著下面那道刻痕。「先前到這裡，經過這些年，怎麼越長越矮了呢？」

「才不是。」楊妧「哼」一聲，抬手拂著高處的刻痕，唇角微微彎起。「你說我長到這裡才成親，言而無信！」

楚昕恨恨地瞪著她。「誰讓妳總把我往別人身邊推，還說一輩子不嫁人，妳就是敷衍我。」

想起往事，楊妧心底驟然一酸。

她的確不想嫁人的，可是，面對著楚昕那張精緻的面孔、那雙亮閃閃的眸子，她總忍不住想對他好一點，再好一點。不知不覺中，心已淪陷。

楊妧輕喚聲「表哥」，踮起腳尖貼上他的唇，楚昕攬住她的腰身，將她甜美的氣息盡數收入口中。

趁著身子還輕便，楊妧比照青菱的例，給文竹和含光辦了親事。

因為青菱仍在宣府沒跟著回來，覽勝閣只有青藕一個大丫頭，秦老夫人便將荔枝撥到楊妧身邊伺候，又額外撥了四個跑腿聽使喚的小丫頭。

忙亂中，中秋節悄然而至。

如水的月色裡，楚昕親吻著楊妧光潔的肩頭，低聲呢喃。「只要有空我就寫信給妳，倘若沒寫，妳也別胡思亂想。為著妳和兩個孩子，我絕不會以身犯險，我還想跟妳白頭到老呢。」

楊妧重重地點了點頭。

第二天，楚昕戀戀不捨地帶著人馬仍舊回宣府。

楚昕在的時候還好，楊妧能吃能睡，精神十足，可等他離開，她立刻像霜打了的茄子般，吃什麼吐什麼，苦不堪言。

廚房裡一天到晚溫著灶，只要楊妧想吃，隨時都可以開火。即便如此，楊妧仍是一天天瘦下去，胳膊腿兒都細，顯得並不算大的肚子格外突兀。

秦老夫人索性在覽勝閣開了間小廚房，把幾個手藝好的廚娘都調來，變著法子調弄飯食。

直到進了臘月，楊妧才慢慢地止了孕吐，能夠吃得下東西。

周醫正診過脈說八成仍是個哥兒。

秦老夫人私下裡跟莊嬤嬤嘀咕。「別是診錯了吧，我瞧著四丫頭的體態像是姑娘。姑娘性子嬌，喜歡折騰人。」

莊嬤嬤笑道：「這也未必，夫人生大姑娘時沒怎麼遭罪，生二少爺時卻吃了點苦頭。」

秦老夫人目光黯了黯。

這幾個月楊妧身子不便，楚恆一直放在瑞萱堂養著，秦老夫人便沒怎麼顧得上楚暉，仍交給張夫人照顧。

原本楚暉喜歡滿地亂跑，可最近瞧著，卻是裹一身綾羅綢緞，走到哪裡都讓奶娘和丫鬟抱著，飯也不好好吃；要麼受涼沒胃口，要麼就是點心吃得多，吃不下飯食。

反倒是楚恆拎著把木刀整日在花園躥，壯實得跟小牛犢一般。

臘月中，臨封印前，秦老夫人又請周醫正來把了脈。

這次周醫正說得篤定。「千真萬確就是個少爺，老夫人把心放到肚子裡吧！我行醫三、四十年，要是連男女都瞧不出來，哪還有臉面在太醫院待？」

秦老夫人樂呵呵地說：「不是信不過先生，是人心貪婪，已經有了重孫子，這又巴望著要個重孫女。前兩天還夢到個紮羊角辮的小丫頭脆生生地衝我喊曾祖母，把我給高興得……

弄璋弄瓦都是添丁，都一樣高興。」

秦老夫人未能有個重孫女，卻是多了個重外孫女。

二月初八，楚映誕下一個千金，秦老夫人不顧春寒料峭，興致勃勃地帶著張夫人和楊妧去添盆。

陸凡枝的家人不在，就只有楚家這頭的親戚，加上天氣仍冷著，穩婆就在正房廳堂裡擺了案子，兌了盆溫熱的水。

陸凡枝小心翼翼地將襁褓抱過來。

小嬰孩仍在睡，雙眸闔著，小小的鼻頭輕輕翕動，白淨的臉蛋被粉色襁褓襯著，冰雕玉琢般可愛。

秦老夫人心都化了，連聲道：「真是漂亮，取了名字沒有？」

陸凡枝笑答。「年前跟阿映合計了幾個名字，昨兒又商議了，決定叫婉寧，姑娘家溫婉安寧一些好。」

婉寧，陸婉寧！前世，她的女兒便喚做婉寧……

楊妧心頭一震，湊上前看那小嬰孩。

小嬰孩許是被吵著，不情願地睜開眼。眼眸烏黑，像是能認出人來一般，直直地看向楊妧，唇角無意識地彎了彎，露出腮邊淺淺的梨渦。

秦老夫人驚奇地道：「哎喲喲，看寧姐兒在笑，才剛兩天就會笑了，真是個聰明孩子。」

張夫人隨著笑。「可不是，還有對小酒窩呢，長大了肯定好相貌。」

楚映腮旁沒有梨渦，陸凡枝也沒有。

會不會陸婉寧就是前世她的女兒？念頭乍出，楊妧隨即否認了，這實在太過荒謬。

她跟秦老夫人能夠轉世為人已是匪夷所思，再加上陸婉寧……不會有這麼多荒唐的事情同時發生。

這般想著，楊妧卻忍不住又看向襁褓。

小嬰孩已經睡了，細密的睫毛遮住了那雙明亮的眼，看樣子睡得十分香甜。

楊妧抬手輕輕觸一下她眉頭，低喚道：「寧姐兒。」

不管是不是她的女兒，今生她作為舅母，一定會好好照顧婉寧。

第一百五十五章

小嬰孩見風就長，等三個多月過百日時，陸婉寧已經會發出笑聲了。

時值五月，天氣轉暖，陸婉寧穿嫩粉色綢面襖子、蔥綠色褲子，翹著兩隻白生生的小腳，盯著頭頂的帳簾安安靜靜地躺著。

楊妧扶著床欄微笑地看著她。「寧姐兒真乖，小臉圓潤了許多。夜裡鬧人不？有多重了？」

聽見她的話，陸婉寧側頭，烏漆漆的眼眸看向楊妧，嘴裡「咿咿呀呀」像是在說什麼，一把聲音稚嫩糯軟，聽得人心裡軟軟的。

楚映回答。「昨天剛秤過，正好十六斤，比上個月長了三斤多。原本懷她的時候，孕相不太好，還以為會不好帶，沒想到真是省心，醒來就瞪著眼四處看，不哭也不鬧。」

「寧姐兒一向乖，知道體恤娘親。」楊妧目光溫柔，接過青藕手裡的包裹。「過陣子寧姐兒該長牙了，這是新出的細布，比先前的細軟，留著給她擦口水。還有兩件小衣，夜裡護著肚子別受涼。」

楚映看出是楊妧的針線，嗔道：「妳身子笨重，別再做這些針線活，姐兒的衣裳我都備著了，什麼都不缺。」回頭斥責青藕。「怎麼不勸著妳主子？」

楊妧笑道：「我一天動不了幾針，有點事情做還挺好，否則天天閒著也難受……舅母喜歡寧姐兒，寧姐兒也喜歡舅母對不對？」

陸婉寧「咿咿呀呀」，像是在答應。

楚映忍俊不禁，輕輕點著陸婉寧的鼻頭。「瞧妳有問有答，好像能聽懂似的。舅母懷著表弟還費心給妳做衣裳，長大了記得好好孝順舅母。」

陸婉寧歪著頭，黑眸若秋水點瞳，腮邊梨渦淺淺地跳動。

從楚映那裡回來沒兩天，楊妧便發動了，午後時分破了羊水，待到暮色四合，產房傳出嬰兒響亮的啼哭聲。

成穩婆抱著竹綠色的襁褓出來笑道：「恭喜老封君，得了位少爺，五斤八兩，可結實呢！」

秦老夫人站得久了，兩腿一軟險些摔倒，關氏手疾眼快扶住了她。

莊嬤嬤接過襁褓呈在秦老夫人跟前。「老夫人、親家太太，快瞧瞧二少爺。」

秦老夫人掃兩眼，見小嬰兒生得齊整，眉眼之間隱約顯出楚昕的輪廓，沒多打量，連聲問成穩婆。「我那孫兒媳婦怎麼樣？」

成穩婆咧嘴笑道：「世子夫人有福氣，比頭一胎順當。」

再順當也是生孩子，半條腿伸在閻王殿。眼看著荔枝端出來半盆血水，又拿出個大大的油布捲，秦老夫人攥著關氏的手。「咱們進去瞧瞧四丫頭。」

楊妧神情委頓地躺在床上，頭髮濡濕了大片，緊貼在腮旁，眸裡淚水猶存，明顯有些紅腫。

看到秦老夫人，楊妧啞著嗓子喚。「祖母。」又喚闞氏。「娘。」

秦老夫人在床邊坐下，伸手幫楊妧掖掖被角，溫聲道：「好孩子，妳受苦了。」

「不辛苦。」楊妧臉上露出絲無力的微笑。

闞氏道：「哪個女人不是這麼過來的，都得受這份罪。」

既然秦老夫人心疼楊妧，闞氏便站在婆家的角度說了幾句討巧的話，一邊伸手接過青藕端來的臉盤，半蹲著絞了條熱水帕子覆在楊妧額前，輕輕地幫她擦汗。

秦老夫人垂眸，瞧見楊妧枕邊露出鴉青色素面衣衫的一角，情知是楚昕的，心裡一酸，對闞氏道：「天兒不早了，妳就住下幫忙照看一下四丫頭，我往廚房看看。四丫頭餓了吧，想吃什麼儘管說。」

「不太餓。」楊妧沈吟著。「要是有現成的小米粥，就送一碗來，別放糖，還想吃點清口的小菜。」

「好，好，馬上讓她們準備。」秦老夫人應著出了門。

天已全黑，廊檐下掛著喜慶的紅燈籠，將院子照得燈火通明。

紅棗跟莊嬤嬤一左一右攙扶住秦老夫人。

兩個小丫頭提著風燈在前面引路。

秦老夫人將紅棗打發去廚房，恨恨地抱怨。「昕哥兒真是，四丫頭生產這麼重要的事，他怎麼就不能回來待兩天？人回不來，書信也沒有。上封信還是寧姐兒洗三時候寫的，這都三個多月了吧？」

莊嬤嬤替楚昕開解。「世子爺肯定脫不開身。去年春天，也是好幾個月沒消息，後來才知道跟周家大爺追韃子一直追到迤都。荒山野嶺的地方，哪來的筆墨寫信？」

秦老夫人長嘆。「我是怕四丫頭不得勁，還有關氏在旁邊看著，咱不能寒了親家的心。」

莊嬤嬤笑道：「老夫人且放心，世子爺小倆口好著呢！成親這些年一次臉都沒紅過。不說別的，世子爺上次回來半個月，往四條胡同跑了五、六趟，不是送吃的就是送玩的，親家太太心裡還能沒數？」

秦老夫人臉上沁出淺淺的微笑。「昕哥兒一早就會討好丈母娘……如今他知道上進，有妻有子，我再沒什麼不放心的。」

關氏也看到楊妧枕邊那件長衫，沒多問，只把廚房送來的飯菜一樣樣餵著楊妧吃了。

隔天，秦老夫人讓紅棗執筆往宣府寫信說楊妧生產順利，又得麟兒的事情。

半個月後，楚釗回信，說楚昕與周延江到各衛所巡防，待空閒下來讓他回京一趟，又給新生的孫兒取了名字，叫做楚恪。

恪，恭也，意思是讓楚恪恭順尊長。

「這個名字好。」秦老夫人看著睡得正酣的楚恪，慈愛地對楊沅道：「妳懷胎懷得辛苦，以後要是哥兒不孝順，我可不依。」

楚恆站在旁邊扯著楊沅衣袖，稚氣地說：「我孝順娘。」

楊沅彎起唇，伸手將他攬在懷裡。「好孩子。」

秦老夫人隨著笑道：「恆哥兒是兄長，以後得照顧弟弟，若是弟弟淘氣，也得好生教導他。」

楚恆挺起胸膛，清脆地應了聲。「好。」

京都到底比宣府舒適，楊沅精神恢復得很快，只是奶水不太足，勉強餵了半個月便交給奶娘餵養，自己則被秦老夫人迫著，做完雙月子才得以四處走動。

楚昕終於寫信回來。他跟周延江再度帶兵殺到迤都，不但大獲全勝，而且活捉了脫戈目部落的首領圖姆汗。

楊沅一顆心終於落了地，笑意宴宴地對楚恆道：「爹爹這次立了大功，不知道朝廷會有什麼封賞？」

楚恆雖聽不太明白，可看到楊沅高興，也揚起小臉說：「爹爹立大功。」

秦老夫人摸摸楚恆的頭。「封賞沒什麼打緊，能讓你爹回來多住些時候就好……你爹還沒見過弟弟。恆哥兒記得爹爹模樣不？」

楚恆目光茫然地搖了搖頭。

再過幾天，楚昕又有信來，說不日將回京獻俘，可到底是哪天卻沒說。

獻俘的消息很快傳得沸沸揚揚，顧常寶來送中秋禮便提起此事。「十三辰正從德勝門進京，正午時分在午門獻俘，我家打算在福昌酒樓包兩間臨街的雅席看熱鬧，要不要給老夫人也包一間？」

楊妧半信半疑地問：「你確定是十三那天？」

顧常寶道：「當然，夜裡聖上要在宮裡擺慶功宴，已經定好在風華廳，我爹親口說的。」

既然是忠勤伯所說，那就八九不離十了。

秦老夫人道：「幫我們也包兩間，聽說瓦剌人長著紅頭髮藍眼睛跟妖怪似的，我帶恆哥兒去長長見識，讓親家太太也去看看。」

顧常寶滿口答應。「好，我這就去酒樓定下來，回頭讓人給您送個信。」

今天是八月初十，再有三天就能見到楚昕了。

楊妧忍不住拿起鏡子仔細打量。這陣子她調養得好，肌膚瑩白中透出健康的霞色，看著比細瓷都要細嫩，眸光也明亮，黑亮得像蘊著一汪淨水。

美中不足，下巴比往日圓潤，腰身也豐腴不少。才三天的工夫，肯定不能瘦下來，現做新衣裳又來不及。

楊妧煩惱地嘆口氣，打開衣櫃把能穿的襖子裙子扒拉出來鋪了滿床，終於選定寶藍色繡疏影素梅的錦緞褙子。

雖然她知道看戲俘的百姓肯定多，軍士們又不可能東張西望，楚昕看到自己的機會非常渺茫，可萬一能看到呢？

楊妡一定要打扮得漂漂亮亮的。

十三那天一早，她穿戴整齊往瑞萱堂去。

秦老夫人瞧見她髮髻上耀目的點翠大花，唇角彎了彎，對柳絮道：「我記得恆哥兒也有件寶藍色的襖子，給他換上。」

柳絮帶楚恆換衣裳，張夫人過來了。

張夫人穿銀紅色織錦緞褙子，頭上戴一對赤金鑲紅寶的金釵，比平常豔麗許多。

秦老夫人問起楚暉。「怎麼不見暉哥兒？」

張夫人笑著解釋。「昨天買的秋梨，暉哥兒貪嘴多吃了兩口，已經讓府醫瞧過，沒有大礙，只是精神頭不太足，我想留他在家多休息一會兒。」

秋梨性寒，小孩子本就不該多吃，張夫人卻縱容楚暉，之前已經有過好幾次教訓了。

可楚暉不舒服，她又不留在家裡照顧。

秦老夫人眸光沈了沈。「讓人請周醫正再來診下脈，妳留下照看著，免得下人不經心。」

左不過楚釗夜裡就能回家，不差這一時。

張夫人唇角翕動著欲言又止，極為不忿。

楊妧有個兩月的孩子需要照顧，秦老夫人允她出門看熱鬧，而暉哥兒已經滿四歲了，完全可以離得開人，老夫人卻要把她拘在家裡，這心要偏到胳肢窩了。

可張夫人不敢對秦老夫人不敬，只得恨恨地退了下去。

少頃，楚恆換過衣裳出來，秦老夫人神情又恢復成適才的慈愛，高興地招呼著楊妧往外走。

趕到福昌酒樓時，關氏已經到了，正跟楚映逗著陸婉寧玩，楊懷宣則在一旁畢恭畢敬地向陸凡枝請教律賦。

楊懷宣被繆先生薦到仁和書院讀書，明年春天打算考童生試。繆先生說他四書文、試貼詩和五經文都還不錯，但律賦太過死板少有靈氣。所以這段時間，楊懷宣在律賦上多有用功。

楊嬋已經年滿十二歲，開始到了說親的時候。她相貌比年幼時候更加出眾，尤其一雙黑亮的大眼睛，秋水般明澈純淨。

關氏跟楊妧嘀咕過，范宜修似乎對楊嬋頗有好感，儘管現下大了，不能再跟小時候那般朝夕相處，可范宜修有了好吃好玩的，總忘不了楊嬋那一份。

如果兩家能成倒是美事一樁，范宜修對楊嬋熟悉，有時候不需要楊嬋提筆便明白她想要說什麼。

只是范二奶奶有意無意流露出要給范宜修相看媳婦，闞氏便也歇了這個心思。畢竟楊嬋不會說話是個缺陷，免得因這事壞了兩家多年的交情。

大家寒暄幾句，隔壁忠勤伯夫人和錢老夫人也到了。

秦老夫人過去跟她們坐在一處，顧常寶兩口子則來到這邊的雅間。

沒多久，大街上突然傳來排山倒海的歡呼聲，楊妧驀地有些緊張，抱緊楚恆探頭往外瞧。

因為隔得遠，根本分辨不出相貌，只能看到一排排盔甲和刀槍折射著朝陽，寒光四射。冷冷的肅殺之氣橫掃而來，壓得烏壓壓的人群靜然無聲。

隊伍漸近，頭前是八個舉著黑底綴紅纓旗子的士兵，緊接著便是四人看押著的囚車。囚車用生鐵鑄成，裡面蜷縮著一位用鐵鏈鎖著的男人。那人蓬頭垢面鬚髮散亂，瞧不清面容，手和腳都很大，可以想見他的身形定然非常魁梧。

緊跟著囚車後面，是五位騎著高頭大馬的將領，正中便是楚釗，楚昕和周延江等人錯後半個馬身。

楚昕身穿黑色甲冑，頭盔上綴著紅色瓔珞，一手牽著韁繩一手握著馬鞭，兩眼直視著前方，神情肅穆籠著一團殺氣。

楊妧從沒見過這樣的楚昕，就像是一把打磨過的利劍，稍有異動就要脫鞘而出。

她垂眸指給楚恆看。「是爹爹，左邊第二個。」

楚恆大聲喊道：「爹爹！」

楚昕似是聽到了，抬頭看過來，冷肅的臉龐好似冰雪消融，立刻變得溫和而生動。

「他娘的，這氣勢嚇得我不敢大聲說話。」顧常寶嘟囔一句，抓起旁邊不知道是誰的荷包一把扔了下去。「楚霸王，這邊！」

楚昕尚未伸手接，周延江展臂撈在手裡，得意地舉起晃了晃。

楊妧聽得清楚，身邊的楊嬋短促地「啊」了聲——那個荷包是她的，剛才從裡面找鈴鐺逗陸婉寧，被關氏順手放在了桌子上。

第一百五十六章

一個正值荳蔻的小姑娘的貼身之物被別的男子抓在手裡，楊嬋臉色脹紅，羞窘得幾乎要哭了。

余新梅指著顧常寶罵。「都當爹的人了，做事還這麼不著調？」

顧常寶給楊嬋賠禮。「是我的錯，一時情急沒想那麼多，回頭我賠妳十個。」

余新梅氣道：「這是賠不賠的問題嗎？你趁早去要回來！」

「好、好！」顧常寶忙不迭地答應。「回頭我就去找周延江，今兒要不到，明兒我肯定要回來。」

楊懷宣溫聲安慰楊嬋。「別擔心，這裡沒別人，不會傳到外頭去，就只當沒這回事。要是周大爺問起，就說是……顧三太太的荷包。」

余新梅笑著誇讚。「你小子心眼轉得倒快。」

她是周延江的三舅母，而顧常寶情急之下抓起自己媳婦的荷包再合理不過。

楊妧著意地看了眼楊懷宣。

他穿鴨蛋青綴著茶白的直綴，腰間墜了塊刻成竹報平安圖樣的碧玉，神情溫謙，有種與年齡不符的沈穩和老成。

這兩年，不管是結算館子裡的帳目還是跟曹莊頭核算田地收成，都由楊懷宣出面應對。不知不覺中，楊懷宣已經挑起家裡大梁，楊家三房再不必看別人的眼色生活。

小小的插曲過去，大家再度看向大街。

因為顧常寶帶了個頭，幾個膽大的姑娘媳婦也將自己手裡的荷包香囊等物扔向大軍。有些士兵不肯接，有些卻偷偷將荷包攥在了手裡。

原本籠罩在獻俘隊伍的那團凌厲殺氣頓時消散了大半，取而代之的是喜慶的熱鬧。

陸凡枝低笑一聲。「這樣才對。」

楊妧聽懂了他的話，楚釗治軍嚴是好事，但看在元煦帝或者其他人眼裡，卻未必如此。人有時候必須要藏其鋒芒。

看完獻俘，幾家人順便在酒樓用了午飯才各自回府。

一路上，秦老夫人的嘴就沒合攏過。「見明穿這衣裳真精神，錢老夫人和顧夫人都說看著跟變了個人似的，就是臉比上次回來更黑了，也瘦了，四丫頭覺得呢？」

楊妧想到楚昕那雙燦若星子的雙眸，微笑道：「是瘦了些。」

「也不知這次能待幾天，明兒讓廚房燉雞，好生調養著，再打發人抓幾尾活甲魚，甲魚湯最是滋補。」

絮絮叨叨中，馬車在鎮國公府角門停下。

楊妧先送秦老夫人回瑞萱堂歇晌，然後匆匆回覽勝閣去瞧楚恪。

楚恪也在睡，白嫩的小手攥成拳頭放在腦袋兩側，嘴唇蠕動著時不時地吮吸兩下。可能夢裡又餓了吧？楊妧忍俊不禁，掀開薄被摸了下，褥子是乾的，不曾尿濕，輕聲道：「你爹爹回來了，你歡不歡喜？」

楚恪不回答，楊妧卻知道，她是歡喜的。

這份歡喜很快地在覽勝閣瀰漫開，青藕指揮大家將內室的被褥換成新的，帳簾換了架米白色繡著蓮葉田田的，茶具則換成應景的金桂飄香。

就連廊檐下的紅燈籠，清娘也踩著椅子搆下來，從庫房挑了兩盞簇新的。

楚恆跟著柳絮在園子裡摘了半籃子桂花，用琉璃碗供在案上，染得滿屋子都是甜香。

這樣忙碌著，時間彷彿過得特別快，一晃眼天就黑了。

一家人吃過晚飯都守在瑞萱堂等。

楚暉已經好了很多，坐在張夫人身邊一會兒要杏仁酥，一會兒要窩絲糖，又惦記著喝冰糖水。

秦老夫人道：「暉哥兒肚子才好，這幾天多吃白粥，別給他那些亂七八糟的……」側眸瞧見楚恆張著大嘴呵欠不斷，續道：「見明他們要等宴席散了才能回來，先讓幾個小的去睡覺。」

楚恆聽話地讓柳絮領著到後面抱廈歇下了，楚暉則哼唧了好一會兒，才不情願地跟著奶娘去了。

人定時分，楚釗父子終於回來。

兩人仍舊穿著甲冑，冷硬的金屬被燭光輝映著，格外多了些暖色。

獻俘時候離得遠，秦老夫人只看到兩人的威風，打心眼裡覺得榮耀。這會兒離得近，秦老夫人看到楚釗鬢邊不知何時多出來的白髮，只覺得酸楚。

楚釗溫聲道：「娘，兒子也是做祖父的人了，還能沒兩根白頭髮？」伸手把楚昕拉到秦老夫人跟前。「見明這次長了臉，跟周家大爺直搗瓦剌人老巢，聖上龍心大悅，席間賞賜見明兩杯御酒。」

「是運氣好，」楚昕飛快地覷兩眼楊妧笑道：「秦二派人送來密報，說瓦剌大軍集結在寧夏固原，迤都城裡空虛，這才跟周延江率兵北上。」

言外之意，他並非莽撞逞強，不顧惜自己，而是慎重考慮之後才做出的決定。

楊妧莞爾一笑。

楚釗續道：「瓦剌在固原那邊元氣大傷，加上國都被襲，估計三五年內緩不過來。」

秦老夫人驚喜地問：「那你不用再去宣府了？」

楊妧跟張夫人俱都豎起耳朵。

楚釗笑著回答。「見明在家裡多待些時日，我過完中秋走。林僉事許多年不曾回鄉，今年他請旨回家探親，我需得坐鎮軍中，等明年我回來陪您過年。」

秦老夫人面露失望，卻仍通情達理地說：「這也成，明年再回來多住幾天……上次見明帶回來幾張皮子，我讓人裁了件夾襖和兩副護膝，回頭讓紅棗送過去。你也不是二十幾歲的後生了，自己多注意，天天風裡來雪裡去，看凍出老寒腿來。」

楚釗喏喏地答應著。

秦老夫人沒再囉嗦，輕聲叮囑道：「天候不早了，你們累了一天，回去歇著吧。」

幾人告退離開。

出了瑞萱堂大門，楚昕迫不及待地攥住楊妧的手。他手勁大，加之指腹與掌心粗糙，刺得楊妧疼，她卻忍著不吭聲。

再兩天便是中秋節，墨藍天空中的圓月恍若銀盤，在湖面折射出無數跳動的光點。微風徐徐，裹挾著湖面濕潤的水汽，秋意寒涼。

楊妧忍不住哆嗦了下。

楚昕察覺到，停住步子問道：「冷了？」抬手攏好她緞面披風的帽子，又把帶子繫緊。手指觸到她下頜，楊妧輕笑出聲。

月色正好，她白淨的臉頰如同上好的羊脂玉，瑩潤柔滑，大大的黑眸映著月光，比黑曜石都要閃亮。

楚昕呼吸重了幾分，手指滑到她唇邊，眸光閃動聲音喑啞。「妧妧，我揹妳回去，比妳步子快。」

「才不，」楊妧指著他的盔甲。「硬邦邦的，肯定硌人。」

「那我抱妳。」楚昕彎腰將她抱在懷裡，楊妧趁勢勾住他脖子，臉貼在他肩側，低聲問道：「你上午看到我了嗎？在福昌酒樓。」

她聲音糯軟，氣息直直地撲在他耳畔，楚昕雙臂不自主地收緊，步子邁得越發快。「看到了，妳抱著恆哥兒，他長大了許多，不如以前白。」

「天天在園子裡跑。」楊妧笑道：「恆哥兒都有三十多斤重，壯實得很，祖母說跟你小時候一模一樣，皮猴兒似的就知道瞎鬧。」

楚昕微笑，話裡有話地說：「我老老實實地聽妳的話，沒有胡鬧過。」

楊妧輕輕哼了聲。「討厭。」

說笑著，兩人回到覽勝閣。青藕早把被褥鋪好，洗澡用的水也備好了。

趁楚昕洗澡，楊妧先去瞧了眼楚恪，再回到正房，屋裡一片黑，朦朧夜色裡，楚昕站在窗邊絞頭髮，上身赤裸著，腰間鬆鬆垮垮地繫著中褲。

如水的月光透過綃紗透射進來，像是給他鍍了層淡淡的銀光。

楊妧連忙問道：「火摺子呢？怎麼不點燈？」

「關窗時被風吹滅了。」

楊妧小心地避開桌椅走近。「我幫你擦頭髮。」

「不用，差不多乾了。」楚昕放下帕子，展臂把楊妧抱到床上，俯身吻住她的唇。

開始還算溫柔，可汲取到久違的甘甜便控制不住，恨不得把她拆吃入腹，一點點吞進口中。

「見明，」楊妧推開他。「我先把簪子卸下來，別壓壞了。」

「壓壞了再另外鑲。」話雖如此，楚昕仍是坐起身。

楊妧一邊摘下釵簪一邊問：「你滅了燈，是不是受傷怕我看到？」

「真是風吹的……我好端端的，不信妳摸摸，除去之前的，哪裡還有傷疤？不過刀劍無眼，免不了磕磕碰碰，不礙事。」楚昕矢口否認，手中動作不停，熟門熟路地替楊妧解開腰間繫帶。

衣衫褪下，一股子幽香衝著鼻端直直而來，像桂花般甜膩，猶如茉莉花般清雅，帶著女兒家獨有的溫軟。

楚昕低喚她的名。「妧妧，我想妳想得緊。」

著實是想念。在外將近一年，白天大都在馬上馳騁，夜裡偎著乾草仰望天上的星，腦海不經意就浮現出楊妧的身體，白皙溫軟，如山巒般起伏，又似絲綢般順滑，摸上去令人愛不釋手。

他回憶著她溫柔的笑容、慵懶的神態、因動情而帶著絲喑啞的聲音，在腦子裡一遍一遍重複自己曾對她做過的動作，猶如老牛反芻。

他渴望她，但外患一日不除，他們便無法長相廝守，只能像父母那樣兩地相思。

楚昕不願意。他好不容易娶回家的女子，就是要耳鬢廝磨，就是要天天纏在一處。

他發了狠，加上周延江是個不怕事的，兩人一拍即合，率著八千人馬直殺到迤都。

楊妧一夜不曾寬睡，時而如驚濤駭浪中的扁舟猛烈地顛簸，時而如綿綿細雨中的嬌花靜靜地開放。

第二天卻出人意外地醒來得早。

楚昕仍睡得香，一手穿過頸彎摟在她肩頭，另一手環在她腰間，呈現出不折不扣的占有姿態。

楊妧輕輕移開楚昕的手，起身穿好衣裳。

天色已亮，晨陽斜照著窗紗，映出恬淡的金黃色。

楚昕鼻梁高挺，濃密如鴉翎的睫毛低垂著，遮住了那雙閃亮的黑眸，雙唇緊抿，使得下頜的線條看起來格外冷硬分明。他的唇卻柔軟，一下一下落在她身上，引燃她所有的熱情。

想起昨晚的情形，楊妧只覺得兩腮一點點熱起來，心裡卻是藏不住的歡喜。

她屏住氣息，輕輕在楚昕唇上點一下，躡手躡腳地下了床。

青藕聽到動靜，撩開門簾，掃一眼楊妧格外紅潤的臉頰輕聲道：「老夫人遣人來傳話，說讓世子爺多歇會兒，不用急著過去請安。瑞萱堂那邊已經擺了飯，這邊……要不要吩咐廚房把飯送來？」

楊妧沈吟道：「再等一刻鐘擺飯。」

說著話，見奶娘抱了楚恪朝這邊走，楊妧忙迎上去將楚恪接在懷裡，低頭親吻他鼻尖。

「阿恪醒得倒早，吃飽沒有？」

奶娘笑道：「不到寅時醒過一次，換了尿布又睡下了，辰初才又醒來，剛吃過奶也把了尿。」

楚恪穿件細軟的寶藍色襖子，用張薄毯子包裹著，精神十足，烏黑的大眼睛好奇地盯著楊妧耳垂上不停晃動的南珠墜子，小手試探著伸了幾次，都未能抓到。

楊妧握著他細嫩的小手柔聲道：「不能抓，耳墜上有鉤子，會劃破手，待會兒哥哥給你搖鈴鐺聽。」

說曹操，曹操到，柳絮牽著楚恆的手走過來。

楚恆像模像樣地拱起手給楊妧請安。「見過娘親，娘夜裡可睡得香？」

楊妧莞爾。「香。恆哥兒呢？」

「我也睡得香，卯初剛過就醒了，剛吃了蛋羹和肉絲麵片。」楚恆下意識地拍了拍小肚子。「娘，爹爹回家了嗎？」

楊妧笑道：「回了，不過爹爹還沒醒，他打仗辛苦，又一路奔波勞累，要多歇會兒才行。」

楚恆眸光亮晶晶地含著懇求。「我想進去看看，我不出聲，不吵醒爹爹。」

「好。」楊妧回答。

話音剛落，只聽身後門簾響動，楚昕穿件家常的鴉青色長袍走出房門。

楚恆迎著跑過去，歡呼道：「爹爹！」稚嫩的聲音裡充滿了激動，全然沒有許久不見的隔閡與陌生。

楚昕展臂將他抱起來，高高地拋起又接住。楚恆雙手摟著楚昕脖子，興奮地大笑。「再來一次，再來一次！」

楊妧無奈微笑。

到底是父子天性，縱然一年不見，楚恆幾乎都忘記了楚昕的模樣，可骨子裡的血緣是割不斷的。

沒多大工夫，廚房送來早飯。楊妧將楚恪放在裡間炕上，讓楚恆照看他。柳絮和奶娘在旁邊，並不需要擔心。

她走到外間悄聲問楚昕。「你幾時醒的，怎麼不多睡會兒？」

「妳偷親我的時候。」楚昕唇角含笑，滿意地看到楊妧白淨面頰上暈出一層緋色，將盛藕片的碟子往她面前挪了挪。「這個妳愛吃。」

藕片是用白糖米醋醃漬過的，酸甜爽口。

楊妧瞪他兩眼，拿筷子挾一片藕慢慢嚼著。「春天給你做了兩件緞面長衫，都是范家出的新料子，就放在衣櫃裡。」

楚昕笑道：「看到了，今兒不打算出門就沒換，舊衣服更舒服隨意，妳覺得不好看？」

楊妧輕輕「哼」一聲。「臭美！」

他是楚昕啊，京都最有名的俏郎君，儘管肌膚不如往年白淨，也粗糙了許多，可眉眼仍是精緻得教人移不開視線。

尤其隨著年歲漸長，他早已褪去昔日的嬌縱蠻橫，取而代之的是不容錯識的果敢剛毅，否則昨天也不會有那麼多女子專門朝他面前扔絹帕香包。

楊妧又哼一聲，聽到內間炕上傳來楚恆的聲音。「爹爹和娘住大屋子，我和弟弟住這間小的。」

柳絮問道：「這個是誰？她住哪裡？」

「她是妹妹，妹妹在娘肚子裡，還沒有生出來。穿紅裙子的是更小的妹妹，也沒生出來。」

楚昕微愣，隨即明白。

楚恆說的是他之前買的宅院和人偶，彼時他跟楊妧剛訂親，一同去逛廟會買的。人偶共有七個，除去一對夫妻外，另有五個子嗣，三男兩女，非常興旺繁茂的一家人。

而現在他們已經有了兩個兒子。

楚昕輕笑。「不急著生女兒，太辛苦。咱們慢慢來，反正還有一輩子的時間廝守。」

楊妧豎起眉毛瞪他。「食不言，寢不語。」可眸底的歡喜卻藏不住。

是的，他們有一輩子的時間。

一輩子，多麼美好的字眼！

第一百五十七章

接下來幾日，楚昕除去辦事之外幾乎閉門不出，每天不是在瑞萱堂就是在覽勝閣。

楚恆越發黏他，寸步不離跟前。

秦老夫人跟楊妡嘮叨。「見明以前在家裡可待不住，他一早起來練大半個時辰功夫，吃過早飯跟夫子唸文章，夫子稍微不注意，人就沒影了，小廝丫鬟們到處找。先是在桌子底下、假山洞裡還有茅草堆裡，哪兒都能藏身。再過幾年，就跑到護國寺跟那些小和尚胡鬧……從小皮到大，再沒想到能老老實實待在家裡。」

楊妡正給楚恪繡肚兜，彎起唇角道：「寺裡幾位小師父跟見明很合得來，他還救過惠清師父的命。」

秦老夫人甚是驕傲。「見明皮是皮，為人卻厚道，前後兩世他沒做過一件昧良心損陰德的事。早之前，方丈給見明批過八字，說他性情頑劣，一生怕是難順，十六歲或有轉機。可見方丈確實有大能，那年妳不正從濟南府來？有妳幫著管束見明，他也知道事理了。」

「我哪裡能管束表哥？」楊妡想起乍乍見到楚昕時的情形，不自主地用回先前的稱呼。「是表哥大人大量，願意忍讓我，不跟我一般見識。」

話音剛落，只聽院子傳來細碎的腳步聲，卻是楚恆扯著楚昕的手，蹦蹦跳跳地回來。

楚昕穿件鴉青色細布道袍，髮間簪著桃木簪，腰間繫條青色腰帶，看似閒適，卻有一股剛毅從他挺直的脊背中散發出來。

楚昕察覺到她的目光，側頭輕笑，黑眸折射出金黃的陽光，讓人感到溫暖而安心。

那道沐浴在夕陽下頎長的身影與前世拖著長劍的身影慢慢重合在一起，楊妧莫名有些怔忡。

「娘，」楚恆稚嫩的聲音喚回了她的神智。「我射箭，伯父誇我厲害。」

楚昕跟著補充。「剛才帶恆哥兒到演武場玩，顧老三去站了會兒。」

楊妧恍然，原來楚恆口裡的「伯父」是顧常寶。

秦老夫人一邊喚人拿帕子給楚恆擦汗，隨口問道：「顧家三爺有事？」

楚昕端起茶盅淺淺喝兩口，視線落在楊妧臉上，眸中含笑。「沒什麼大事，他送荷包過來。」

楊妧彎彎唇，沒多問。

吃過晚飯，楊妧回到覽勝閣，瞧見笸籮裡的荷包嚇了一跳。「這麼多？」有大的有小的，有緞面的有細布的，約莫十幾只。

楚昕笑道：「都是進城那天周延江搶到的，顧老三不知道哪個是，一股腦兒的全討了來，讓妳認一認。」

那天楊妧匆忙一瞥，也沒瞧清楚楊嬋的荷包是什麼樣子，隱約記得像是淺紫色，個頭不算大。

而眼前這些要麼是亮眼的大紅大綠，要麼針腳粗放不細緻，還有兩只繡的是金絲菊。

楊嬋最討厭金絲菊。有陣子闞氏為了給她治嗓子，時常用金絲菊煮茶喝。楊嬋不喜歡那股味，連帶著也不喜歡金絲菊，更不可能繡在荷包上。

楊妧逐件看過，搖頭道：「都不是。」

此時的榮郡王府，周延江蹺著二郎腿，手裡捏一把小小的紫砂茶壺，仰頭把茶水灌進口中，擦一把嘴角的水珠，問道：「打聽得可清楚？」

旁邊的小廝點頭哈腰地說：「大爺放心，小的辦事幾時出過差錯？」

周延江將茶壺頓在桌面上，腳尖點了點。「滾下去領賞吧！」

待小廝離開，從袖袋裡掏出只淺紫色潞綢繡著銀白玉簪花的荷包晃了晃，緊緊攥在掌心。

周延江長得粗獷，卻不傻。

別的荷包都是空的，最多有幾枚銅錢或者塞一方帕子，這只荷包裡卻有一角散碎銀子、兩個筆錠如意的銀錁子和一支纖巧精美的銅頂針。

很顯然都是姑娘家平常能用到的東西。

本來周延江還沒把荷包放在心上，可顧常寶眼巴巴地過來討要，又說不出什麼布料什麼顏色。如果真是余新梅的東西，顧常寶怎可能不知道？

所以他打發小廝去查那天跟顧常寶在同一個雅間裡的女人。

余新梅、楚映和楊妧都被排除掉，獨獨剩下個楊家六姑娘。

周延江記得曾跟她打過照面，印象裡好像怯生生的，是個愛哭包。

好幾年過去，也不知道現在長成了什麼樣子。

小廝打聽到楊六姑娘不太會說話，平常難得出門，聽說小時候長得很好看。

楊妧長相就很漂亮，楊六姑娘容貌應該也不錯，不知道性情像不像楊妧？楊妧太厲害，把楚昕管得老老實實，什麼都聽她的……

看著手中配色雅致大方、針腳細密勻稱的荷包，周延江一晃神，被自己莫名升起的念頭嚇了一跳，一把將荷包扔出去。

不過數息又撿起來，拂了拂上面並不存在的塵土，仍舊塞進袖袋。

心不知為什麼，跳得有些急切而忙亂。

再過三五天，楚釗再度北上，周延江與之同行。楚昕策馬將他們送出城門，回來對楊妧道：「周延江問起六妹妹。問多大了，名字是哪個字？」

楊妧面色一沈。「他打聽這些幹什麼？姑娘家的名諱能隨便問？哼，偷偷昧下小嬋荷包這筆帳，還沒跟他討呢！」

「別著急生氣。」楚昕抬手輕拍她面頰。「周延江沒有在眾人面前問，我們到旁邊沒人的地方說的。我沒告訴他，只說六妹妹年紀還輕，尚未開始議親。荷包……原是顧老三不對，倒也不能全算在周延江頭上。這些年周延江行事周全不少，早不像之前那般魯莽放肆。」

楊妧一邊疊著炕邊楚恪剛晾乾的夾襖，一邊搖頭。「我對周大爺沒意見，但跟小嬋不合適。齊大非偶，周家是宗室，我家只是一介平民，小嬋又不能言語，豈不是白白被欺負？」

楚昕唇角彎出一絲笑。「我可曾欺負妳？先前妳也這樣拒絕過我。」

「你不同。」楊妧抬眸，對上楚昕黑亮的眼眸，眸底深處，閃著溫暖的光，與前世的冷戾狠絕截然不同。

「怎麼不同？」楚昕垂首親吻她額角，呢喃低語。「妳別這樣看我，我會胡作非為的。真的，妳讓我覺得，不管我做什麼事情，妳都願意縱容我忍讓我。妳對我好，我更要謹慎自己，加倍對妳好才成。」

楊妧莞爾。

所以楚昕是不同的。正因為前世有過幾次交集，多少知道他的品行，她才下定決心與他相伴。否則她更願意找個門當戶對的，或者從楊溥同窗同僚家中選個適齡的公子嫁了。

楚昕將疊好的衣物放回衣櫃，笑道：「有咱倆在呢，岳母和六妹妹相中誰就嫁給誰，不管嫁到哪家都不是高攀，我這個當姊夫的替她撐腰出氣。即便是宗室，周延江還敢不聽我的？反正妧妧不必擔心，六妹妹自有她的福分在，改天我找凡枝，請他多照拂懷宣，如果能得幾位翰林指點兩句，那就更好了。」

科考固然才學重要，可人脈和才名也不可忽視。

楊妧笑著點頭。「你若是去梯子胡同就跟我說一聲，讓廚房做些點心給寧姐兒；針線房還有幾件棉襖快做好了，也是給寧姐兒的。阿映要管家理事，怕是沒工夫做針線。」

北風漸起，天氣逐日冷下來，又到了邊關形勢緊張的時候，周延江那邊並沒有動靜，楊妧漸漸將他拋在腦後，開始替楊嬋訪聽合適的人家。

關氏對門戶家世並無要求，只希望家裡長輩和藹，兄弟姊妹和睦，男方性情好會體貼人。

即便如此，可選擇的範圍依舊很小。

倒是有幾家家裡揭不開鍋的願意考慮，可媒人進門就問楊家能陪送多少嫁妝。這樣的人家，關氏瞎了眼也不可能答應。

就這樣一天天蹉跎下來，轉眼又是桃紅柳綠，滿湖蓮花開。

楊懷宣回山東祖籍輕鬆考過了童生試，陸婉寧過了周歲，抓周時抓了一支金頂針，楚映高興地說寧姐兒以後隨舅母手巧。

輪到楚恪抓周時，他左手攥枝紫毫筆，右手抓本《論語》直往嘴裡塞。

秦老夫人既稀奇又高興。「咱們家的人向來習武有天賦，讀書一般，這會兒菩薩開眼，要叫咱家出個讀書人了。」
楚昕笑道：「岳母家的人會讀書，阿恪隨楊家。」
這話倒是不假，大堂兄楊懷安在任上做得盡職盡責，連續三年都是優等，今年調任河南陳留任知縣。河南產糧，只要風調雨順，百姓便能得以安康，是個相當不錯的去處。
楊溥有個同窗在開封府任同知，家裡么女尚未婚配，正好瞧中了楊懷安的人才，兩家已經定下了冬月的婚期。二堂兄楊懷定也取中了進士，去年在萊州府的掖縣尋了個職缺。一門三進士，說出去非常榮耀。
楊懷定的親事因而格外順當，是鴻臚寺少卿顧常禮的嫡長女顧萍。
楊妧跟著去相看過，顧萍相貌普通，可談吐有據儀態大方，讓人心生好感。
趙氏不太滿意，但秦氏和楊溥都同意，她也沒辦法，只能私下裡跟楊婉嘀咕。
楊婉和離後，便把家裡中饋接下了，這會兒有了點積蓄，正想盤間鋪子掙點閒錢，可沒工夫聽趙氏嘮叨。
楊懷定的親事就拍了板，婚期定在來年五月。
六月底，有消息從宣府傳來，周延江跟蕭艮率兵橫掃北漠，瓦剌人一敗塗地潰不成軍，表示願意臣服於萬晉，成為附屬國。
元煦帝龍心大悅，不但賞賜周延江跟蕭艮萬千珠寶，還將蕭艮連升兩級，從千戶擢升為指揮僉事。

擺過得勝宴，蕭艮直奔平涼侯府，世子呂文成已經迎在府門外，舅甥兩人抱頭痛哭。

隔天，蕭艮和呂文成陪呂夫人前來鎮國公府道謝。禮單很厚，寫了整整兩頁。

秦老夫人看著已經年滿十七，長得鼻直口方的呂文成嗟嘆不已。「世子相貌真是周正，聽說這次要跟著蕭僉事北上，侯爺有後！」

呂夫人眼圈倏地紅了，掏出帕子不停地摁著眼窩。「本來不捨得讓他去，昨天大哥勸了我一晚上，這些年我也看盡了人情冷暖……不走這一趟，阿成沒法在京城立住腳。」

呂文成衝著秦老夫人跪倒在地。「承蒙老夫人多年照拂，成無以為報，願追隨國公爺麾下盡犬馬之勞！」

「好孩子，快起來。」秦老夫人忙伸手虛扶一把。「世子可別這麼說。侯爺跟國公雖非同袍，可兩人都戍邊打仗經年累月不著家，侯爺比國公還小好幾歲……」頓一頓續道：「你娘拉扯你們不容易，到了宣府可得時時處處當心，經常寫信，別讓你娘記掛。」

呂文成連聲應著。

戍邊將士不易，留京的家眷也不易。秦老夫人知道這份苦，就算沒有前世的情分，推己及人，老夫人也願意幫襯呂夫人一把。

自從平涼侯過世，逢年過節，秦老夫人總不忘也給呂家備一份禮。錢老夫人疏朗廣義，也慢慢與呂家走動起來，加之呂文成年歲漸長，雖然尚未領什麼差事，可總算能夠支應門戶。此次北上，如果能建功立業，便可順理成章地承襲爵位。

有了蕭艮和呂文成相助，再加上瓦剌歸順，一時半會兒掀不起風浪。楚釗請旨讓林僉事暫代總兵之職，又點了蕭艮和竇參將輔佐，周延江從旁協助。

而楚釗終於能夠卸下甲冑回京團聚。

秦老夫人歡喜得不行，命人把楚映一家三口接來，親自擬定了中秋家宴的菜單，還興頭十足地從窖裡取出兩罈好酒，打算一醉方休。

席面照舊擺在臨波小築，男人一桌女人一桌，奶娘丫鬟帶著孩子們也單獨開了一桌，各桌沒用屏風遮擋，抬眼就能看到彼此。

廊下掛出六盞紅燈籠，湖心的賞荷亭也點著六盞紅燈籠，湖水映出喜慶的紅色，又有月光照在水面上，泛出點點銀白色的漣漪，像是無數銅錢在跳動。

秦老夫人端著酒盅，眼眶發濕。

這一年是元煦十九年。

前世，就是這年的冬月底，瓦剌集結三十萬大軍進犯雁門關，楚釗奉命率兵增援。

那時候趙良延負責軍需，運送過去的棉衣裡面全是柳絮，士兵們凍得渾身僵硬，連馬韁繩都攥不住，又何談揮刀打仗？

楚釗大敗，雁門關失守，楚家家敗人亡。

而今生，趙良延與瓦剌人勾結已被斬首，瓦剌臣服於萬晉王朝，楚釗可以暫且歇息幾年，不必再夫妻兩地，飽受風寒之苦。更重要的是，孫子孫女兒都好端端地活著，而且還有了重孫子和重外孫女。熱熱鬧鬧的一家人。

秦老夫人彎了眉眼，揚聲道：「這酒釀得好，酸酸甜甜跟糖水似的，四丫頭多喝兩盅。大姑娘也是，自己家裡別拘著，喝少了我不應。」

楊妧看到秦老夫人眸中濃濃的笑意，痛快地答應。「好，阿映，咱們陪祖母喝一口。」

酒是桃花釀，色澤清澈微紅，入口甜香馥郁。

楊妧喝了一大口，朝楚映使個眼色。楚映心知肚明，掂起酒壺給秦老夫人淺淺續一點，將酒壺放在自己手邊。「祖母一向偏心阿妧，今兒可不行，我要多喝幾盅，不能虧了去。」

秦老夫人樂呵呵地說：「行行行，都歸妳，怎麼越活越跟小孩子似的。見明，你好好陪姑爺喝幾盅，醉了也不打緊，夜裡就留在這兒，荔枝已經吩咐人把清韻閣收拾好了。」

楚昕也連聲應著。

酒過三巡，楊妧見秦老夫人已顯出疲態，起身笑道：「時辰不早了，這會兒夜風越發緊，孩子們怕受不住。」

秦老夫人看著楚暉跟楚恆還有精神，楚恪和寧姐兒卻偎在奶娘懷裡發蔫，忙道：「趕緊讓孩子回去歇著，咱們也散了吧，往後樂呵的日子多的是。回頭爺們都上衙了，咱們娘幾個在家整治酒菜樂呵。」

「祖母可別忘了我。」楚映攙扶著秦老夫人的胳膊撒嬌。「如果有好酒，祖母一定記著接我來。」

「忘不了，沒好酒我也打發人去接妳。」

楊妧和楚映送秦老夫人回到瑞萱堂，荔枝得了信，早就把被褥鋪好，用湯婆子暖著。

秦老夫人洗漱完，鬆散了頭髮斜靠在大迎枕上，目光已有些呆滯，卻仍拉著楊妧的手不放，低聲道：「我是再沒想過會有現在的好日子，貴妃娘娘身子康健，阿釗活得好端端的，昕哥兒也活生生的。」

楚映被這突如其來的話駭著，驚詫地扯一下楊妧衣袖。「阿妧，祖母她怎麼了？」

楊妧衝她搖搖頭，溫聲道：「是呀，祖母，咱們全家個個都平平安安的。父親說他可以在家裡賦閒一陣子，見明打算把鋪子的帳核算一下。對了，恆哥兒該開始學描紅了，祖母您可得看緊他，不能讓他耍懶。」

秦老夫人想起來了，眸光閃亮，綻出幾分歡喜的笑。「前兒見明提過，讓我帶著恆哥兒和阿恪，你們騰出工夫再生個閨女。我覺得這話在理，閨女懂事，跟娘貼心。大姑娘小時候就乖巧，模樣也生得好，一口一個祖母叫得我心都化了。」

「祖母，」楚映笑著喚。「我現在不乖巧漂亮？」

秦老夫人這才注意到楚映。「妳是大姑娘？一轉眼都長這麼大了。」

「可不是，都孩兒娘了，剛才寧姐兒在席上不是還哭鬧來著？」

「唉，人老了，糊塗了。」秦老夫人笑嘆聲，又盯住楊妧看，片刻後低低道：「都怪我，昕哥兒老早跟我說，相中了楊家的四姑娘。我存著心結，不想上楊家提親，所以沒答應，害得昕哥兒受那麼多苦，到最後都孤苦伶仃的……四丫頭，妳嫁了昕哥兒可後悔？」聲音愈來愈低，到最後幾不可聞。

楊妧替秦老夫人掖好被子，把帳簾放下來，吹滅燈燭，悄聲叮囑荔枝。「老夫人睡下了，我看安神香不多，就這麼點著吧，別再進去免得驚醒了她。」

荔枝諾諾應好。

走出瑞萱堂，楚映輕呼一口氣問道：「好端端的，祖母說起什麼生啊死啊，聽著駭人。」

楊妧柔聲寬慰道：「沒事，平日裡她跟莊嬤嬤愛說些閒話，有時候神情一恍惚，就當成真事不知道按在誰頭上。她再說起來，只順著答應就是，不用當真。」

人老了就容易犯糊塗。

「那我經常回來陪祖母說說話。」楚映道，默了默，聲音裡忽然帶了笑。「我聽祖母好似問妳是不是後悔嫁給我哥，妳悔嗎？」

楊妧抬頭，瞧見不遠處的兩道身影，清瘦些的是陸凡枝，另一道健壯挺拔的正是楚昕，那張俊俏的臉被明亮的月光照著，不減精緻更添清雅。

楊妧微笑，低聲回答。「不後悔。妳呢？」

楚映答得飛快。「他待我極好。阿妧，咱們都要好好的。」

楊妧重重點了點頭。「嗯！」

四人沿著小路走一段，在湖邊分開兩路各回各的住處。

楚昕牽著楊妧的手，眸光比天上明月更閃亮。「我聽到妳跟阿映說的話了。」

楊妧挑眉。「那又怎麼樣？」

「呃，」楚昕愣一下。「沒怎樣，就是、就是我也不後悔。我也會好好的，要對妳更好。」

楊妧忍俊不禁，雙唇彎成美好的弧度，瑩白的肌膚在月光輝映下，恍若美玉，散發出淡淡光華。

楚昕捧起她的臉，垂首吻在她如花笑靨上……

番外

鏡湖邊的柳枝綠了黃，黃了綠，花園裡的桃花開了謝，謝了開，又是姹紫嫣紅一年春。

清明節過去尚不足一個月，天氣已經熱起來，夾棉襖子有些穿不住了。

楚昕換上青蓮色團花綢面直裰，伸展開雙臂問道：「妧妧，我這樣可妥當？」

楊妧抬手將他腰間掛著的荷包香囊理了理，端詳一番，笑答。「可以。」

「那我去了，如果席上有什麼好吃的，我讓人送回來。」

「不用。」楊妧嗔道：「成親的席面多少忙亂，你別給人添麻煩……晚間吃了酒，慢些騎馬。」

「我曉得分寸。」楚昕應著往外走，剛走兩步又停下。「要是桐兒醒來尋我，妳跟她說我很快回來。」

「你快去吧，別遲了。」楊妧無可奈何地揮揮手，眼看著他寬厚挺拔的身影消失在門外，唇角不由自主地彎起，低低咕噥一句。「桐兒才想不起尋你。」

將楚昕換下的衣裳收好，見屋角更漏已過了申時，便往西廂房去。

楚桐穿件水紅色緞面襖子蔥油綠的撒腳褲，規規矩矩地坐在炕上讓奶娘餵溫水，瞧見楊妧，她推開茶盅，揮動小手奶聲奶氣地喚。「娘。」

楊妧抱起她問：「還喝不喝？幾時醒的？」

「不喝了。」楚桐倚在她懷裡搖頭，奶娘則笑著回答。「剛醒來，睡得出了一腦門的汗，才換過衣裳，還沒來得及梳頭。」因見楊妧打量楚桐身上的襖子，又忙著解釋。「姑娘愛出汗，就沒穿夾襖，倒是找了比甲出來，早晚涼的時候套上。」

「穿這個正適合。」楊妧並沒有怪罪的意思，摸一摸楚桐細軟的頭髮，笑道：「桐兒取梳子來，娘給妳梳頭。」

楚桐樂顛顛取來梳子，順便挑了兩根紅色綢帶塞進楊妧手裡，仰起頭眼巴巴地說：「娘，好看。」

楊妧忍俊不禁，柔聲回答。「好，今兒紮這個綢帶。」

楚桐是楊妧前年臘月得的孩子，現在剛一歲半。她模樣酷似楊妧，生一雙烏溹溹水汪汪的杏仁眼，又正在咿咿呀呀學說話的時候，要多可愛有多可愛。

楚昕恨不得時時將她捧在手心裡，也因此，出門前放心不下寶貝女兒，特地叮囑那一句。

楊妧俐落地給楚桐梳頭，繫上紅綢帶，將靶鏡取來。楚桐對著鏡子搖頭晃腦瞧兩眼，非常滿意，拍著手嚷道：「爹爹，找爹爹！」

楊妧道：「爹爹吃酒去了，天黑之後吃過飯才能回來。」

楚桐不滿地撅起嘴，大眼睛忽閃忽閃地泛起淚意。「桐兒想爹爹。」

楊妧心軟如水，彎腰牽起她的手。「咱們去老祖宗那裡看哥哥寫完字沒有，讓他帶妳到花園玩。」

楚桐這才應道：「好。」

秦老夫人坐在窗前，兩手扯一張紙，舉得遠遠地看，隔著窗櫺瞥見楚桐，立刻彎起唇角，笑道：「桐姐兒睡醒了？」

楚桐鬆開楊妧的手，邁著小碎步衝進屋裡，先喚聲「老祖宗」，又扯楚恪的衣角。「哥哥，摘花花。」

秦老夫人把紙遞給楊妧。「妳看阿恪的字長進沒有，我覺得間架結構比恆哥兒強，寫得也規整。」

楚恆頑皮，寫出來的字不周正，卻帶著一股張揚的氣勢，像極了楚昕。楚恪的字則極有章法，一筆一劃都仿著字帖，整齊勻稱。

楊妧仔細看了看，挑出幾處筆順不太圓潤的地方讓楚恪另外寫了，因見楚桐嘟著嘴滿臉不情願，拍拍楚恪肩頭。「今天先練到這裡，你帶妹妹去玩吧。」

楚恪收拾好紙筆，牽起楚桐的手，奶娘丫鬟們簇擁著跟了上去。

秦老夫人看著兩人離開，笑問：「桐姐兒是在鬧脾氣？」

楊妧無奈地說：「晌覺醒來聽說見明出門去吃酒，臉上就不好看。平日這個時候見明會帶她滿園子折騰，養成習慣了，讓奶娘帶著還不太樂意，嫌奶娘不能摸高爬樹……都讓見明縱的。」

秦老夫人樂呵呵地笑。

瓦剌人歸順之後，西北太平許多，楚昕偶爾去宣府住個把月，其餘時間都在京都。前年跟顧常寶兩人謀了疏通運河的差事，去年接了整修瓦弄子的活計，兩樁差事並不繁重，可天天要跟戶部、工部以及郡縣的小官吏磨嘴皮子。

楚昕懶得再費口舌，瓦弄子的活計完了工再沒接差事，留在家裡經管鋪子。

長子楚恆已經搬到外院，一早一晚由楚昕教導學武，平常則與楚暉一道去書院讀書。

楚恪則相反，早晚在瑞萱堂認字背書，其餘時間會跟楚昕到鋪子或者莊子上巡查。

楚昕在三個孩子身上用的時間多，又能玩出花樣來，孩子們都喜歡黏著他。楊妡主持家裡中饋，天天忙得不可開交，反而跟孩子不那麼親近。

秦老夫人從盤裡掂一塊杏仁酥遞給楊妡。「晌午頭荔枝從月美齋買的，阿恪嫌太甜，我吃著還好，妳嘗嘗。」

楊妡掰下一小半塞進口中。「我也不能多吃，最近又長胖了。」

「哪裡胖？妳想吃就吃，別聽見明胡說。胖點才好，有福氣，喜慶。」

楊妡笑道：「跟見明沒關係，就是剛才找衣裳，去年中秋才做的兩件襖子穿著有些緊，肩膀繃得緊。」

「咱家又不缺料子，下回叫針線房多裁幾件。」秦老夫人不以為然地說。

生育過三個孩子後，楊妧身體豐腴不少，臉盤也變得圓潤，肌膚卻更加嫩滑，瑩白中泛出健康的紅暈，看著就讓人覺得歡喜。

秦老夫人將剩下半邊杏仁酥吃了，喝口茶潤潤喉嚨，建議道：「這會兒閒著沒事，把繡娘叫來量尺寸，就用年前貴妃娘娘賞的那幾疋錦緞做。范家的綢布也不錯，順道把夏衣也做了。」

楊妧見秦老夫人興致頗高，揚聲讓人把針線房的吳管事喚來，又催人去請張夫人，三人挑著喜歡的花色，各自裁了五、六身新衣裳。

吃過晚飯沒多久，楚昕披著滿身酒氣回來，先洗了臉換過衣裳，頭髮顧不得擦乾，半濕著散在肩頭，問道：「桐兒歇下了？可尋我不曾？」

楊妧很自然地拿起帕子幫他絞頭髮道：「起先知道你不在家還不樂意，跟阿恪在花園瘋跑了半下午，便將你拋到腦後了。晚飯時候又提起一嘴，可捱不住睏，回覽勝閣路上就睡了。」

「小沒良心的。」楚昕低低笑罵一聲，將頭歪了歪，以便楊妧夠得著，又道：「周家對六妹妹很上心，給喜房準備的菜都是六妹妹愛吃的。」

楊妧忍俊不禁。「你怎麼知道，還特地跑到內院打聽了？」

「周延江打發小廝往內宅傳話，含光在旁邊聽到的。那小子平常號稱千杯不醉，兩罈子酒不在話下，今天只喝了七、八盅就攆我們走。」

楊妧問道：「是不是你們灌他酒了？」

「沒有，」楚昕笑答。「不看周延江的面子，我也要顧及六妹妹。顧常寶不能拆自家外甥的臺，只有秦二和呂文成使壞，硬要周延江喝了幾盅。」

說完，扯掉楊妧手裡帕子搭在椅背上，別有深意地說：「差不多乾了，咱們也早點安置。」

月色正好，柔柔地照在窗紗上，顯出一片瑩白。

楊妧依在楚昕胸前，墨髮散亂在枕上，氣息尚未平靜，一呼一吸間帶著滿足的慵懶。

涼風習習，裹挾著松柏的清香從未關嚴實的窗櫺間鑽進來，多少散去了那股旖旎的味道。

楊妧下意識地往楚昕身邊靠了靠，楚昕低笑，抻開薄毯將楊妧包裹嚴實，緊緊地摟進懷裡。他身上有股清爽的皂角味混雜著一絲絲酒氣，淺淺淡淡的，讓人心裡分外踏實。

楊妧深吸口氣，倦意全無。

今天是周延江迎娶楊嬋的日子。

楊妧作為女方家的親戚，昨天回四條胡同給楊嬋添了妝，三日後再回娘家吃酒，今兒便沒去周家。

楚昕卻架不住周延江再三相請，決定兩邊都站，兩家的喜酒都不落下。

周延江得知那只淺紫色繡玉簪花的荷包是楊嬋的之後，按捺不住旺盛的好奇心，趁著月黑風高偷偷翻進楊家園牆，探頭往廂房瞅。

彼時正值六月，楊嬋穿件銀條紗襖子嫩綠色綢面褲子俯在案面上抄經，冷不防瞧見窗口一張大黑臉，驚呼出聲。

周延江狼狽逃竄，隔天就請了媒人前來提親。

關氏自然不肯答應。先不論齊大非偶，楊家不打算攀附宗室，單說周延江這身材，又高又壯，結實得跟熊似的，大手伸出來好像蒲扇，眼珠賊亮，看著就不是個好相與的，倘若以後暴脾氣上來，楊嬋哪還有命在？尤其楊嬋不能言語，便是想呼喊分辯都不成。

周延江先後請了三茬媒人，關氏拒了三回。後來周延江回宣府，關氏終於鬆了口氣。

豈料隔年夏天，周延江回京之後又請人提親，這次不但請了忠勤伯夫人，還請了錢老夫人出馬。

當年楊妡成親就是錢老夫人作的媒，而且錢老夫人已經年近八十，頭髮全都白了。關氏抹不開面子，私下問楊嬋的意見，楊嬋用力咬著下唇只是搖頭。

周延江求了兩年親未果，便去逢迎楊懷宣，又顛顛往國公府跑，央求楊妡和楚昕幫他說好話。

楊懷宣禁不住他死纏爛打，也見他真心求娶，出主意讓他往楊家寫信。

周延江得了支招，回宣府後立刻寫信，每天做了哪些事、見了什麼景，空閒時洋洋灑灑寫好幾頁，忙碌起來則寥寥數語。

楊嬋先是覺得新奇，後來感覺戍邊不易，不知不覺中開始擔心周延江的安危。

這期間，關氏沒中斷給楊嬋張羅親事，都沒遇到十分合意的人家。而楊嬋已經十七歲，再拖延就只能養在家裡。

去年，周延江回京都，再次到四條胡同提親，楊嬋便點了頭。

顧月娥大喜過望，把府裡的庫房翻了個底朝天，置辦出一副極其豐厚的聘禮。

周家既然拿出誠意來，關氏也不含糊，聘禮一點沒留，全都陪送回去，又添了六千兩的嫁妝，把親事辦得體面極了。

再過兩個月，天氣越發炎熱，即便是在滿園松柏的覽勝閣也感覺不到一絲涼意。

楚桐臂彎和腿彎長了層細小的紅疙瘩，稍出汗就又疼又癢。

秦老夫人心疼曾孫女，對楊妧道：「不如帶桐姐兒到西郊的別院住一陣子，妳也自在兩天，免得在家裡有天天理不完的家務事。」

楊妧去過那處別院，別院占地不大，正房就是個五開間的三進小院子帶兩個跨院，再有四、五間下人住的青磚矮房，可勝在位置好，正建在半山腰上，風吹著非常涼爽。

正房的屋後有窪小水塘，不過兩、三尺深，清澈得能看到塘底嬉戲的小魚，楚桐肯定喜歡在那裡玩水。

楊妧略思索便答應了。

楚恆要讀書，不願耽擱時間，楊妧便只帶了楚恪和楚桐。楚恪還好，往常跟楚昕到過田莊，對於路旁風景不太稀奇。楚桐卻是頭一次出城，瞧見黃牛會驚呼，看到雞鴨也稀罕，又問路上行走的農夫為什麼不穿鞋子，一路嘰嘰喳喳，說不出的歡快。

因為途中太過興奮，楚桐剛到別院便睡著了，楊妧則四處查看屋舍的情況。

前兩天，含光和文竹兩口子已經遣人來打掃過，各種器具很周全，廚房裡的柴米油鹽菜蔬魚肉也樣樣齊備。

楚昕帶楚恪到屋後小水塘戲水。

水被太陽曬得暖暖的，楚恪將袍襬掖在腰間，脫掉鞋襪，一雙白腳「啪啪」撲打著水面。塘邊青蛙受到驚嚇，四散跳走，「呱呱」的叫聲不絕於耳。

楚恪高興地笑，拍得越發起勁。

楊妧隔窗看著，心頭突突跳得厲害，那些已經淡忘許久的情形如走馬燈般衝進腦海——

二皇子繼位、何文秀入主後宮的第二年，也是熱得出奇，青蛙整日整夜地叫，吵得人無法入眠。

寧姐兒穿著輕薄的綢衣綢褲也是光著小腳踩水，玩累了便吵著她做桂花醬吃。

後來京都地動，她跟寧姐兒被壓在殘磚斷垣下……

楊妧不敢多想，尋了個孩子不在眼前的時間偷偷對楚昕道：「見明，我總覺得心神不定，天氣這麼蹊蹺，會不會地動？」

楚昕目中顯出幾分詫異。「妳怎麼想到地動上？上次京都地動還是百年前，朝代更迭時候發生的，如今國泰民安海晏河清，不可能。」

楊妧抿抿唇。「我看《五行志》寫著，天氣反常百獸異動乃地動之預兆……我心裡總覺得不踏實，這裡的房舍可結實？」

「結實。」楚昕抬手拂過楊妧臉頰，安撫般道：「每隔三五年，小嚴管家都會派人來修繕房頂門窗的損壞之處。妳若擔心，夜裡我讓大家都警醒點，多四處走動查看著。」

楚昕言出必行，當夜就把巡夜的護衛多加了兩人，含光也主動請纓要求值夜。

文竹一邊給他繫薰蚊子的香包一邊道：「地動很可怕嗎？今年雖然熱，可也沒什麼不對勁，夫人會不會只是隨口一說？」

含光笑道：「不管是不是隨意之語，謹慎些總沒錯。這些年，妳可曾見過世子將夫人的話當兒戲？」

「這倒是。」文竹低笑，聲音越發放得輕。「在世子眼裡，夫人的事情就沒有小事，比金口玉言還管用。」

含光唇角微彎。「我得到下半夜才換值，妳早些歇著，不用等我。」

連續幾天平安無事，楊妧慢慢放下心，帶著孩子折狗尾巴草編小貓小兔，又用藤條編出十幾個籃子筐子，給楚桐玩，沒有繁瑣的家務事打擾，日子過得比在京都愜意許多。

這天，楚昕在山間抓到兩隻野兔，楊妧親自下廚做了道紅燒兔腿，燙了半壺梨花白跟楚昕對酌。

輕風徐徐，裹夾著不曾散掉的暑氣還有喋喋不休的蛙叫，自洞開的窗櫺進來。楊妧俯在楚昕胸前抱怨。「大好的月色與風景，都被屋後青蛙壞了。」說話時，她已微醉，好看的杏仁眼裡氤氳著一層霧氣，被月光映著，晶瑩明澈。

楚昕笑著捧起她的臉。「不去管牠們，我再餵妳喝一點。」

「不想喝，太熱了。」楊妧搖頭，卻不由自主地仰起頭，啟唇承接楚昕渡過來的酒，順勢環住了他的脖頸……

這一覺格外香甜。

半夜裡，楊妧突然被劇烈的晃動驚醒，她猛地坐起來。「地動！是不是地動了？寧姐兒呢，寧姐兒怎麼樣？」

身旁傳來楚昕的聲音。「別急，妳穿好襖子先出去，我這就去看桐兒。」話音未落，他已遞來一件衣裳披在楊妧肩頭。

又一陣猛烈的搖晃，矮几上的茶盅滾到地上，發出清脆的「噹啷」聲，房梁「吱吱呀呀」作響，有碎土窸窸窣窣地落在承塵上。

楊妧胡亂繫好帶子，趿著鞋子，拔腿往外走。「我去看孩子。」

正說著，一塊瓦片掉下來，楚昕忙抬手揮開。「妳到外面找個空曠之處待著，我去找桐兒！」

楊妧喊道：「不，我要去，那是我的孩子！」

房子搖晃得越發厲害，更多的瓦片土塊從承塵上落下來。

楚昕一把抱起楊妧，彎著身子護住她將她抱到門外，鄭重道：「妧妧，桐兒和阿恪也是我的孩子。」

不等話落，已衝向西跨院。

護院們舉著火把趕過來，含光手裡抱著衣衫不整的楚恪。楚恪明顯沒有睡足，不停地打呵欠，一雙眼睛卻骨碌碌地轉，四下打量著。

楊妧忙把他牽在手裡，低聲問道：「阿恪怕不怕？」

「有點，」楚恪臉上露出一絲絲難為情。「現在不怕了。爹爹呢？」

楊妧指著西跨院。「去接妹妹了。」

含光連忙吩咐護院。「你們帶夫人和二少爺到空曠處，小心避開大樹，你們兩人跟我去西跨院。」

天烏矇矇的，像是遮了層灰色的布，水塘的青蛙不知何時不叫了，遠處村落裡的哭喊聲和犬吠聲卻越加分明，叫人心裡發慌。

約莫兩刻鐘，才看到楚昕抱著楚桐匆匆而來，楊妧想往前迎迎，兩條腿卻軟得沒法動彈。

好在楚昕步子大，很快行至跟前。「都鬧出這般動靜，桐兒還睡著，妳瞧瞧，毫髮無傷。」

朦朧天色裡，楚桐瑩白的小臉上落了少許灰塵，腮旁卻含著笑意，也不知作了什麼美夢。

楊妧心頭一鬆，將楚桐接到懷裡，冷不防瞧見楚昕腦門一道血痕，從髮絲間直淌下來。

楚昕道：「落了塊瓦片，不妨事。西跨院屋頂塌了半邊……」

「奶娘怎麼樣，可傷著了？」

「被房梁壓到腿了，含光他們去得及時，應該無恙。兩個丫鬟都還好，只是磕著碰著，並無外傷。」楚昕頓一頓，接過楊妧遞來的帕子擦把臉。「這會兒像是不震了，我四處看看可還有損傷……也不知府裡情形如何，等天亮，我往京裡跑一趟。」

「等等，我與你一道。」楊妧將楚桐交給文竹，急步追過去。

楚昕停下步子，待她近前，伸手牽住她，沈聲道：「好。」

兩人一路巡視過去，房子塌了四間，奶娘斷了腿，好在並無性命之虞，另有三個下人也或多或少受了傷，也都不嚴重。

楊妧這次來別院，除去帶了驅蚊驅蟲的藥，也帶了點傷藥，正好含光在宣府這些年，知道如何包紮上藥，便先診治了。

更令人高興的是，廚房完好無損，廚娘煮了一大鍋粥，眾人捧著碗，不分主僕就站在院子裡吃。

正吃著飯，外面傳來男子的呼喊聲。「世子爺、世子爺！」卻是遠山從京裡趕過來。

遠山身上的短褐汗濕了大片，臉漲得通紅，呼哧帶喘地說：「府裡諸人平安，就只塌了兩間舊房子。老夫人吩咐我來瞧瞧世子爺和夫人，還有二少爺和大姑娘都可好？」

「都好著。」楚昕吩咐人給他盛了碗米粥。「你吃點東西歇口氣，我還有話問你。」另外指了一名護院回去覆命。「順道去四條胡同瞧瞧親家太太，再到梯子胡同看一下姑奶奶。」

遠山忙道：「近水已經去過了，親家太太都平安，姑爺和姑奶奶也都安好。」

楊妧在旁邊餵楚桐喝粥，一邊聽著楚昕跟遠山一問一答，眼窩澀澀地濕。

前世，陸知海眼睜睜看著她們母女身處險境，不但不出手相救，反而害死想救她的丫鬟。陸老夫人更是不管不問，她們被壓在廢墟四、五天，就不曾見陸家人來尋過。

這一世，楚昕自己忍受瓦片砸落之痛護她出來，又不顧危險去救女兒，而秦老夫人不等天亮就急匆匆打發人來探望……

「娘，怎麼了？」

楊妧猛回神，恍然發覺不知何時自己已是淚流滿面。她忙掩飾般低下頭，攏袖擦擦眼淚，再抬頭，臉上已經漾出溫柔的笑。「娘有點想家了，咱們回府看望曾祖母好不好？還有奶娘的傷，需得請府醫看一看。」

楚桐乖巧地答應著。「好。」

楊妧摸摸她柔軟的臉頰。「真聽話。妳在這裡坐著，娘去收拾東西，還得尋梳子給妳梳梳頭。」

站起身，邁步往屋裡走，身後有重重的腳步聲傳來。楚昕三步兩步趕到她身旁，凝神望著她雙眸，關切地問：「怎麼了，哪裡不舒服？」

「沒有，」楊妧微笑著搖頭。「我就是覺得很幸運。見明，能夠嫁給你，是我一輩子的福分。」

楚昕彎起唇角。「相比之下還是我更幸運，能娶妳為妻。」

——全書完

2021年11月出版

小富婆養成記

文創風 1012～1013

她生平無大志，唯有一個小小的願望——當個小富婆！
正所謂靠山山倒，這天底下最可靠的朋友，就只有孔方兄啊！
不過她不貪，賺的錢夠她一家滋潤地過日子就好，
那種成天忙得團團轉的富豪生活她可不想要，麻煩死了～～

一人巧做幾人羹，五味調得百味香／明月祭酒

她實在不明白，怎麼一覺醒來，就從飯店主廚變成窮得要命的村姑蘇秋？
這個家真是窮得不剩啥耶，爹娘亡故，只留下四個孩子，偏不巧她是最大的那個！
自己一個單身未婚的女子，突然間有三個幼齡弟妹要養，分明是天要亡她吧？
何況她沒錢，她沒錢啊！可既然占了人家長姊的身體，她自然要扛起教養責任，
而且，這三個小傢伙可愛死了，軟萌地喊幾聲「大姊」，她就毫無招架之力了，
養吧養吧，反正一張嘴是吃，四張嘴也是吃，她別的不行，吃這事還難得倒她？
……唉，還真是難！巧婦難為無米之炊，家裡窮得端不出好料投餵他們啊！
幸虧鄰居劉嬸夫婦是爹娘生前的好友，二話不說出錢出力解了她的燃眉之急，
擁有一手好廚藝的她靠著這點錢，賣起獨一無二的美味鳳梨糕，
幸運地，一位京城來的官家少爺就愛這一味，還重金聘她下廚燒菜好填飽胃，
沒想到這貴人不僅喜歡她煮的菜，還喜歡她，竟說想納她為妾，讓她吃香喝辣，
可是怎麼辦，她喜歡的是沈默寡言又老愛默默幫忙她的帥鄰居莊青啊，
雖然他只是個獵戶，但架不住她愛呀！況且，論吃香喝辣的本事，誰能比她強？

2021年11月出版

孤女當自強

文創風 1010～1011

靠著重生優勢，要扭轉命運對她來說根本小菜一碟！
可是、可是她從沒想過，
命運既然能再給她機會，也能給別人機會啊！
唉，上一世活得辛苦，這一世怎麼也得披荊斬棘呢……

命運交織，甜中帶澀，細品好滋味／盧小酒

雲裳本是天之驕女，父母亡故後，獨力撐起影石族的興榮。
誰知族內長老欺她年幼，想奪取族長之位，
孤立無援的她，誤信奸人，最後慘遭背叛，更連累族人。
含恨自盡前，雲裳多希望這些年的苦難都只是一場惡夢——
沒想到，上天真給了她一次重來的機會！
這一世雲裳先下手為強，把圖謀不軌的人收拾得服服貼貼。
她唯一沒把握的，就是她爹娘早早為她定好的夫婿人選，顧閆。
眼下她是影石城呼風喚雨的少族長，而他只是身分低微的屠夫，
怎麼看兩個人都不相配，
然而只有她知道，將來顧閆可是權傾朝野，一人之下。
不管怎樣，她都要牢牢抓住顧閆的心，並助他一臂之力！
可人算不如天算，拔了這根刺，卻又冒出另一根，
更離奇的是，原來，重活一世的人不只她一個人！
事情發展逐漸脫離雲裳所知道的軌跡，一發不可收拾——

2021年11月出版

傻白甜妻硬起來

文創風 1008～1009

所謂贈君荷包，以表心意，
既然他都收下她親手做的荷包了，豈有退回的道理？
何況全天下都知她如今是他未過門的妻子，她今生是非他不嫁的，
所以，他只有一個選擇——好好跟著神醫解毒，早些回來！
如若不幸毒發身亡了，那黃泉路上有她相伴，他也不虧……

山無陵，天地合，始敢與君絕／蘇沐梵

蕭灼反覆作著一個夢，夢中的她已婚，夫君和側室聯手利用完她並害死她，
就連伺候她多年的一個貼身丫鬟也冷冷看著她遇害，顯然是一丘之貉，
雖然夢境逼真到令她害怕，但她一再說服自己，那只是個夢罷了，
何況夢中的側室還是從小到大都很疼愛她的庶姊，怎可能這麼對她？
然而，現實中發生的一些事卻漸漸與夢境吻合了，原來庶姊確實包藏禍心！
明眼人都看得出來府中二夫人及其所出的這位庶姊假仁假義，對她沒有真心，
偏偏就她自己傻，對庶姊言聽計從，去年母親意外過世後更是依賴對方，
結果堂堂安陽侯嫡女的她，因性子軟綿，被庶姊母女迫害仍不自知，
幸好，許是母親在天之靈保佑她，讓她作了那個預知夢，如今徹底清醒過來，
從今往後，她再不會糊塗過日，她要硬起來，救自己免於淒涼又短命的一生！

2021年11月出版

寧富天下

文創風 1005～1007

人處於下風，想飛，自然得借勢。
她如今一無所有，能被當棋子是件好事！

金無足赤，人無完人，情卻有天作之合／鶴鳴

面對養父母一家的真摯親情，陳寧寧甩開原身的自私念頭，
拿出自小戴在身上的玉珮典當，解除家中的燃眉之急。
無奈禍不單行，當鋪掌櫃見她家可欺，便構陷她偷竊要強佔寶玉，
她只得衝向街上行軍隊伍的鐵騎前，以命相搏。
所幸為首的黑袍小軍爺明察秋毫，為她解了圍，還重金買下她的玉。
手頭有了足夠的銀兩，家中的困難可說是迎刃而解，
不過她仍是讓家人低調行事，畢竟家裡遭遇的災禍，並非偶然，
而是秀才哥哥先前仗義執言，惹了上頭的腐敗官員所致。
可如今從她躲在家種菜養魚，到她買下一座破敗山莊開始發展，
遇上的難題都會默默化解，彷彿她家從未遭受過打壓。
這讓她總覺得被人盯著，也不知想圖謀什麼，心裡不安穩。
直到那黑袍小將找上門，拿著一種解毒草的種子問她能否培育出來，
她頓時明白是誰在暗處幫忙，因為種藥草的手藝她並未外傳。
「軍爺是我家的救命恩人，為解令兄之毒，我自當全力以赴。」
人情債難還，如今這要求於她來說不過舉手之勞，何樂而不為呢？

風 文創
1038

娘子馴夫放大絕 4 完

國家圖書館出版品預行編目資料

娘子馴夫放大絕 / 淺語著. --
初版. -- 臺北市 : 狗屋出版社有限公司, 2022.02
冊 ; 公分. --（文創風 ; 1035-1038）
ISBN 978-986-509-296-2（第4冊 : 平裝）. --

857.7 110022673

著作者 淺語
編輯 張蕙芸
校對 吳帛奕
發行所 狗屋出版社有限公司
地址 台北市104中山區龍江路71巷15號1樓
電話 02-2776-5889～0
發行字號 局版台業字845號
法律顧問 蕭雄淋律師
總經銷 知遠文化事業有限公司
電話 02-2664-8800
初版 2022年2月
國際書碼 ISBN-13 978-986-509-296-2

本著作物由北京晉江原創網絡科技有限公司授權出版

定價280元
狗屋劃撥帳號：19001626
網址：love.doghouse.com.tw E-mail：love@doghouse.com.tw
版權所有．翻印必究 倘有倒裝、缺頁、污損請寄回調換

2021年11月出版

寧富天下

文創風 1005～1007

人處於下風，想飛，自然得借勢。
她如今一無所有，能被當棋子是件好事！

金無足赤，人無完人，情卻有天作之合／鶴鳴

面對養父母一家的真摯親情，陳寧寧甩開原身的自私念頭，
拿出自小戴在身上的玉珮典當，解除家中的燃眉之急。
無奈禍不單行，當鋪掌櫃見她家可欺，便構陷她偷竊要強佔寶玉，
她只得衝向街上行軍隊伍的鐵騎前，以命相搏。
所幸為首的黑袍小軍爺明察秋毫，為她解了圍，還重金買下她的玉。
手頭有了足夠的銀兩，家中的困難可說是迎刃而解，
不過她仍是讓家人低調行事，畢竟家裡遭遇的災禍，並非偶然，
而是秀才哥哥先前仗義執言，惹了上頭的腐敗官員所致。
可如今從她躲在家種菜養魚，到她買下一座破敗山莊開始發展，
遇上的難題都會默默化解，彷彿她家從未遭受過打壓。
這讓她總覺得被人盯著，也不知想圖謀什麼，心裡不安穩。
直到那黑袍小將找上門，拿著一種解毒草的種子問她能否培育出來，
她頓時明白是誰在暗處幫忙，因為種藥草的手藝她並未外傳。
「軍爺是我家的救命恩人，為解令兄之毒，我自當全力以赴。」
人情債難還，如今這要求於她來說不過舉手之勞，何樂而不為呢？

文創風 1038

娘子馴夫放大絕 4 完

國家圖書館出版品預行編目資料

娘子馴夫放大絕 / 淺語著. --
初版. -- 臺北市 : 狗屋出版社有限公司, 2022.02
冊 ; 公分. --（文創風 ; 1035-1038）
ISBN 978-986-509-296-2（第4冊 : 平裝）. --

857.7　　110022673

著作者	淺語
編輯	張蕙芸
校對	吳帛奕
發行所	狗屋出版社有限公司
地址	台北市104中山區龍江路71巷15號1樓
電話	02-2776-5889～0
發行字號	局版台業字845號
法律顧問	蕭雄淋律師
總經銷	知遠文化事業有限公司
電話	02-2664-8800
初版	2022年2月
國際書碼	ISBN-13　978-986-509-296-2

本著作物由北京晉江原創網絡科技有限公司授權出版

定價280元

狗屋劃撥帳號：19001626

網址：love.doghouse.com.tw　E-mail：love@doghouse.com.tw

版權所有．翻印必究　倘有倒裝、缺頁、污損請寄回調換